外星人手册

刘慈欣 罗隆翔 等 著

ALIEN HANDBOOK

北京理工大学出版社
BEIJING INSTITUTE OF TECHNOLOGY PRESS

科幻硬阅读第二季
——我们每个人都是星辰

当小鲜肉、流量明星、鸡汤文和小清新大行其道,当坚硬强悍磊落豪雄变成小众,拼爹、晒富、割韭菜成为常态,当群氓乱舞中理性精神和至性深情被某些人弃如敝屣——我们是否可以反其道而行,暂离尘嚣,将目光投向自己的梦与理想,投向诗与远方,投向地球之外的星辰大海?

美国著名天文学家、天体物理学家卡尔·萨根曾说:"我们DNA里的氮元素,牙齿里的钙元素,还有我们吃掉的食物里的碳元素,都是宇宙大爆炸时千万星辰散落后组成的,所以我们每个人都是星辰。"

我们来自浩瀚宇宙,来自奇点大爆炸时的璀璨瞬间——我们每个人都是宇宙中极其微小的一部分,包括我们所生活的地球,以及地球上每时每刻正在发生的战争、瘟疫、政变、尔虞我诈勾心斗角……放在宇宙尺度上,都是小的近于无的微末存在。

也许,正因为人类逐渐意识到了自己的渺小,逐渐认清了自己在宇宙中所处的位置，才开始认真思考人类之于宇宙的价值和意义。于是，一种叫做科幻文学的艺术品诞生了。

它自诞生伊始，便展现出一种向高远、向未来的鲜活生机。它是尊重科学的，是基于科学的一种思考、推衍和设定；但同时它又是文学的，拥有自身的血脉和灵魂——它绝不是对科学的拙劣模仿和枯燥演示。

科幻不是目的，思考才是根本。所以这套书里除了传统意义上的硬核科幻，还会有其他一些提神醒脑类作品，希望它们能给读者朋友带来一丝极致的阅读体验——极致的思考或震撼、极致的美丽与忧愁、极致的愉悦和放松……不求完美，但求在某方面达到极致——极致，便是"科幻硬阅读"的注脚。

但这种"硬"绝不应该是艰深晦涩，故作深沉！

好看的作品通常都是柔软而流动的，如水，亦似爱人或者时光，默默陪伴，于悄无声息间渗透血脉、融入心魂，让我们在一条注定是一去不返的人生路上，逐渐、逐渐，获得一分坚强和硬度！

愿所有可爱而有趣的灵魂，脚踩大地，仰望星辰，追逐梦想。

——小威

科幻硬阅读，不求完美，追逐极致。

献给那些聪明的头脑和有趣的灵魂。

科 幻
硬阅读
DEEP READ
不求完美 追逐极致

目录

001 | 梦之海
　　　回收海洋 / 刘慈欣

043 | 吃货联盟的恐龙牧场
　　　像弛智龙一样思考 / 罗隆翔

081 | 飞鸟，飞鸟
　　　恒星生物 / 碧天红月

105 | 蜂巢
　　　再见，外星人 / 冷霄毅

145 | 蚂蚁在空中凋零
　　　一个 AI 的自我博弈 / 向修远

171 | 天问
　　　文明的诞生 / 张行天

199 | 细听星语
　　　　飞船遇难之后 / 雷虹

229 | 星辰与冒险
　　　　天地囚笼 / 陆知游

247 | 星空的呼唤
　　　　星光与梦想 / 王登博

275 | 血主
　　　　地球上的外星人 / 阿胆

梦之海

回收海洋

文 / 刘慈欣

上篇

低温艺术家

是冰雪艺术节把低温艺术家引来的。这想法虽然荒唐，但自海洋干涸以后，颜冬一直是这么想的，不管过去了多少岁月，当时的情景仍然历历在目。

当时，颜冬站在自己刚刚完成的冰雕作品前，他的周围都是玲珑剔透的冰雕。向更远处望去，雪原上矗立着用冰建成的高大建筑，这些晶莹的高楼和城堡浸透了冬日的阳光。这是最短命的艺术品，不久之后，这个晶莹的世界将在春风中化作一汪清水，这过程除了带给人一种淡淡的忧伤外，还包含了更多说不清道不明的东西，这也许是颜冬迷恋冰雪艺术的真正原因。

颜冬把目光从自己的作品上移开，下定决心在评委会宣布获奖名次之前不再看它了。他长出一口气，抬头扫了一眼天空，就在这时,他第一次看到了低温艺术家。

最初他以为那是一架拖着白色尾迹的飞机,但那个飞行物的速度比飞机要快得多。它在空中转了一个大弯,那尾迹如同一支巨大的粉笔在蓝天上随意地画了个勾,在勾的末端,那个飞行物居然停住了,就停在颜冬正上方的高空中。尾迹从后向前渐渐消失,像是被它的释放者吸回去了似的。

颜冬仔细地观察尾迹最后消失的那一点,发现那点不时地出现短暂的闪光,他很快确定,那闪光是一个物体反射阳光所致。接着他看到了那个物体,它是一个小小的球体,呈灰白色;很快他又意识到那个球体并不小,它看上去小只是因为距离的原因,它这时正在飞快地扩大。颜冬很快明白了那个球体正在从高空向他站的地方掉下来,周围的人也意识到了这点,人们四散而逃。颜冬也低头跑起来,他在一座座冰雕间七拐八拐,突然间地面被一个巨大的阴影所笼罩。颜冬的头皮一紧,一时间血液仿佛凝固了。但预料的打击并未出现。颜冬发现周围的人也都站住了脚,呆呆地向上仰望着,他也抬头看,看到那个巨大的球体就悬在他们百米左右的上空。它并不是一个完全的球体,似乎在高速飞行中被气流冲击得变了形:向着飞行方向的一半是光滑的球面,另一半则出现了一束巨大的毛刺,使它看上去像一颗剪短了彗尾的彗星。它的体积很大,直径肯定超过了一百米,像悬在半空中的一座小山,使地面上的人产生了一种巨大的压迫感。

急剧下坠的球体在半空中一个急刹,但被它带动的空气仍在向下冲来，很快到达地面，激起了一圈飞快扩大的雪尘。据说，当非洲的土著人首次触摸西方人带来的冰块时，总是猛抽回手，惊叫：好烫！在颜冬接触到那团下坠的空气的一刹那，他也产生了这种感觉。而能使在东北的严寒露天活动的人产生这种感觉，这团空气的温度一定低得惊人。幸亏它很快扩散了，否则地面上的人都会被冻僵，但即使这样，几乎所有的人暴露在外的皮肤都受到了不同程度的冻伤。

颜冬的脸已由于突然出现的严寒而麻木，他抬头仔细观察那个球体表面，那半透明的灰白色物质是他再熟悉不过的东西：冰，这悬在半空中的是一个大冰球。

空气平静下来之后，颜冬吃惊地发现，那半空中巨大冰球的周围居然飘起了雪花，雪花很大，在蓝天的背景前显得异常洁白，并在阳光中闪闪发光。但这些雪花只在距球体表面一定距离内出现，飘出这段距离后立刻消失，以球体为中心形成了一个雪圈，仿佛是雪夜中的一盏街灯照亮了周围的雪花。

"我是一名低温艺术家！"一个清脆的男音从冰球中传出，"我是一名低温艺术家！"

"这个大冰球就是你吗？"颜冬仰头大声问。

"我的形象你们是看不到的，你们看到的冰球是我的冷冻场冻结空气中的水分形成的。"低温艺术家回答说。

"那些雪花是怎么回事？"颜冬又问。

"那是空气中氧和氮的结晶体,还有二氧化碳形成的干冰。"

"你的冷冻场真厉害!"

"当然,就像无数只小手攥紧无数颗小心脏一样,它使其作用范围内所有的分子和原子停止运动。"

"它还能把这个大冰团举在空中吗?"

"那是另一种场了,那是反引力场。你们人类使用的那一套冰雕工具真有趣:有各种形状的小铲和小刀,还有喷水壶和喷灯,有趣!为了制作低温艺术品,我也拥有一套小小的工具,那就是几种力场,种类没有你们的这么多,但也很好使。"

"你也创作冰雕吗?"

"当然,我是低温艺术家,你们的世界很适合进行冰雪造型艺术,我惊讶地发现这个世界早已存在这种艺术,我很高兴地说,我们是同行。"

"你从哪里来?" 颜冬旁边的另一位冰雕作者问。

"我来自一个遥远的、你们无法理解的世界,那个世界远不如你们的世界有趣。本来,我只从事艺术,一般不同其他世界交流,但看到这样一个展览会,看到这么多的同行,我产生了交流的愿望。不过坦率地说,下面这些低温作品中真正称得上是艺术品的并不多。"

"为什么?"有人问。

"过分写实,过分拘泥于形状和细节。当你们明白宇宙除了空间什么都没有,整个现实世界不过是一大堆曲率不同的空间时,就会觉得这些作品是何等可笑。不过,嗯,这一件还是有点儿感觉的。"

话音刚落,冰团周围的雪花伸下来细细的一缕,仿佛是沿着一条看不见的漏斗流下来的。这缕雪花从半空中一直伸到颜冬的冰雕作品顶部才消失。颜冬踮起脚尖,试探着向那缕雪花伸出戴着手套的手,在那缕雪花的附近,他的手指又有了那种灼热感,他急忙抽回来,手已经在手套里冻僵了。

"你是指我的作品吗?"颜冬用另一只手揉着冻僵的手说,"我,我没有用传统的方法,也就是用现成的冰块雕刻作品,而是建造了一个由几大块薄膜构成的结构,在这个结构下面长时间地升腾起由沸水产生的蒸汽,蒸汽在薄膜表面冻结,形成一种复杂的结晶体,当这种结晶体达到一定的厚度,去掉薄膜,就做成了你现在看到的造型。"

"很好,很有感觉,很能体现寒冷之美!这件作品的灵感是来自……"

"来自窗玻璃!不知你是否能理解我的描述:在严冬的凌晨醒来,你蒙眬的睡眼看到窗玻璃上布满了冰晶,它们映着清晨暗蓝色的天光,仿佛是你一夜梦的产物……"

"理解理解,我理解!"低温艺术家周围的雪花欢快地舞动起来,"我的灵感也被激发了,我要创作!我必须创作!"

"那个方向就是松花江,你可以去取一块冰,或者……"

"什么?你以为我这样的低温艺术家,要从事的是你们这种细菌般可怜的艺术吗?这里没有我需要的冰材!"

地面上的人类冰雕艺术家们都茫然地看着来自星际的低温艺术家,颜冬呆呆地说:"那么,你要去……"

"我要去海洋!"

取　冰

一支庞大的机群在五千米空中向海岸线方向飞行,这是有史以来最杂乱的一个机群,从体型庞大的波音巨无霸到蚊子似的轻型飞机应有尽有,包括全球各大通讯社派出的采访飞机,还有研究机构和政府派出的观察监视飞机。这乱哄哄的机群紧跟着前面一条短粗的白色航迹飞行着,像追赶着牧羊人的羊群。那条航迹是低温艺术家飞行时留下的,它不停地催促后面的飞机快些,为了等它们它不得不忍受这比爬行还慢的速度(对于可随意进行时空跃迁的它,光速已经是爬行了),它不停地抱怨说这会使自己的灵感消失。

对于后面飞机上的记者们通过无线电喋喋不休的提问,低温艺术家一概懒得回答,他只有兴趣同坐在一架从中央电视台租用的运十二上的颜冬谈话,于是到后来记者们都不吱声了,只是专心地听着这一对艺术家同行的对话。

"你的故乡是在银河系之内吗?"颜冬问,这架运十二距离低温艺术家最近,可以看到那个飞行中的冰球在白色航迹的头部时隐时现,这航迹是冰球周围的超低温冷凝大气中的氧氮和二氧化碳形成的,有时飞机不慎进入这滚滚掠过的白雾中,机窗上立刻覆盖了厚厚的一层白霜。

"我的故乡不属于任何恒星系,它处于星系之间广漠的黑暗虚空中。"

"你们的星球一定很冷。"

"我们没有星球,低温文明起源于一团暗物质云中,那个世界确实很冷,生命从接近绝对零度的环境中艰难地取得微小的热量,吮吸着来自遥远星系的每一丝辐射。当低温文明学会走路时,我们便迫不及待地进入银河系这个最近的温暖世界。在这个世界中我们也必须保持低温状态才能生存,于是我们成了温暖世界的低温艺术家。"

"你指的低温艺术就是冰雪造型吗?"

"哦,不,不,用远低于一个世界平均温度的低温与这个世界发生作用,以产生艺术效应,这都属于低温艺术。冰雪造型只是适合于你们世界的低温艺术,冰雪的温度在你们的世界属于低温，在暗物质世界就属于高温了；而在恒星世界，熔化的岩浆也属于低温材料。"

"我们之间对艺术美的感觉好像有共同之处。"

"不奇怪，所谓温暖，不过是宇宙诞生后一阵短暂的痉挛所产生的同样短暂的效应，它将像日落后的暮光一样转瞬即逝。能量将消失，只有寒冷永存，寒冷之美才是永恒的美。"

"这么说，宇宙最终将热寂？"颜冬听到耳机中有人问，事后才知道他是坐在后面飞机上的一位理论物理学家。

"不要离题，我们只谈艺术。"低温艺术家冷冷地说。

"下面是海了！" 颜冬无意间从舷窗望下去，看到弯曲的海岸线正在下面缓缓移过。

"再向前，我们要到最深的海洋，那里便于取冰。"

"可哪儿有冰啊？"颜冬看着下面广阔的蓝色海面不解地问。

"低温艺术家到哪里，哪里就会有冰。"

低温艺术家又向前飞行了一个多小时。颜冬从飞机上向下看，下面早已是一片汪洋。这时，飞机突然拉升，加速造成超重使颜冬两眼一黑。

"天啊，我们差点撞上它！"飞行员大叫，原来低温艺术家突然停下了，后面的飞机都猝不及防地纷纷转向。"可恶，惯性定律对这家伙不起作用,它的速度好像是在瞬间减到零,按理说这样的减速早把冰球扯碎了!"飞行员对颜冬说,同时拨转机头,与别的飞机一起浩浩荡荡地围绕着悬在空中的冰球盘旋。静止的冰球又在空气中产生了大量的氧氮雪花,但由于高空中的强风,雪花都被吹向一个方向,像是冰球随风飘舞的白发。

"我要开始创作了!"低温艺术家说,没等颜冬回话,它突然垂直坠落下去,仿佛在空中举着它的那支无形的巨手突然放开了。飞机上的人们看着它以自由落体般的速度越来越快地下落,很快消失在海面蓝色的背景中,只能隐约看到它在空气中拉出的一道雾化痕迹。很快,海面上出现了一团白色的水花,水花消失后有一圈波纹在扩散。

"这个外星人投海自杀了。"飞行员对颜冬说。

"别瞎扯了!"颜冬拖着东北口音白了飞行员一眼,"飞低些,那个冰球很快就要浮起来了!"

但冰球并没有浮出来,在那个位置的海面上出现了一个白点,这白点很快扩大成一个白色的圆形区域。这时飞机的高度已经很低,颜冬仔细观察,发现那白色区域其实是一层覆盖海面的白色雾气。白雾区域急剧扩大,加上飞机在继续降低,很快可以看到的海面全部冒起了白雾。这时颜冬听到了一个声音,像连续的雷声,又像是大地和山脉在断裂,这声音来自海面,盖住了引擎的轰鸣声。飞机贴海飞行,颜冬向下仔细观察白雾下的海面,首先发现海面反射的阳光很完整很柔和,不像刚才那样呈刺目的碎金状。接着他看到海的颜色变深了，海面的波浪变得平滑了，但真正震撼他的是下一个发现：那些波浪是凝固不动的。

"天啊，海冻住了！"

"你没疯吧？"飞行员扭头扫了他一眼说。

"你自个儿仔细看看……嗨，我说你怎么还往下降啊？想往冰面上降落？！"

飞行员猛拉操纵杆，颜冬眼前又一黑，听到他说："啊，不，该死，真邪门儿了……"再看看他，一幅梦游般的表情："我没下降，那海面，哦，不，那冰面，在自己上升！"这时他们听到了低温艺术家的声音：

"你们的飞行器赶快让开，别挡住上升的路，哼，要不是有同行在一架飞行器里，我才不在乎撞着你们呢，我在创作中最讨厌干扰灵感的东西。向西飞向西飞，那面距边缘比较近！"

"边缘？什么的边缘？"颜冬不解地问。

"我采的冰块呀！"

所有的飞机像一群被惊飞的鸟，边爬高边向低温艺术家指引的方向飞去，在它们下面，因温度突降产生的白雾已消失，深蓝色的冰原一望无际。尽管飞机在爬高，但冰原的上升速度更快，所以飞机与冰面的相对高度还是在不断降低。"天啊，地球在追着我们呢！"飞行员惊叫道。渐渐地，飞机又紧贴着冰面飞行了，凝固的暗蓝色波涛从机翼下滚滚而过。飞行员喊道："我们只好在冰面上降落了！我的天，边爬高边降落，这太奇怪了！"

就在这时，运十二飞到了冰块的尽头，一道笔直的边缘从机身下飞速掠过，下面重新出现了波光粼粼的液态海洋。这情形很像航空母舰上的战斗机起飞时，跃出甲板的瞬间所看到的，但后面这艘"航母"有几千米高！颜冬猛回头，看到一道巨大的暗蓝色悬崖正在向后退去，这道悬崖表面极其平整，向两端延伸出去，一时还望不到尽头；悬崖下部与海面相接，可以看到海浪拍打在上面形成的一条白边。但这道白边在颜冬看到它几秒钟后就突然消失了，代之以另一条笔直的边缘——大冰块的底部已离开了海面。

大冰块以更快的速度上升，运十二同时在下降，它的高度很快位于海面和空中的冰块之间。这时颜冬看到了另一个广阔的冰原，与刚才不同的是它在上方，形成了一个极具压抑感的阴暗的天空。

随着大冰块的继续上升，颜冬终于在视觉上证实了低温艺术家的话：这确实是一个大冰块，一大块呈规则长方体的冰。现在，它在空中已经可以完整地看到，这暗蓝色的长方体占据了三分之二的天空，它那平整的表面不时反射着阳光，如同高空中一道道刺目的闪电。在由它构成的巨大的背景前有几架飞机在缓缓爬行，如同在一座摩天大楼边盘旋的小鸟，只有仔细看才能看到。事后，雷达观测数据表明，这是一个长六十千米，宽二十千米，高五千米的扁平长方体。

大冰块继续上升，它在空中的体积渐渐缩小，终于在心理上可以让人接受了。与此同时，它投在海面上巨大的阴影也在移动，露出了海洋上有史以来最恐怖的景象。

颜冬看到，他们飞行在一个狭长的盆地上空，这盆地就是大冰块离开后在海中留下的空间。盆地四周是高达五千米的海水的高山，人类从未见过水能构成这样的结构：它形成了几千米高的悬崖！这液态的悬崖底部翻起百米高的巨浪，上部在不停地崩塌着，悬崖就在崩塌中向前推进，它的表面起伏不定，但总体与海底保持着垂直。随着海水悬崖的推进，盆地在缩小。

这是摩西开红海的反演。

最让颜冬震撼的是，整个过程居然很慢！这显然是尺度的缘故，他见过黄果树瀑布，觉得那水流下落得也很慢，而眼前的这海水悬崖，尺度要比那瀑布大两个数量级，这使得他可以有充足的时间欣赏这旷世奇观。

这时，冰块投下的阴影已完全消失，颜冬抬头一看，冰块看上去只有两个满月大小，在天空中已不太显眼了。

随着海水悬崖的推进，盆地已缩成了一道峡谷，紧接着，两道几十千米长五千米高的海水悬崖迎面相撞，一声沉闷的巨响在海天间久久回荡，冰块在海洋中留下的空间完全消失了。

"我们不是在做梦吧？"颜冬自语道。

"是梦就好了,你看!"飞行员指指下面,在两道悬崖相撞之处,海面并未平静,而是出现了两道与悬崖同样长的波带,仿佛是已经消失的两道海水悬崖在海面的化身,它们分别向着相反的方向分离开来。从高空看去波带并没有惊人之处,但仔细目测可知它们的高度都超过了两百米,如果近看,肯定像两道移动的山脉。

"海啸?"颜冬问。

"是的,可能是有史以来最大的,海岸要遭殃了。"

颜冬再抬头看,蓝天上,冰块已看不到了,据雷达观测,它已成为地球的一颗冰卫星。

在这一天,低温艺术家以同样的方式又从太平洋中取走了上百块同样大小的冰块,把它们送入绕地球运行的轨道。

这天,在处于夜晚的半球,每隔两三个小时就可以看到一群闪烁的亮点横贯夜空,从天际飞过。与背景上的星星不同的是,如果仔细看,每个亮点都可以看出形状——那是一个个小长方体,它们都在以不同的姿势自转着,使它们反射的阳光以不同的频率闪动。人们想了很久也不知如何形容这些太空中的小东西,最后还是一名记者的比喻得到了认可:

"这是宇宙巨人撒出的一把水晶骨牌。"

两名艺术家的对话

"我们应该好好谈谈了。"颜冬说。

"我约你来就是为了谈谈,但我们只谈艺术。"低温艺术家说。

颜冬此时正站在一个悬浮于五千米空中的大冰块上,是低温艺术家请他到这里来的。现在,送他上来的直升机就停在旁边的冰面上,旋翼还转动着,随时准备起飞。四周是一望无际的冰原,冰面反射着耀眼的阳光,向脚下看看,蓝色的冰层深不见底。在这个高度上晴空万里,风很大。

这是低温艺术家从海洋中取走的五千块大冰中的一块,在这之前的五天里,它以平均每天一千块的速度从海洋中取冰,并把冰块送到地球轨道上去。在太平洋和大西洋的不同位置,一块块巨冰在海中被冻结后升上天空,成为夜空中那越来越多的亮闪闪的"宇宙骨牌"中的一块。世界沿海的各大城市都受到了海啸的袭击,但随着时间的推移,这种灾难渐渐减少了,原因很简单:海面在降低。

地球的海洋,正在变成围绕地球运行的冰块。

颜冬用脚跺了跺坚硬的冰面说:"这么大的冰块,你是如何在瞬间把它冻结,如何使它成为一个整体而不破碎,又用什么力量把它送到太空轨道上去?这一切远超出了我们的理解和想象。"

低温艺术家说:"这有什么?我们在创作中还常常熄灭恒星呢!不是说好了只谈艺术吗?我这样制作艺术品,与你用小刀铲制作冰雕,从艺术角度看没什么太大的区别。"

"那些轨道中的冰块暴露在太空强烈的阳光中时,为什么不融化呢?"

"我在每个冰块的表面覆盖了一层极薄的透明滤光膜,这种膜只允许不发热频段的冷光进入冰块,发热频段的光线都会被反射,所以冰块保持不化。这是我最后一次回答你这类问题了,我停下工作来,不是为了谈这些无聊的事,下面我们只谈艺术,要不你就走吧,我们不再是同行和朋友了。"

"那么,你最后打算从海洋中取多少冰呢?这总和艺术创作有关吧!"

"当然是有多少取多少,我向你谈过自己的构思,要完美地表达这个构思,地球上的海洋还是不够的,我曾打算从木星的卫星上取冰,但太麻烦了,就这么将就吧!"

颜冬整理了一下被风吹乱的头发,高空的寒冷使他有些颤抖,他问:"艺术对你很重要吗?"

"是一切。"

"可……生活中还有别的东西,比如,我们还需为生存而劳作，我就是长春光机所的一名工程师，业余时间才能从事艺术。"

低温艺术家的声音从冰原深处传了上来，冰面的振动使颜冬的脚心有些痒痒："生存，啧啧，它只是文明的婴儿时期要换的尿布，以后，它就像呼吸一样轻而易举了，以至于我们忘了有那么一个时代竟需要花精力去维持生存。"

"那社会生活和政治呢？"

"个体的存在也是婴儿文明的麻烦事，以后个体将融入主体，也就没有什么社会和政治了。"

"那科学，总有科学吧？文明不需要认识宇宙吗？"

"那也是婴儿文明的课程，当探索进行到一定程度，一切将纤毫毕现，你会发现宇宙是那么简单，科学也就没必要了。"

"只剩下艺术？"

"只剩艺术，艺术是文明存在的唯一理由。"

"可我们还有其他的理由，我们要生存，下面这颗行星上有几十亿人和更多的其他物种要生存，而你要把我们的海洋弄干，让这颗生命行星变成死亡的沙漠，让我们全渴死！"

从冰原深处传出一阵笑声，又让颜冬的脚痒起来，"同行，你看，我在创作灵感汹涌澎湃的时候停下来同你谈艺术，可每次，你都和我扯这些鸡毛蒜皮的事，真让我失望，你应该感到羞耻！你走吧，我要工作了。"

"我咒你全家,咒你祖宗!"颜冬终于失去了耐心,破口大骂起来。

"是句脏话吗?"低温艺术家平静地问,"我们的物种是同一个体一直成长进化下去的,没有祖宗。再说你对同行怎么这样?嘻嘻,我知道,你忌妒我,你没有我的力量,只能搞细菌的艺术。"

"可你刚才说过,我们的艺术只是工具不同,没有本质的区别。"

"可我现在改变看法了,我原以为自己遇到了一位真正的艺术家,可原来是一个平庸的可怜虫,成天喋喋不休地谈论诸如海洋干了呀生态灭绝呀之类与艺术无关的小事,太琐碎,我告诉你,艺术家不能这样。"

"简直胡说八道!"

"随你便吧,我要工作了,你走吧!"

这时,颜冬感到一阵超重,使他一屁股跌坐在光滑的冰面上,同时,一股强风从头顶上吹下来,他知道冰块又继续上升了。他连滚带爬地钻进直升机,直升机艰难地起飞,从最近的边缘飞离冰块,险些在冰块上升时产生的龙卷风中坠毁。

人类与低温艺术家的交流彻底失败了。

梦之海

颜冬站在一个白色的世界中,脚下的土地和周围的山脉都披上了银装,那些山脉高大险峻,使他感到仿佛置身于冰雪覆盖的喜马拉雅山之中。事实上,这里与那里相反,是地球上最低的地方——马里亚纳海沟,昔日太平洋最深的海底。覆盖这里的白色物质并非积雪,而是以盐为主的海水中的矿物质,当海水被冻结后,这些矿物质就析出并沉积在海底,这些白色的沉积盐层最厚的地方可达百米。

在过去的二百天中,地球上的海洋已被低温艺术家用光了,连南极和格陵兰的冰川都被洗劫一空。

现在,低温艺术家邀请颜冬来参加他的艺术品最后完成的仪式。

前方的山谷中有一片蓝色的水面,那蓝色很纯很深,在雪白的群峰间显得格外动人。这是地球上最后的海洋了,它的面积大约相当于滇池大小,早已没有了海洋那广阔的万顷波涛,表面只是荡起静静的微波,像深山中一个幽静的湖泊。有三条河流汇入了这最后的海洋,这是在干涸的辽阔海底长途跋涉后幸存下来的大河,是地球上有史以来最长的河,到达这里时已变成细细的小溪了。

颜冬走到海边，在白色的海滩上把手伸进轻轻波动着的海水，由于水中的盐分已经饱和，海面上的波浪显得有些沉重，而颜冬的手在被微风吹干后，析出了一层白色的盐沫。

空中传来一阵颜冬熟悉的尖啸声，这声音是低温艺术家向下滑落时冲击空气发出的。颜冬很快在空中看到了它，它的外形仍是一个冰球，但由于直接从太空返回这里，在大气中飞行的距离不长，球的体积比第一次出现时小了许多。这之前，在冰块进入轨道后，人们总是用各种手段观察离开冰块时的低温艺术家，但什么也没看到，只有在它进入大气层后，那个不断增大的冰球才能标识它的存在和位置。

低温艺术家没有向颜冬打招呼，冰球在这最后海洋的中心垂直坠入水中，激起了高高的水柱。然后又出现了那熟悉的一幕：一圈冒出白雾的区域从坠落点飞快扩散，很快白雾盖住了整个海面；然后是海水快速冻结时发出的那种像断裂声的巨响；再往后白雾消散，露出了凝固的海面。与以往不同的是，这次整个海洋都被冻结了，没有留下一滴液态的水，海面也没有凝固的波浪，而是平滑如镜。在整个冻结过程中，颜冬都感到寒气扑面。

接着，已冻结的最后的海洋被整体提离了地面，开始只是小心地升到距地面几厘米处。颜冬看到前面冰面的边缘与白色盐滩之间出现了一条黑色的长缝，空气涌进长缝，去填补这刚刚出现的空间，形成一股紧贴地面的疾风，被吹动的盐尘埋住了颜冬的脚。提升速度加快，最后的海洋转眼间升到半空中，如此巨大体积的物体快速上升在地面产生了强烈的气流扰动，一股股旋风卷起盐尘，在峡谷中形成一道道白色的尘柱。颜冬吐出飞进嘴里的盐沫，那味道不是他想象的咸，而是一种难言的苦涩，正如人类面临的现实。

最后的海洋不再是规则的长方体，它的底部精确地模印着昔日海洋最深处的地形。颜冬注视着最后的海洋上升，直到它变成一个小亮点融入浩荡的冰环中。

冰环大约相当于银河的宽度，由东向西横贯长空。与天王星和海王星的环不同，冰环的表面不是垂直而是平行于地球球面，这使得它在空中呈现为一条宽阔的光带。这光带由二十万块巨冰组成，环绕地球一周。在地面可以清楚地分辨出每个冰块，并能看出它的形状。这些冰块有的自转有的静止。这二十万个闪动或不闪动的光点构成了一条壮丽的天河，这天河在地球的天空中庄严地流动着。

在一天的不同时段，冰环的光和色都进行着丰富的变幻。

清晨和黄昏是它色彩最丰富的时段，这时冰环的色彩由地平线处的橘红渐变为深红，再变为碧绿和深蓝，如一条宇宙彩虹。

在白天，冰环在蓝天上呈耀眼的银色，像一条流过蓝色平原的钻石大河。白天冰环最壮观的景象是环食，即冰环挡住太阳的时刻。这时，大量冰块折射的阳光，使天空中出现一种奇伟瑰丽的焰火表演。以太阳被冰环挡住的时间长短，分为交叉食和平行食。所谓平行食，是太阳沿着冰环走过一段距离，每年还有一次全平行食，这天太阳从升起到落下，沿着冰环走完它在天空中的全部路程。这一天，冰环仿佛是一条撒在太空中的银色火药带，在日出时被点燃，那璀璨的火球疯狂燃烧着越过长空，在西边落下，其壮丽之极，已很难用语言表达。正如有人惊叹："这一天，上帝从空中踱过。"

然而冰环最迷人的时刻还是夜晚，它发出的光芒比满月亮一倍，这银色的光芒撒满大地。这时，仿佛全宇宙的星星都排成密集的队列，在夜空中庄严地行进。与银河不同的是，在这条浩荡的星河中可以清楚地分辨出每个长方体星星的轮廓。这密密麻麻的星星中有一半在闪耀。十万颗闪动的星星在星河中构成涌动的波纹，仿佛宇宙的大风吹拂着河面，使整条星河变成了一个有灵性的整体……

在一阵尖啸声中，低温艺术家最后一次从太空返回地面，悬在颜冬上空，一圈纷飞的雪花立刻裹住了它。

"我完成了，你觉得怎么样。"它问。

颜冬沉默良久，只说出了两个字："服了。"

他真的服了，这之前，他曾连续三天三夜仰望着冰环，不吃不喝，直到虚脱。能起床后他又到外面去仰望冰环，他觉得永远也看不够。在冰环下，他时而迷乱，时而沉浸于一种莫名的幸福之中，这是艺术家找到终极之美时的幸福，他被这宏大的美完全征服了，整个灵魂都溶化于其中。

"作为一个艺术家，能看到这样的创造，你还有它求吗？"低温艺术家又问。

"我真无它求了。"颜冬由衷地回答。

"不过嘛，你也就是看看，你肯定创造不出这种美，你太琐碎。"

"是啊，我太琐碎，我们太琐碎，有啥法子？都有自己和老婆孩子要养活啊！"

颜冬坐到盐地上，把头埋在双臂间，沉浸在悲哀之中。这是一个艺术家在看到自己永远无法创造的美时，在感觉到自己永远无法超越的界限时，产生的最深的悲哀。

"那么，我们一起给这件作品起个名字吧，叫——梦之环，如何？"

颜冬想了一会，缓缓地摇了摇头："不好，它来自海洋，或者说是海洋的升华，我们做梦也想不到海洋还具有这种形态的美，就叫——梦之海吧！"

"梦之海……很好很好，就叫这个名字，梦之海。"

这时颜冬想起了自己的使命："我想问，你在离开前，能不能把梦之海再恢复成我们的现实之海呢？"

"让我亲自毁掉自己的作品，笑话！"

"那么，你走后，我们是否能自己恢复呢？"

"当然可以，把这些冰块送回去不就行了？"

"怎么送呢？"颜冬抬头问，全人类都在竖起耳朵听。

"我怎么知道。"低温艺术家淡淡地说。

"最后一个问题：作为同行，我们都知道冰雪艺术品是短命的，那么梦之海……"

"梦之海也是短命的，冰块表面的滤光膜会老化，不再能够阻拦热光。但它消失的过程与你的冰雕完全不同，这过程要剧烈和壮观得多：冰块汽化，压力使薄膜炸开，每个冰块变成一个小彗星，整个冰环将迷漫着银色的雾气，然后梦之海将消失在银雾中，然后银雾也扩散到太空中消失，宇宙只能期待着我在遥远的另一个世界的下一个作品。"

"这将在多长时间后发生？"颜冬声音有些发颤。

"滤光膜失效，用你们的计时，嗯，大约二十年吧。嗨，怎么又谈起艺术之外的事了？琐碎琐碎！好了，同行，永别了，好好欣赏我留给你们的美吧！"

冰球急速上升，很快消失在空中。据世界各大天文机构观测，冰球沿垂直于黄道面的方向急速飞去，在其加速到光速一半时，突然消失在距太阳13个天文单位的太空中，好像钻进了一个看不见的洞，之后它再也没回来。

下篇

纪念碑和导光管

干旱已持续了五年。

焦黄的大地从车窗外掠过,时值盛夏,大地上没有一点绿色,树木全部枯死,裂纹如黑色的蛛网覆盖着大地,干热风扬起的黄沙不时遮盖了这一切。有好几次,颜冬确信他看到了铁路边被渴死的人的尸体,但那些尸体看上去像是旁边枯死的大树上掉下的一根根干树枝,倒没什么恐怖感。这严酷的干旱世界与天空中银色的梦之海形成鲜明的对比。

颜冬舔了舔干裂的嘴唇,一直舍不得喝自己带的那壶水,那是他全家四天的配给,是妻子在火车站硬让他带上的。昨天单位里的职工闹事,坚决要求用水来发工资,市场上非配给的水越来越少,有钱也买不到了……这时有人拍了拍他的肩膀,扭头一看是邻座。

"你就是那个外星人的同行吧?"

自从成为人类与低温艺术家沟通的信使,颜冬就成了名人,开始他是一位正面角色和英雄,可是低温艺术家走后情况就发生了变化。有种说法,说是他在冰雪艺术节上激发了低温艺术家的灵感,否则什么事都不会发生。大多数人都知道这是无稽之谈,但有个发泄怨气的对象总是好事,所以到现在,他在人们的眼中简直成了外星人的同谋。好在后来有更多的事要操心,人们渐渐把他忘了。但这次他虽戴着墨镜,还是被认了出来。

"你请我喝水!"那人沙哑地说,嘴唇上有两小片干皮屑掉了下来。

"干什么,你想抢劫?"

"放聪明点儿,不然我要喊了!"

颜冬只好把水壶递给他,这家伙一口气喝了个底朝天,旁边的人惊异地看着他,从过道上路过的列车员也站住呆呆地看了他半天,他们不敢相信竟有人这么奢侈,这就像有海时(人们对低温艺术家到来之前的时代的称呼)看着一个富豪一人吃一顿价值十万元的盛宴一样。

那人把空水壶还给颜冬,又拍拍他的肩膀低声说:"没关系的,很快就都结束了。"

颜冬明白他这话的含义。

首都的街道上已很少有汽车,罕见的汽车也是改装后的气冷式,传统的水冷式汽车已经严格禁止使用了。幸亏世界危机组织中国分部派了辆车来接他,否则他绝对到不了危机组织的办公大楼的。一路上,他看到街道都被沙尘暴带来的黄尘所覆盖,见不到几个行人,缺水的人在这干热风中行走是十分危险的。

世界像一条离开水的鱼,已经奄奄一息了。

到了危机组织办公大楼后,颜冬首先去找组织的负责人报到,负责人带着他来到了一间很大的办公室,告诉他这就是他将要工作的机构。颜冬看看办公室的门,与其他的办公室不同,这扇门上没有标牌,负责人说:

"这是一个秘密机构,这里所有的工作严格保密,以免引起社会动乱,这个机构的名称叫纪念碑部。"

走进办公室,颜冬发现这里的人都有些古怪:有的人头发太长,有的人没有头发;有的人的穿着在这个艰难时代显得过分整洁,有的人除了短裤外什么都没穿;有的人神色忧郁,有的人兴奋异常……中间的长桌上放着许多奇形怪状的模型,看不出是干什么用的。

"欢迎您,冰雕艺术家先生!"在听完负责人的介绍后,纪念碑部的部长热情地向颜冬伸出手来,"您终于有机会把您从外星人那里得到的灵感发挥出来,当然,这次不能用冰作材料,我们要创作的,是一件需要永久保存的作品。"

"这是在干什么?"颜冬不解地问。

部长看看负责人又看看颜冬,说:"您还不知道?我们要建立人类纪念碑!"

颜冬显得更加茫然了。

"就是人类的墓碑。"旁边一位艺术家说。这人头发很长，衣衫破烂，一副颓废派模样，一手拿着一瓶二锅头喝得有些醉意，这东西是有海时剩下的，现在比水便宜多了。

颜冬向四周看看说："可……我们还没死啊！"

"等死了就晚了，"负责人说，"我们应该做最坏的打算，现在是考虑这事的时候了。"

部长点点头说："这是人类最后的艺术创作，也是最伟大的创作，作为一名艺术家，还有什么比参加这一创作更幸福的呢？"

"其实都多……多余！"长发艺术家挥着酒瓶说，"墓碑是供后人凭吊的，没有后人了，还立个鸟碑？"

"注意名称，是纪念碑！"部长严肃地更正道，然后笑着对颜冬说，"虽这么说，可他提出的创意还是不错的：他提议全世界每人拿出一颗牙齿，用这些牙齿可以建造一座巨碑，每个牙齿上刻一个字，足以把人类文明最详细的历史都刻上了。"他指指一个看上去像白色金字塔的模型。

"这是对人类的亵渎！"另一位光头艺术家喊道，"人类的价值在于其大脑，他却要用牙齿来纪念！"

长发艺术家又抢起瓶子灌了一口："牙……牙齿容易保存！"

"可大部分人都还活着！"颜冬又严肃在重复一遍。

"但还能活多久呢?"长发艺术家说,一谈到这个话题,他的口齿又利落了,"天上滴水不下,江河干涸,农业全面绝收已经三年了,百分之九十的工业已经停产,剩下的粮食和水,还能维持多长时间?"

"这群废物,"秃头艺术家指着负责人说,"忙活了五年时间,到现在一块冰也没能从天上弄下来!"

对秃头艺术家的指责,负责人只是付之一笑:"事情没有那么简单。以人类现有的技术,从轨道上迫降一块冰并不难,迫降一百甚至上千块冰也能做到,但要把在太空中绕地球运行的二十万块冰全部迫降,那完全是另一回事了。如果用传统手段,用火箭发动机减速冰块使其返回大气层,就需制造大量可重复使用的超大功率发动机,并将它们送入太空,这是一个巨大的技术工程,以人类目前的技术水平和资源贮备,有许多不可克服的障碍。比如说,要想拯救地球的生态系统,如果从现在开始,需要在四年时间里迫降一半冰块,这样平均每年就要迫降两万五千块冰,它所需要的火箭燃料在重量上比有海时人类一年消耗的汽油还多!可那不是汽油,那是液氢液氧和四氧化二氮、偏二甲肼之类的物质,制造它们所消耗的能量和资源,是生产汽油的上百倍,仅此一项,就使整个计划不可能实施。"

长发艺术家点点头:"所以说末日不远了。"

负责人说:"不,不是这样,我们还可以采取许多非传统、非常规的方法。希望还是有的,但在我们努力的同时,也要做最坏的打算。"

"我就是为这个来的。"颜冬说。

"为最坏的打算？"长发艺术家问。

"不，为希望。"他转向负责人，"不管你们招我来干什么，我来有我自己的目的。"他说着指了指自己带的那体积很大的行囊："请带我到海洋回收部去。"

"你去回收部能干什么？那里可都是科学家和工程师！"秃头艺术家惊奇地问。

"我从事应用光学研究，职称是研究员，除了与你们一样做梦外，我还能干些更实际的事。"颜冬扫了一眼周围的艺术家说。

在颜冬的坚持下，负责人带他来到了海洋回收部。这里的气氛与纪念碑部截然不同，每个人都在电脑前紧张地工作着。办公室的正中央放着一台可以随意取水的饮水机，这简直是国王的待遇，不过想想这些人身上集中了人类的全部希望，也就不奇怪了。

见到海洋回收部的总工程师后，颜冬对他说："我带来了一个回收冰块的方案。"说着他打开背包，拿出了一根白色的长管子，管子有手臂粗，接着他又拿出一个约一米长的圆筒。颜冬走到一个向阳的窗前，把圆筒伸到窗外摆弄着，那圆筒像伞一样撑开，"伞"的凹面镀着镜面膜，使它成为一个类似于太阳灶的抛物面反射镜。接着,颜冬把那根管子从反射镜底部的一个小圆洞中穿过去,然后调节镜面的方向,使它把阳光聚焦到伸出的管子的端部。立刻,管子的另一端把一个刺眼的光斑投到室内的地板上,由于管子平放在地上,那个光斑呈长椭圆形。

颜冬说:"这是用最新的光导纤维做成的导光管,在导光时衰减很小。当然,实际系统的尺寸比这要大得多,在太空中,只要用一面直径二十米左右的抛物面反射镜,就可以在导光管的另一端得到一个温度达三千度以上的光斑。"

颜冬向周围看看,他的演示并没有产生预期的效果,那些工程师们扭头朝这边看看,又都继续专注于自己的电脑屏幕不再理会他了。直到那光斑使防静电地板冒出了一股青烟,才有最近的一个人走了过来,说:"干什么,还嫌这儿不热?"同时把导光管轻轻向后一拉,使采光的一端脱离了反射镜的焦距,地板上的光斑虽然还在,但立刻变暗了许多,失去了热度。颜冬惊奇地发现,这人摆弄这东西很在行。

总工程师指指导光管说:"把这些东西收起来,喝点水吧!听说你是坐火车来的,从长春到这儿的火车居然还开?你一定渴坏了。"

颜冬急着想解释自己的发明,但他确实渴坏了,冒烟的嗓子都快说不出话了。

"不错,这确实是目前最可行的方案。"总工程师递给颜冬一杯水。

颜冬一口气喝光了那杯水，呆呆地望着总工程师问："您是说，已经有人想到了？"

总工程师笑着说："与外星人相处，使你低估了人类的智慧。其实，在低温艺术家把第一块冰送到轨道上时，这个方案就已经有很多人想到了。后来又有了许多变种，比如用太阳能电池板代替反射镜，用电线和电热丝代替导光管，其优点是设备容易制造和运送，缺点是效率不如导光管方案高。现在，对它的研究已进行了五年，技术上已经成熟，所需的设备也大部分制造出来了。"

"那为什么还不实施？"

旁边的一名工程师说："这个方案，将使地球海洋失去百分之二十一的水，这部分水或变成推进蒸气散失了，或在再入大气时被高温离解。"

总工程师扭头对那名工程师说："你们可能还不知道，美国人最新的计算机模拟表明，在电离层之下，再入时高温离解产生的氢气会立刻同周围的氧再化合形成水，所以高温离解的损失以前被高估了，总损失率估计为百分之十八，"他又转向颜冬，"但这个比例也够高的了。"

"那你们有把太空中的水全部取回来方案吗？"

总工程师摇摇头："唯一的可能是用核聚变发动机，但目前我们在地面上都得不到可控的核聚变。"

"那为什么还不快些行动呢？要知道，犹豫不决的话地球会失去百分之百的水的。"

总工程师坚定地点点头："所以，在长时间的犹豫之后我们决定行动了，很快，地球将为生存决一死战。"

回收海洋

颜冬加入了海洋回收部，负责对已生产出的导光管进行验收的工作，这虽不是核心岗位，也使他感到很充实。

在颜冬到达首都一个月后，人类回收海洋的工程开始了。

在短短的一个星期内，从全球各大发射基地，有八百枚大型运载火箭发射升空，把五万吨荷载送入地球轨道。然后，从北美的发射基地，二十架航天飞机向太空运送了三百名宇航员。由于沿同一航线频繁发射，在各基地上空形成了一道长久不散的火箭尾迹，从轨道上看，仿佛是从各大陆向太空牵了几根蛛丝。

这批发射，把人类在太空的活动规模提高了一个数量级，但所使用的技术仍是二十一世纪初的，这使人们意识到，在现有的条件下，如果全世界齐心协力孤注一掷干一件事，会取得怎样的成就。

在直播的电视中,颜冬同所有人一起目睹了在第一个冰块上安装减速推进系统的过程。

为了降低难度,首批迫降的冰块都是不自转的。三名宇航员降落在这样一个冰块上,他们携带着如下装备:一辆形状如炮弹能够在冰块中钻进的钻孔车、三根导光管、一根喷射管、三个折叠起来的抛物面反射镜。只有这时才能感觉到冰块的巨大,他们三人仿佛是降落在一个小小的水晶星球上,在太空中强烈的阳光下,脚下的冰的大地似乎深不可测。在黑色的天空上,远远近近悬浮着无数个这样的水晶星球,有些还在自转着。周围那些自转或不自转的冰块反射和折射着阳光,在三名宇航员站立的冰面上,不停地进行着令人目眩的光与影的变幻。向远处看,冰环中的冰块看似越来越小,密度却越来越大,渐渐缩成一条致密的银带弯向地球的另一面。距离最近的一个冰块与他们所在的这块间距只有三千米,以它的短轴为轴自转着。在他们眼中这种自转有一种摄人心魄的气势,仿佛三只小蚂蚁看着一幢水晶摩天大楼一次次倒塌下来。这两个冰块在一段时间后将会因引力而相撞,会导致滤光膜破裂,冰块解体,破碎后的冰块将很快在阳光下蒸发消失。这种相撞在冰环中已发生了两次,这也是首先迫降这块冰的原因。

操作开始后,一名宇航员启动了那辆钻孔车。钻孔车车头旋转起来,冰屑呈锥状向外飞溅,在阳光下闪闪发光。钻孔车钻破了冰面那层看不见的滤光膜,像一枚被拧进去的螺丝一样钻进了冰面，在后面留下了一个圆形的钻洞。随着钻洞向冰层深处延伸，在冰层中隐约可以看到一条不断延长的白线。到达预定深度后，钻孔车转向，沿另一个方向驶出冰面，这就形成了另一条钻洞。宇航员一共向冰块深处打了四条钻洞，它们都相交于冰层深处的一点。接下来，宇航员们把三根导光管插入三个钻洞，再把一根喷射管插入直径较大的第四条钻洞，喷射管的喷口正对着冰块运行的方向。然后，宇航员用一根细管向导光管、喷射管与洞壁之间填充某种速凝液体，使其形成良好的密封。最后，他们张开了抛物面反射镜。如果说回收海洋的最初阶段采用了什么最新技术的话，那就是这些反射镜了。它们是纳米科技创造的奇迹，在折叠起来时只有一立方米大小，但张开后形成一面直径达五百米的巨型反射镜。这三面反射镜，像冰块上生长的三片银色的荷叶。宇航员们调整导光管的伸出端，使其受光端头与反射镜的焦点重合。

　　在冰层深处三条钻洞的交点，出现了一个明亮的光点，它像一个小太阳，照亮了大冰块中神话般的奇景：银色的鱼群，随波浪舞动的海草……这一切在瞬间冻结时都保持着栩栩如生的姿态，甚至连鱼嘴中吐出的串串小气泡都清晰可见。在距此一百多千米的另一个也在回收中的冰块里，导光管导入冰层深处的阳光照出了一个巨大的黑影，那是一条长达二十多米的蓝鲸！这就是人类昔日的海洋。

　　蒸汽使冰层深处的光点很快模糊了，在蒸汽散射下，变成了一个白色光球，随着被融化的冰体积的增加，光球渐渐膨胀。当压力达到预定值后，喷射管喷嘴上的盖板被冲开了，一股汹涌的蒸汽流急速喷出，由于没有阻力，它呈一个尖尖的锥形向远方扩散，最后在阳光中淡化消失了；还有一部分蒸汽进入了另一个冰块的阴影，被冷凝成冰晶，仿佛是一大群在阴影中闪闪发光的萤火虫。

首批一百个冰块上的减速推进系统启动了，由于冰块质量巨大，系统产生的推力相对来说很小，所以它们须运行少则十五天，多则一个月的时间，才能使冰块减速到坠入大气层的速度。在坠落之前，宇航员们将再次登上冰块，取回导光管和反射镜。要全部迫降二十万个冰块，这些设备应尽可能多的重复使用。

以后对自转的冰块的回收操作要复杂许多，推进系统将首先刹住其自转，再进行减速。

冰流星

颜冬与危机委员会的人们一起来到太平洋中部的平原上，观看第一批冰流星坠落。

昔日的洋底平原一片雪白，反射着强烈的阳光，不戴墨镜是睁不开眼的。但这并没有使颜冬想起自己的东北故乡的雪原，因为这里是地狱般炎热，地面气温接近 50 摄氏度，热风吹起盐尘，打得脸生疼。在远处，有一艘十万吨油轮，那巨大的船体斜立在地面,下面那有几层楼高的螺旋桨和舵轮上覆满了盐层。再看看更远处连绵的白色群山,那是人类从未见过的海底山脉,颜冬的脑海中顿时涌出两句诗:

"大海是船儿的陆地,黑夜是爱情的白天。"

他苦笑了一下,经历了这样的灾难,还摆脱不了艺术家的思维。

一阵欢呼声响起,颜冬抬头向人们所指的方向望去,看到在横贯长空的银色冰环中,出现了一个红色的亮点,这亮点漂出了冰环,膨胀成一个火球,火球的后面拖着一条白色的尾迹,这水蒸气尾迹越来越长,越来越粗,其色彩也更浓更白。很快,火球分裂成数十块,每一块又继续分裂,每一小块都拖着长长的白尾,这一片白色的尾迹覆盖了半个天空,似乎是一棵白色的圣诞树,每根树枝的枝头都挂着一盏亮闪闪的小灯……

更多的冰流星出现了,超音速音爆传到地面,像滚滚的春雷。天空中旧的水蒸气尾迹在渐渐淡化,新的尾迹不断出现,使天空被一张错综复杂的白色巨网所覆盖,现在,已有几万亿吨的水重新属于地球了。

大部分冰流星都在空中分裂汽化了,但也有一个较大的碎冰块直接坠落到地面,坠落点距离颜冬所在的地方约四十千米,海底平原在一声巨响中震动不已,在远处的山脉间腾起一团顶天立地的白色蘑菇云,这大团的水蒸气在阳光下发出耀眼的白光,并随风渐渐扩散,变为天空中的第一片云层。后来,云多了起来，第一次挡住了炙烤大地五年的烈日，并盖满了整个天空，颜冬感到一阵沁人心脾的凉爽。

后来，云层变黑变厚，其中红光闪闪，不知是闪电，还是仍在不断坠落的冰流星的光芒。

下雨了！这是即使在有海时也很罕见的大暴雨，颜冬和其他人在雨中欢呼狂奔，他们觉得灵魂都在这雨中融化了。但后来大家只好都躲回车内或直升机里，因为这时人在雨地中会窒息。

雨一直下到黄昏才停，海底平原上出现了许多水洼，在从云缝中露出的夕阳下闪着金光，仿佛大地的一只只刚睁开的眼睛。

颜冬随着人群，踏着黏稠的盐浆，跑到最近的水洼前。他捧起一捧水，把那沉甸甸的饱和盐水撒到自己的脸上，任它和泪水一同流下，哽咽着说：

"海啊，我们的海啊……"

尾 声

十年以后。

颜冬走上了冰封的松花江江面，他裹着一件破大衣，旅行袋中放着那套保存了十五年的工具：几把形状各异的刀铲，一个锤子，一只喷水壶。他跺跺脚，证实江面确实冻住了。松花江早在五年前就有了水，但这是第一次封冻，而且是在夏天封冻。由于干旱少雨，同时大量的冰流星把其引力势能在大气层中转化为热能，全球气候一直炎热无比。但在海洋回收的最后阶段，最大体积的冰块被迫降，这些冰块分裂后的碎块也较大，大多直接撞击地面。除了几座城市被摧毁外，撞击激起的尘埃挡住了太阳的热量，使全球气温骤降，地球进入了新的冰期。

颜冬抬头看看夜空，这是他童年时看到的星空，冰环已经消失，只有速度才能把太空中残余的少量小冰块与群星的背景区分开来。梦之海又变回现实的海，这件宏伟的艺术品，以其绝美与噩梦一起永远铭刻在人类的记忆中。

虽然回收海洋的工程已经结束，但以后的全球气候肯定仍是极其恶劣的，生态还要很长时间才能恢复。在可以看到的未来，人类的生活将是十分艰难的。但至少可以活下去了，这使所有的人感到了满足，确实，冰环时代使人类学会了满足，但人类还学会了更重要的东西。现在，世界危机组织改名为太空取水组织，另一个宏大的工程正在计划中：人类打算飞向遥远的类木行星，把木星卫星上和土星光环中的水取回地球，以弥补地球在海洋回收过程中失去的百分之十八的水。人们打算用已经掌握的冰块驱动技术，驱动土星光环中的冰块驶向地球。当然，在那样遥远的距离上，阳光已很微弱，只有用核聚变来汽化冰块核心以得到所需的推力了。至于木星卫星上的水，要用更复杂和庞大的技术才能取得。已经有人提出把整个木卫二从木星的引力巨掌中拉出来，使其驶向地球，成为地球的第二个卫星。这样，地球上能得到的水已多于百分之十八，这可以使地球的生态系统变得天堂般美好。当然，这都是遥远未来的事，活着的人谁都没有希望看到它实现，但这希望，使人们在艰难的生活中感到了前所未有的幸福。这是人类从冰环时代得到的最大财富：回收梦之海使人类看到了自己的力量，教会了他们做以前从不敢做的梦。

颜冬看到远处的冰面上聚着一小堆人，他一滑一滑地走了过去，那些人看到他后都向他跑来，有人摔了一跤后爬起来接着跑。

"哈哈，老伙计！"跑在最前面的人同颜冬热情拥抱，颜冬认出来了，他就是冰环时代之前好几届冰雪艺术节的冰雕组评委之一。颜冬曾发誓不再同这些评委说话，因为上一届艺术节上的冰雕特等奖，显然是基于那个妙龄女作者的脸蛋和身段而不是基于她的作品。接着，他又认出了其他几个人，大都是冰环时代之前的冰雕作者，同这个时代的所有人一样，他们穿着破烂，苦难和岁月已把他们中许多人的双鬓染白。现在，颜冬有流浪多年后回家的感觉。

"听说，冰雪艺术节又恢复了？"他问。

"当然，要不咱们到这儿来干什么？"

"我寻思着，日子这么难……"颜冬裹紧了破大衣，在寒风中发抖，不停地跺着冻得麻木的脚，其他人也同他一样，哆嗦着,跺着脚,像一群乞丐难民。

"啧,日子难怎么了,日子难不能不要艺术啊,对不对?"一位老冰雕家上下牙打着架说。

"艺术是文明存在的唯一理由!"另一个人说。

"别胡说了,老子存在的理由多了!"颜冬大声说,众人都大笑起来。

然后大家都沉默了,他们回顾着这十几年的艰难岁月,他们挨个数着自己存在的理由,最后,他们重新把自己从一群大灾难的幸存者变回为艺术家。

颜冬掏出了一瓶二锅头,大家你一口我一口传着喝了暖暖身子。然后他们在空旷的江岸上生起一堆火,在火上烘烤一把油锯,直到它能在严寒中启动。大家走到江面上,油锯哗哗作响地切入冰面,雪白的冰屑四下飞溅,很快,他们从松花江上取出了第一块晶莹的方冰。

吃货联盟的恐龙牧场

像弛智龙一样思考

文 / 罗隆翔

科幻
硬阅读
DEEP READ
不求完美 追逐极致

◆ 1 ◆

阿雷是瑞亚星舰三号大陆上的 045 号肉联厂的普通年轻工人，当肉联厂发生恐龙暴动时，他用大口径猎枪轰翻了两头挡路的恐龙，然后爬过恐龙的尸体，往工厂深处的飞船发射井跑去。

可惜他晚了一步，发射井里的六艘飞船都已经升空，只留下浓烟弥漫的空井……

阿雷破口大骂那些没义气的同事，然而生产线被破坏的坍塌声淹没了他那不堪入耳的斥骂，一头体长五米多的恐龙突然跳到了他面前！

阿雷举枪射击，不料恐龙非常灵活地避开了他的枪口，咆哮的子弹打穿一根冷却管，哗啦啦的液氮喷洒着白雾倾泻而出，恐龙的动作因此慢了下来。阿雷试图给恐龙再来一枪，但是扳机扣下，子弹却没发射出来。没子弹了！阿雷只觉得头皮一紧，赶紧丢下猎枪，转身就跑！

阿雷钻进飞船发射井之间的空隙，这道宽一米多、深十六米，坚硬到连飞船发射时的冲击波都震不垮的缝隙，让他暂时逃过了恐龙的袭击。他觉得有必要找一件武器防身，可找来找去，只发现了几盒散落的恐龙肉罐头。别无选择的他只好把罐头抓在手里，权当武器，总比赤手空拳看起来要强一点点。

一只小灯笼般的眼睛出现在缝隙对面，那赤红的眼珠子盯得阿雷头皮发麻。他听到了那可怕而沉重的呼吸声，这个怪物用长长的嘴巴啃噬金属墙壁，墙壁的金属板在它的撕咬下卷曲碎裂。啪的一声，怪物的一颗牙齿崩断了，碎牙溅射到阿雷脚边，那巴掌长的尖牙带着血腥味，让人作呕。

怪物往后退了几步，晃动着巨大的脑袋看着夹缝中的阿雷，一副食之费劲、弃之可惜的表情。阿雷终于看清楚了袭击者的模样，那是一条体长五米多的驰智龙。它是驰龙科恐龙中体型最大的一个分支，行动非常迅速且致命，跟著名的迅猛龙是表亲关系，但智商远高于迅猛龙。极少数驰智龙的大脑体积甚至直逼人类。它们会制造陷阱，还会非常逼真地模仿其他动物的叫声吸引猎物。有些目击者宣称这种恐龙会模仿人类使用工具，甚至模仿人类说话！这玩意儿是恐龙中最危险的一种，几乎每次牲口暴动都有它们的身影，但它们也以肉质鲜美而著称，是星舰联盟各超市食品专柜中最受欢迎的恐龙肉类产品。用它那硕大的大脑做成的"龙脑羹"，更是与鱼翅、燕窝齐名的美味佳肴。

眼下这头驰智龙，脖子上套着一个精美的项圈，项圈上镶嵌的名牌有它主人的名字：埃里克研究员。研究员名字的下方，是这头孽畜的名字：钢牙。

突然，钢牙转身离开了。阿雷刚刚松了一口气，却看见它竟然提着一台千斤顶走了回来！阿雷看着它把千斤顶塞进缝隙，慢慢撑大裂缝。阿雷简直惊破了胆，大声喊叫："别过来！我太瘦，骨头太多！不好吃啊！"

钢牙的喉咙里发出一阵沉闷的声音，它用很生硬的声调说："我刚才吃了几个，人类确实不好吃，但我吃饱了没事干，拆个墙活动活动筋骨，也不算个事吧？"

驰智龙会说话倒也不算是新闻了，这种动物的喉咙结构跟鹦鹉很相似，它们的大脑又相当发达，其实是货真价实的智慧生物，这一点肉联厂的不少员工都心知肚明。阿雷自然顾不上惊讶这个，他现在满脑子"逃命要紧"，可钢牙根本没有停手的意思。阿雷只觉得头皮发炸，赶紧抓住夹缝中胡乱伸出的钢筋管道，往更深更狭窄的地方钻，边钻还边说："这么说你现在是吃饱了？那我们干脆坐下来聊聊天，交个朋友怎样？"

钢牙的力气非常大，千斤顶把墙壁撑开之后，它好像吃撑了急着要发泄多余的精力似的，不停地撕咬各种金属管线，飞船发射井的金属板被它的尖牙利爪一块块撕下。

这地方是不能再待了！阿雷手脚并用，像耗子一样疯狂乱窜，凭着记忆去寻找屠宰型人形机甲的存放间。

他从一根恶臭的下脚料输送管爬出来，一抬眼就看到前面不到三米远处躺着的一套人形机甲。这种屠夫型人形机甲的身高跟驰智龙差不多，机甲的驾驶舱开着，原先的驾驶员肯定是丢下这个足以跟霸王龙掐架的大东西跑掉了。阿雷鼓足勇气，深吸一口气，想一鼓作气冲到铠甲旁。可是恶臭瞬间直冲脑门，他痛苦地捂着鼻子翻滚挣扎，这下脚料的杀伤力实在是比毒气弹还强！

轰隆一声，下脚料输送管被踩扁了，钢牙那锋利的爪子就钉在他眼前，这可是连霸王龙都能撕裂的利爪，如果位置稍微偏一点点，他的喉咙就会被爪子割断。钢牙显然是像猫玩老鼠一样玩他，否则以这种杀戮机器的敏捷性，阿雷早就成碎尸了。

阿雷把心一横，径直冲向人形机甲，咣当一声盖上座舱盖，钢牙的爪子晚了一步，只在座舱盖上抓出一道浅浅的划痕。阿雷吓得冷汗狂喷，要是他慢半步，那锋利的爪子足以削下他的脑袋！

抢到了人形机甲，阿雷顿时得意起来，他知道为了镇压恐龙暴动，很多人形机甲带有威力巨大的六管加特林机炮。他扳动控制杆，机甲摇摇晃晃站起来，伸出机械手臂对准驰智龙，手臂上的盖子慢慢打开……阿雷得意地大笑起来，准备用加特林机炮把钢牙炸成碎片。

可是，阿雷的笑容突然凝固了，机甲的手臂并没有像他想象中那样伸出加特林机炮，而是伸出根一米多长的大汤勺！他赶紧扭动控制杆,大汤勺收了起来,又伸出一把钳子!阿雷傻了眼,不停地切换武器,只见各种叉子、钩子、锤子、铲子像走马灯一样轮番弹出来,偏偏就没有一件像样的武器!钢牙看见阿雷的囧样,笑得趴在地上:"你这傻瓜!要是这套机甲有武器,原先的主人干吗丢下它逃命?"

好机会!阿雷看准钢牙笑趴在地的时机,驾驶机甲从它身上踩过去,冲向窗口!

哗啦一声,阿雷撞破窗户,从肉联厂逃了出来,机甲撞断了好几棵高大的树蕨,在二十多米高的楼下摔了个狗啃泥。

◆ 2 ◆

星舰联盟有个外号叫"吃货联盟"。联盟的居民很早以前就不再满足于工厂里合成的那些平淡无味的人造食品,而是像祖先一样追求广袤的有机牧场里种出来的各种纯天然、无污染的食品,追求各种精致味美的美食。为此,他们不惜在种植和烹饪上耗费比食物本身能提供的热量多出十几倍甚至上百倍的能量。这种极不经济的饮食方式,在太空流浪文明中极为罕见。为了满足这个奇怪的嗜好,他们建造了专门的农业型星舰。这种巨大的人造流浪星球上,除了牧场什么都没有,从人造太阳,到肥沃的土壤,再到生物圈,一切都是为农业生产服务的。各种农作物、牲口在跟地球相同的自然环境下生长着，成熟之后被采摘或屠宰，送上飞船，运往各艘拥有巨型城市的星舰，送进大大小小的超市和饭馆中，满足数以亿计的居民的饕餮之口。

数百年前，星舰联盟重返故乡——地球，寻找祖先们残留的文明碎片。一大群科学家在早已毫无生机的地球废墟中收集带走了几乎全部的东西——从文物到残破的地标建筑，再到动植物标本。这其中，也包括各种古生物化石。光是挖掘出来的恐龙化石就数以百万吨计，其中有不少以前从未发现过的生物化石，令人震惊的驰智龙化石，就是其中之一。面对如此巨大的化石数量，生物学家们萌生了一个想法：制造一艘环境跟白垩纪时的地球相同的星舰，复活包括恐龙在内的古生物，用于研究那个时代的生物环境。

可是，建造星舰耗资巨大，想要说服那些吝啬的议员同意拨款，可不容易。在多次碰壁之后，他们找到了一个对此感兴趣的人。

"这事儿包在我身上。"生物研究所的古生物研究室里，联盟食品联合会的总会长、商界人称"吃货姥姥"的郑清音老太太拄着龙头拐杖，打包票说。

那一年的议会财政年度预算会议，上演了惊人的吃货狂欢节。联盟食品联合会的货柜车摆满了整个国会广场，向每一个人免费分发美味的"史前风味食品"。食品企业聘请来的明星们在现场搭台献演，每一条马路的广告牌上都印刷着整齐的标语：

"让每一户人家的餐桌都更丰盛！""霸王龙腿肉汉堡、清蒸梁龙、香辣翼龙翅，争取加入星舰联盟豪华大餐！"

鹤发童颜的郑老太太带着提案和她那根超强利器——龙头拐杖，大步流星地踏进国会大厦。她没有用长篇大论来征服议员们，而是给每名议员带去一份恐龙肉大餐。当一些素食主义议员皱起眉头拒绝时，她不失时机地给他们推荐了同样美味的古蕨类大餐。

那一天的议会大厦，变成了美食大厦。老太太问议员们："关于食物来源多样性对人类健康的重要意义，不必我多说了吧？"她身后站着好几名科学家，如有必要，他们可以滔滔不绝地给议员们就食物来源多样性的重要意义讲上三个月的课。老太太还准备了两大卡车的技术资料，来阐述建造一艘白垩纪环境星舰有多划算——它的建造成本并不比传统的农业型星舰高太多，除了能提供大量的新种类食物，还可以为生物学家研究古生物提供基地，当然，吃货们最主要的目的还是吃。

建造白垩纪环境星舰的提案，很轻松就通过了。当郑老太太带着满意的笑容出现在高高的议会大厦台阶上时，星舰联盟电视机前数以亿计的老饕餮们发出了雷鸣般的欢呼声。老太太年轻时就是个活泼的疯丫头，看见这场景，好像又回到了肆意张扬的青葱岁月。她高举龙头拐杖，大声喊："我们的口号是——"

议会前的广场爆发出整齐划一的回应声："两条腿的人不吃，四条腿的凳子不吃！"

建造新星舰是耗时百年以上的大工程，"吃货姥姥"郑清音并没有活到看见瑞亚星舰建好的那一天，但她的提案却深刻地改变了整个星舰联盟的餐桌。

当科学家们在化石中提取 DNA 碎片，逐一复活那些古生物时，他们发现驰智龙其实是一种智慧生物！在"要不要复活一种智商跟人类差不多的恐龙"这一重大问题上，人们展开了一场不大不小的争论。

最后，吃货们的争论聚集到了一个焦点上：驰智龙好吃吗？好吃的话，那就复活吧！

◆ 3 ◆

白垩纪环境星舰并不适合人类生存，工厂外的世界是满眼的绿色，大量的爬虫栖息在沼泽中，不小心踩到鳄鱼或别的什么爬行动物是常有的事。茂密的树蕨森林遮天蔽日，森林中雾气霭霭，四十多摄氏度的气温闷热得像个大蒸笼。蕨类植物不像木本植物那样有发达的根系和坚硬的木质结构，只能在温暖湿润的环境下生存。可这星球上一些树蕨竟然能有二三十米高，可见这个世界潮湿到了连石头都会流水、活人都会发霉的地步。

阿雷操纵着机甲慢慢爬起来，如果不是机甲内部附带有降温除湿的空调系统，阿雷早就被炎热潮湿的空气蒸熟了。他没走几步，就滑倒在沼泽中，不得不再次艰难地爬起来。这种专门在工厂中使用的机甲还是不太适应白垩纪泥泞的环境。

阿雷回头看了一眼工厂，那座大工厂像一只体长达数百米的大蜘蛛，趴在大地上。它平时像推土机一样慢慢前进着，不断吞噬着巨大的蕨类森林。它顶端的停机坪停放着大蜻蜓一样的地效飞行器，经常成群结队地起飞出动，狩猎恐龙，然后扔进传送带中加工成各种恐龙肉食材。这样的大工厂在整个瑞亚星舰数量相当多。

由于环境潮湿温暖，蕨类森林就跟疯长的野草一样，刚收割过一茬就又新长出一茬。鲜嫩的蕨类植物富含糖类和蛋白质，几乎全株都可以食用，而不像开花植物那样只有果实、种子和叶子等少数部位能吃。蕨类植物惊人的生长速度，让人类知道了上古时代的地球是怎样供养得起恐龙这种食量巨大的庞然大物的。最让老饕餮们喜出望外的，是人们原本以为发育缓慢的爬行动物在炎热潮湿的史前气候中竟然繁殖得非常快。这些身形庞大的恐龙一窝窝地下蛋，繁殖得比耗子还快，一艘瑞亚星舰提供的食物，竟然比传统的农业型星舰要高两倍！人们几乎不用为驯养恐龙费心，只管忙着狩猎就够了。

就在阿雷仔细观察周围环境时，钢牙从几乎垂直的工厂墙面上飞奔下来，踏雪无痕般掠过树蕨根部密集的沼泽地。它那闪电般的速度让人想起它可怕的表亲——迅猛龙！阿雷完全没反应过来，就突然觉得自己好像被上百吨的超级大卡车撞上，连人带机甲像断线风筝一般飞了出去，撞断了一大片树蕨，脑袋朝下扎在泥潭里。

钢牙用锋利的爪子摁住机甲，牙齿又撬又咬，直至确认这次撞击没能成功地把机甲撞出裂缝，才无奈地放弃了。

机甲中的阿雷可不好受。强烈的撞击让他昏了过去，之后又在全身骨头似要碎裂的剧痛中醒过来。好在机甲跌落的地点是松软的沼泽，如果换成坚硬的石头地，只怕连人带机甲都要散架了。

钢牙的速度在工厂内部 20 多度的气温中是打了折扣的。恐龙尽管是恒温动物，但其体温调节能力远不如哺乳动物和鸟类，40 多度的湿热气候是最适宜它们生存的环境。如果温度降到 10 度以下，大部分的恐龙就会丧失活动能力，甚至被冻死。阿雷好不容易爬起来，却再次被钢牙轻松扑倒，他只好举起双手说："老兄，看在大家都是智慧生物的份上，咱们坐下来聊聊天好吗？"

"好。"钢牙回答得倒干脆，毕竟它也拿这个铁疙瘩没辙，刚才的全速冲击又消耗了不少体力，它也需要休息。鸟臀目恐龙的坐姿，跟老母鸡差不多，它就那模样趴在地上，明眼人都能看出鸟类跟恐龙之间那种极深的血缘关系。

阿雷说："你看起来对人类并不陌生，以前一定是被什么人驯养过吧？"

钢牙说:"我的养父埃里克是一个离群索居的古生物研究员,他教了我人类的知识。"

阿雷问:"他现在还好吧?"

钢牙笑了,露出锋利的牙齿:"不太好,他的肉太老,骨头太多,硌牙。"

阿雷大惊:"你吃了他?"

钢牙大笑说:"人类有个怪毛病,喜欢驯养宠物,总以为宠物养得久了就会通人性……如果是牛羊犬马这种天生就是群居性的动物,倒也罢了,驯养久了它们确实会把人类当成首领,对人类百依百顺。可如果是独居性的动物,你对我再好,好到让我把你视为同类,可要知道一山不容二虎,同类也照样相互残杀啊!"

钢牙继续说:"很多动物的行为受其并不发达的大脑控制,比如蛇这种东西,母蛇生下一窝蛋之后就离开了,小蛇破壳之后必须自己想办法觅食、生存,它的大脑中根本就不存在亲情、友情之类的意识。无论你怎么驯养都不可能改变它的大脑结构,你对它再好,在它眼里也不过是一头猎物罢了。"

这头大爬虫的一席话,听得阿雷深感认同。看来不光是蛇没有亲情和友情,只怕就连同为爬行动物的驰智龙也是如此。阿雷感叹说:"我还是第一次看见你这么睿智的恐龙。"

"谢谢,请叫我睿智的卧龙先生。"钢牙俯卧在地上说。

◆ 4 ◆

想干掉一条驰智龙极不容易，尤其是阿雷亲眼看见它杀死一头霸王龙之后。钢牙很聪明地激怒霸王龙，引诱它进入沼泽地。当霸王龙沉重的身躯陷入沼泽之后，钢牙冲过去轻松地杀掉了它。

阿雷说："我真不明白，作为白垩纪末期的顶级捕食者，为什么你们的数量会这么稀少？要知道我们人类在考古时发现过不少霸王龙化石，但驰智龙化石却稀少到直到星舰联盟重返地球之后才发现。"

钢牙撕下一块霸王龙肉，说："我们驰智龙一次产卵数量不多，又喜欢自相残杀，种群数量自然就少了……但我有个梦想：有朝一日能建立一个属于恐龙的伟大文明，然后摧毁人类文明，由我们驰智龙取而代之！"

在肉联厂收拾了那么多恐龙后，阿雷这还是头一次遇到有梦想的恐龙，但他还是大泼冷水："想建立文明可不是一件容易事，学会使用火焰是迈向文明的第一步，我们在考古学上从未发现过恐龙时代有人工生火的痕迹，你好歹得会钻木取火吧？"

钢牙抬起脑袋望了望四周，茂密的蕨类森林遮天蔽日，雾霭笼罩的大地把西斜的太阳映成一团圆圆的咸蛋黄。它突然跳起来，一巴掌打碎一棵树蕨，抓起半截蕨杆丢在阿雷面前，暴躁地说："你就知道钻木取火！这世界潮湿得连蕨类都能长几十米高！在这连石头都能流出水来的地方，你给我钻木取火看看？你祖宗燧人氏拿这环境也没辙！"

阿雷这个问题踩到了钢牙的尾巴，无法使用火焰是恐龙进化史上最大的软肋。人类诞生在宇宙中不过区区三百万年，现在已经纵横星辰大海。而驰智龙从诞生到灭亡于白垩纪末期的小行星撞击，只怕几个三百万年都不止。无法使用火焰不仅仅影响了它们获取营养更丰富的熟食，还导致它们无法冶炼金属，无法制造出更先进的工具，无法建立起属于恐龙的文明。

饥肠辘辘的阿雷坐在驾驶舱里看着钢牙大快朵颐。他试过逃走，但只要刚刚迈开步子，钢牙就跳过来把他扑倒在地。反复几次之后，阿雷明白了，钢牙试图将他困死在这里，直到他饿死为止。阿雷问钢牙："你说你的梦想是要取代人类文明，但你了解人类文明吗？"

钢牙说："了解一点，我们收集了很多关于人类文明的资料。"

"全都看得懂吗？"阿雷问它。

钢牙摇头："大多数看不懂。"

"那你真不该吃掉你的养父，他应该是很乐意向你传授人类的知识的。"

"可不是吗?所以刚吃完他,我就后悔了。"

阿雷算是明白了,驰智龙的食欲凌驾在理性之上,吃饱了它才有理性,肚子饿时它就是没脑子的猛兽,它们在食欲的驱使下敢吃掉任何对它们来说非常重要的人物。但对阿雷来说,这是一个好机会,他说:"你们现在一定缺一个了解人类文明的人吧?如果你不介意,我可以替你们解读人类文明。"

钢牙重新钻进工厂去,很快就提着一具喷火器走了出来。在这个潮湿的世界里做不到钻木取火,但喷火器却能正常使用。阿雷看着钢牙用喷火器烤霸王龙肉,觉得有点儿纳闷,照理来说,这种典型的食肉动物是不太喜欢熟食的。

钢牙把烤熟的霸王龙腿丢在阿雷面前,咧开血盆大口说:"欢迎加入我们。"

"我们?还有别人吗?"阿雷注意到钢牙不是第一次说"我们"了。他小心翼翼地打开座舱盖,撕了一块烤香的霸王龙腿肉,问道。

钢牙仰天长啸,沉闷的吼声让大地都簌簌发抖,片刻之后,一群驰智龙出现在阿雷的视野中。

钢牙张开双臂说:"欢迎加入钢牙部落!"

◆ 5 ◆

驰智龙一直试图模仿人类文明,这是瑞亚星舰上不少食品从业人员都提到过的事。

阿雷来到了所谓的钢牙部落,这是一座群山和大河环绕中的简陋混凝土建筑,门口倒着一块牌子,上书"埃里克的研究室",看来现在这研究室已经被钢牙霸占为自己的堡垒了。建筑物周围凌乱地堆放着各种砍伐下来的树蕨,看起来驰智龙想过用树蕨作为木材来修筑木墙。但它们发现树蕨的质地过于松软之后,就废弃不用了,改用狩猎到的大型恐龙的骨骼混在石头中修筑城墙,显得有几分阴森恐怖。

阿雷知道人类的原始部落修建围墙,是为了抵御野兽的入侵,他想不明白作为顶级掠食者的驰智龙为什么也需要城墙。也许,它们只是在有样学样地模仿人类的行为……在城墙和实验室之间,是七零八落的树蕨小窝棚,俨然一座小小的原始城镇。驰智龙学着人类那样盖房子,却又没有人类的建筑水平。每一座窝棚都用宽大的树蕨茎叶搭成,盖得七歪八倒,勉强能容纳一头驰智龙钻进去就算是房子。不过,这点进步跟其他只懂得风餐露宿的恐龙相比,已经算是文明大跃进了。一些驰智龙聚在房前屋后打磨狩猎用的工具,从工艺来看,已经接近人类新石器时代的水平，但材料却不是石头，而是人类丢弃的各种机械产品，其中不乏从工厂中拆回来的机械臂、铁管什么的，无一例外都被磨尖，做成标枪、长矛之类的落后武器。

没过多久，阿雷就知道了，在瑞亚星舰上，像钢牙部落这样的驰智龙原始部落为数不少。白垩纪时代的驰智龙尽管有着接近人类的智商，但直到小行星撞击地球时为止，它们都没进入部落时代。现在这些大大小小的部落，显然是受到人类文明的影响而逐渐形成的。钢牙的堡垒外胡乱张贴着各种不知从哪里搜刮来的海报，不少是星舰联盟的城市风光、蒸汽朋克风格的太空工厂、从远景拍摄的多如满天繁星的巨型飞船群，但数量最多的还是星舰联盟的各地美食图谱。每一张海报上都被它们涂鸦上一行蟑螂爬过般的文字：我们的目标是食物大海！

"你们的目标不是要摧毁人类文明，取而代之吗？"阿雷看着海报，大惑不解地问钢牙。

钢牙回答说："没错！但我们的最终目的，还是为了吃！人类有很多好吃的美食，养父生前就喜欢跟我分享那些奇特的美食。它们来自不同的星舰，甚至是不同的外星文明！人类为了美食，可以横跨数千光年重返地球挖掘化石来研究好吃的，也可以凭空制造出这艘白垩纪环境星舰作为行星级牧场，这真是让宇宙中一切吃货都叹为观止的实力啊！只要能征服人类，一切美食就都是我们的！"

说到底，驰智龙还是心直口快的吃货，完全不掩饰自己对美食的向往，阿雷也没指望这些头脑简单的驰智龙会有更高的"龙生追求"。

阿雷走进钢牙的堡垒，里面的实验仪器大多被驰智龙拆去做成简陋的武器了，凌乱不堪的书籍丢得满地都是，大部分在这潮湿炎热的气候中烂成一团团的纸浆，少数几本保留完好的都是历史书籍。阿雷翻看了几页，发现全都是人类上古历史。他问钢牙，钢牙说："这些史书说，人类是从原始部落走向部落联盟，再在部落联盟的基础上建立国家的，所以在我们建立起一个伟大的部落联盟之前，人类的后面大半截历史对我们一点儿用处都没有。"

这残缺不全的史书全是讲人类在上古时期是怎样打部落战争的，阿雷看着乏味，就放在一旁不管了。钢牙说："现在遇到了一点不大不小的问题。"

"什么问题？"阿雷问它。

钢牙说："我丢掉了养父给我的全部武器资料，我原本以为那玩意儿没有我们的尖牙利齿实用，但前几个月我们跟河对岸的部落死磕硬碰打了几场硬仗，它们的火焰投石机很厉害，我们吃亏了。"

阿雷问："这就是你袭击人类食品工厂的原因？你想到工厂里找些合适的武器？"

钢牙点点头，带阿雷去看一台从隔壁部落缴获的火焰投石机。那台用树蕨和恐龙油脂做成的机器非常简陋，唯一值得称道的地方是它们懂得在机器上绑上人类制造的火焰喷射器，用于在这潮湿的环境中点燃涂满油脂的石头。阿雷看着钢牙锋利的牙齿，说："你们应该和平共处才是，大家都是驰智龙，自相残杀很不好。"

钢牙说："别对我说这些没用的废话！你们人类的上古时代不也是打得血流成河吗？没有强大的部落联盟，哪会有后来强盛的人类文明？那些打仗厉害的部落首领，像奥丁、炎帝他们还成了后人膜拜的神祇，你们星舰联盟不是还有一艘巡天战列舰叫作'炎帝号'吗？"

驰智龙都是天生的暴君，阿雷担心再争论下去会激怒钢牙，于是选择乖乖闭嘴。精力充沛的钢牙转身去处理部落中的大小事情了，丢下一堆亟须解决的技术问题给阿雷折腾，好在驰智龙遇上的技术问题都是新石器时代的简单问题，诸如怎样找到更多更适合打造武器的人类废弃金属物，要用怎样的手法才能做出更为锋利的箭矢，怎样在白垩纪的潮湿环境中制造可以投向敌人的可燃物，怎样把树蕨加工成跟木材一样坚硬的材料，等等。

确定钢牙已经离开之后，阿雷暂时松了一口气，他想跟总部联系，却苦于没有联络工具，在机甲的驾驶室里急得一筹莫展。

突然间，他发现驾驶室的地板上竟然丢着一台手机，看样子是原先的驾驶员落下的，阿雷猛敲脑袋责怪自己是个笨蛋，要是他能早点儿发现手机,打电话求救,也不至于被困在这里这么久!

◆ 6 ◆

驾驶室里,阿雷捧着手机,颤抖的手连续拨错好几次,才成功拨通了045号肉联厂副厂长的电话。电话刚一接通,他就大声喊:"厂长!我是阿雷!我被困在瑞亚星舰上了!"

电话那头,副厂长被他的声音吓了一大跳,劈头就问:"阿雷,你还活着?"

阿雷没好气地回答:"不然你跟谁打电话?"

副厂长说:"我们都以为你被恐龙吃掉了,所以没安排救援队去救你,但财务已经把慰问金、治丧经费和意外死亡保险给你的父母准备好了,那可是很大一笔钱啊!"

阿雷气得差点儿没把手机给砸了,他大声吼:"你的意思是不是死掉我一个,幸福我全家?你担心派救援队过来,万一救不出我,还得再搭上几条性命,与其让公司赔惨了,还不如干脆放弃我,对不对?告诉你,现在问题大了!那些驰智龙不光是袭击了肉联厂,它们还密谋造反,想建立一个庞大的部落联盟,要推翻人类文明取而代之!我们必须报警!不!要想办法报告联盟政府！要赶紧派出星际陆战队镇压这些冷血的爬行动物！"

提到要报告政府，副厂长那头咆哮起来说："你这是存心要砸大家的饭碗！你要知道，一旦安全事故部门查起来，咱们整个肉联厂都得关门整顿！你要大家喝西北风去啊？等等……你说那些驰智龙要密谋推翻人类？稍等一下，我马上向上头汇报，待会儿再给你电话。"这事情可不是闹着玩的，副厂长的咆哮声一下子停住，挂断了电话。

没几分钟时间，阿雷手中的电话又响了起来，他赶紧接电话，电话那头传来一个苍老而又威严的声音，自称是联盟食品联合会分管瑞亚星舰的执行董事。

"执……执……执行董事？"阿雷的声音结巴起来，他只是最底层的小员工，亲眼见过的最大的官儿就只是045号肉联厂的厂长，执行董事主管整个瑞亚星舰上所有的食品企业，比厂长还要大好多级。

那个苍老的声音说："年轻人，老实告诉我，瑞亚星舰发生了什么事？"

阿雷不敢隐瞒，把他遇到的所有事情，包括钢牙的事都一五一十地告诉了老人。

"这么说，我的好友埃里克，是被驰智龙吃掉了？"老人听完阿雷的汇报之后，问他。

"是……是的。"阿雷结结巴巴地回答。

老人感叹说:"难怪那么久都没他的消息。埃里克是我们公司非常优秀的研究员,对恐龙牧场的建设做出过重要贡献,他做得一手好菜,尤其擅长烹饪恐龙蛋……你手上有他的遗物吗?带回来给我,我会出高价买回来。"

阿雷匆匆翻着那些霉烂的资料,说:"这里只有一些烂掉的笔记本……等等,好像还夹着几张指甲大小的记忆芯片,您一定要想办法救我离开这瑞亚星舰,不然这些遗物也没法儿给您。"阿雷最关心的还是自己的小命。

老人问:"你现在是坐在机甲中吗?"

阿雷说:"那当然,要不是有这副机甲保护着,我早被恐龙吃掉了!"

老人说:"这么看来,驰智龙也拿你没办法。你有两个选择,一个是报警,让政府的救援人员把你救出来,这是最安全的方法,但对你来说却会错过人生中最难得的一次机会。"

听老人的意思,阿雷觉得似乎有一个非常难得的机遇摆在自己面前,他问老人:"另一个选择是什么?"

老人说:"另一个选择是自己杀出一条血路,提钢牙的脑袋回来见我,我们将像迎接英雄一样迎接你回来,而你也将被提拔为恐龙狩猎队的副队长。"

阿雷掰着手指头算副队长是多大的官儿,突然惊叫:"妈呀!我居然跟副厂长平起平坐了!"

老人问他:"满意吗?"

"满意!一万个满意!你可要信守诺言啊!"那可是苦哈哈的普通小员工奋斗半辈子都不一定爬得上的高位啊!阿雷高兴得嘴巴都快咧到耳朵根了,看见的只有金钱满地的灿烂前途,生命危险这种小事早已经被他抛到九霄云外。

老人挂断电话之后,阿雷一直乐得回不过神来,直到一个沉闷的声音在他面前炸雷般响起:"你在跟谁打电话?"

糟了!阿雷忘了恐龙的听力远比人类敏锐,钢牙八成把所有的对话都听进了耳朵里!

◆ 7 ◆

自从那天打过电话之后,阿雷每一天都是在胆战心惊中度过。钢牙好像知道他要拿它的首级换取恐龙狩猎队的副队长宝座,不管什么时候都让一群凶猛的驰智龙盯着他,再也没给他一人独处的机会。阿雷好几次忍不住想拨打报警电话,但到头来又受不住副队长职位的诱惑而放下了电话。

钢牙让他给部落设计各种武器用于攻打别的驰智龙部落。阿雷虽然不懂武器设计,但他好歹懂得人类石器、冷兵器时代所用的那些武器,简单仿制一下提供给钢牙,短短一个月时间,竟也给钢牙部落设计了不少武器。

阿雷很清楚，如果钢牙真要杀他，办法多的是。尽管钢牙咬不穿坚硬的机甲，但机甲的驾驶室里没有食物，只要钢牙不给他提供吃的，就能活活饿死他。或者是在他面前摆上一只烤熟的剑龙腿，等他饿到实在受不了，钻出驾驶舱时，就可以轻松咬死他。但钢牙没有这样做，只要阿雷还给它设计武器，它就很克制地不去伤害他。

时间一天天过去，尽管阿雷一直被关在钢牙部落的城堡里，但从别的驰智龙口中，他听到钢牙征服了一个又一个部落的消息，势力变得越来越庞大，还知道 045 号肉联厂早已经复工，没人在乎他这样一个小小员工的下落。可现在他能拿得出手的武器资料越来越少，他知道自己最担心的事情已经越来越近了。

阿雷在绝望中打开早已看过无数次的钢牙驯养记录，这是埃里克研究员生前拍摄的。

驰智龙的生育方式，就像海龟那样，下完蛋就不再管后代了，刚破壳的小驰智龙已经懂得自己觅食。很多鱼类、两栖动物和爬行动物在缺乏食物时，会吞食自己的兄弟姐妹，而当埃里克发现恐龙蛋已经孵化时，时间已经过去了三天，整整一窝小驰智龙已经自相残杀到仅剩最后一只！埃里克给这只小恐龙准备了牛奶和鸡蛋，这个小家伙却张开满是尖牙利齿的嘴巴向他咆哮，试图攻击他。埃里克倒是很喜欢这头小野兽，给它起了个名字叫"钢牙"。

视频中，阿雷看到了埃里克耐心地教钢牙读书识字，显然埃里克很清楚驰智龙是智慧生物。养一头天性中不存在亲情的爬行动物，远比养基因中自带亲情因素的哺乳动物要困难得多。很多时候，埃里克不得不依靠电击来让小钢牙学会顺从。另外一个能让钢牙乖乖听话的手段，就是喂食了。得益于人类种类繁多的美食，年幼时的钢牙学会了主动讨好埃里克。由于它从埃里克手中得到的食物远比野生驰智龙丰盛，钢牙的发育非常快，个头也远比普通驰智龙大得多。

钢牙从埃里克那里学到的知识远远超出了普通驰智龙的水平，庞大的身躯和精心训教的体能让它能轻松击败别的驰智龙。在埃里克七十岁那年，钢牙已经是一大群驰智龙的首领了，在刚刚懂得建立原始部落的驰智龙世界中，它俨然一方霸主。

在钢牙眼里，阿雷已经拿不出有用的武器设计图纸了。当钢牙带着几头亲信走进堡垒时，阿雷正在费尽心血地测量一段巨大的树蕨根茎，根茎中段已经被挖空了，做成一段臼炮的模型。现在困扰阿雷的问题有两个：一是怎样在这个潮湿的世界里研制出能用的火药，二是怎样让松软的树蕨承受住发射时的冲击力而不散架。

瑞亚星舰终究只是人类制造出来的白垩纪环境复刻版，跟真正的白垩纪时代还是有区别的。为了避免强势的被子植物对蕨类植物的生存空间造成挤压，影响作为食物来源的蕨类产量，人类设法抹去了高等植物在这个星舰上的存在。别说是枫树、桦树这种典型的被子植物难觅踪影，就连水杉、银杏这些白垩纪时代的裸子植物也难觅踪影，这就使得想在该星球上找块质地够硬的木材都很困难。

钢牙走到阿雷面前，一脚踩碎那脆弱的树蕨臼炮，说："别鼓捣这种东西了，这里不是地球，我们跨不过冷兵器时代的。"

阿雷面如死灰，他知道自己造不出臼炮，只是装模作样在研究，好让钢牙别吃了他罢了。现在钢牙看穿了他的小算盘，他的性命只怕是保不住了……

钢牙把阿雷连人带机甲拖到驰智龙群面前，带他坐上巨大而简陋的树蕨战车，居高临下俯视着下面黑压压的一大片驰智龙。阿雷知道这是方圆数十个驰智龙部落结成的联盟，俨然君临天下的霸主气势，同样的战车还有好多台。驰智龙驱赶着大量被驯化的剑龙、角龙，牵引着战车，大量的霸王龙披上骨头和牙齿做成的铠甲，被驰智龙驱策着赶往前线。

钢牙对阿雷说："我统一了黄河北岸所有的驰智龙部落，今天就要跟南岸的那个大部落联盟拼个高低，看谁才是这世界最高的霸主！"

钢牙所谓的"黄河"，是钢牙部落南岸的一条大河，驰智龙为了建立部落以及制造武器，把方圆百里的树蕨都砍光了，充沛的雨水把失去植被保护的泥土冲到河里，变成黄浊的泥水河，钢牙一看，想都不想就给它起名叫"黄河"。

阿雷黑着脸说:"你们能不能给这条河换个名字?这名字要是传开了,很多地球人会对你有意见的。"

钢牙从鼻子里哼气,说:"南岸那个部落联盟首领的名字还叫蚩尤呢!"

阿雷惊讶地问:"真的假的?"

钢牙说:"那是我给它起的外号。"

这个冷笑话一点儿都不好笑,但钢牙的智慧让阿雷更加笑不出来。钢牙显然知道渡河战役的凶险,所以选择在浓雾笼罩的清晨发动攻势。本来驰智龙极少在浓雾中发动进攻,因为浓雾会让它们分不清方向。阿雷发现钢牙的部队中有很多奇怪的小型蕨木车辆,它粗犷而又巧妙的齿轮跟车轮连在一起,不管小车怎么转,车上头的指示标始终指着河的对岸。

钢牙麾下的每一头驰智龙都提着石头和骨头打磨成的武器,脑袋上都扎着一串本内苏铁——这是一种朝着开花植物演变的蕨类植物,开有非常原始的花,是很多恐龙都爱吃的食物,其地位就跟人类眼中的大白菜类似。这一群头戴本内苏铁、手持原始武器的驰智龙,在阿雷看来就跟一群古惑仔脑袋上顶着一棵白菜去打架一样可笑,但这正是钢牙部落战无不胜的秘密之一,可以看作最原始的敌我识别标志,只要看见头顶没有白菜……不,没有本内苏铁的,就一定不是己方的恐龙,一斧头砍下去就对了。

渡河战役开始了。钢牙趁着浓雾,让手下点燃恐龙油脂和蕨类植物做成的燃烧物,包裹着大石头用投石机砸向对岸。一道道火光消失在浓雾中,大河对岸的大部落传来恐龙被击中的嚎叫声。驰智龙点燃绑在霸王龙和剑龙尾巴上的火把,驱赶它们冲向对岸。

对岸那个大部落在浓雾之中被杀了个措手不及,当它们仓促地拿起武器时,钢牙麾下的驰智龙已经过了河,用牙齿利爪和冷兵器展开无情的杀戮。

钢牙对目瞪口呆的阿雷说:"我很感谢你帮了我那么多忙,现在,我该送你回老家了。"

阿雷吃惊地问钢牙:"你要送我回星舰联盟?"

钢牙一巴掌把阿雷连人带机甲打翻在战车上,几头驰智龙提着油脂和蕨叶倒在阿雷身上,用从人类工厂中抢到的火焰喷射器点着了火。整个机甲轰的一声变成一团大火球,阿雷这才注意到这辆战车竟然是一台巨大的投石车!

钢牙跳离它俯卧的位置,一爪子削断投石车上固定着重物的绳索。

一声巨响,阿雷连同他那好几吨重的机甲,拖着长长的火焰飞了出去,变成投石机的"炮弹"。

钢牙仰头看着飞向对岸的阿雷,幽默地说:"祝你投胎路上一路顺风!"

◆ 8 ◆

这是阿雷见过的规模最大的恐龙战争。当他慢慢转醒时,全身上下都像散架一样剧痛,驾驶舱内的生命维持系统显示他昏迷了足足两天,断了两根肋骨和一根腿骨。大地在不停颤抖着,巨大的恐龙仍然在他头顶上厮杀,反复争夺阵地,不时有恐龙不小心踩到他,把整套机甲都踩得陷入了松软的河滩沼泽中去。驾驶舱出现了裂缝,饥渴的他只能靠喝渗入驾驶舱的少量污水和恐龙血维持生命。他一动都不敢动,静静地等着战争结束。

直到第三天,头顶上才没再传来驰智龙的厮杀声,他吃力地推动控制杆,控制着机甲爬了起来。眼前层层叠叠的恐龙尸体让他彻底震惊了,遍地的鲜血硬是把旁边的"黄河"染成了"红河"。

"你命真硬……"钢牙的声音从阿雷背后传来,它有气无力地趴在一架烧成碳的投石机上,受了很重的伤。

阿雷说:"不是我命硬,是这副机甲硬,这毕竟是星舰联盟的高科技产品,科技水平比你们领先一亿年……话说你怎么会打输了?"他每说一个字,断裂的肋骨都刀割般疼痛,只能让驾驶室内的脑电波转化装置把他想说的话变成电子合成音"说"

给钢牙听。

钢牙说:"我没输,但也没赢,这个部落的首领跟我一样,都是人类养大的驰智龙,我懂的知识它也懂,我给它起绰号叫'蚩尤'就是想击败它……只可惜我不是轩辕黄帝,它死了,我也活不了多久了。"

阿雷问:"你说除了埃里克,还有别的人养驰智龙?"

钢牙吃力地点了点硕大的脑袋,说:"这是人类的阳谋,人类从化石堆里复活了我们,派人教给我们知识,人类的强大吸引着我们模仿人类的发展方向,吸引着我们为了建立一个统一的部落联盟、奠定文明的根基而厮杀。没有任何一种智慧生物能抵御建立一个伟大文明的诱惑,哪怕明知道是飞蛾扑火,也还是义无反顾地走向了战争……每一个驰智龙心里都有一个成为顶级吃货的梦想,梦想着像人类一样,能随意创造一个自己想要的世界,变着花样满足口腹之欲。"

阿雷辩解说:"我们人类除了吃,还有更高的追求,而且我打算当一个素食主义者……"看见这血流满地的场景,阿雷觉得自己这辈子都吃不下肉了。

"吃才是第一位的!"钢牙费力地咆哮说,"任何一种生物,它可以没有别的梦想,唯独对食物的需求永恒不变!没有食物就无法维持生命,没有生命就无法实现别的梦想,哪怕是智力再发达的智慧生物,终究也还是生物,不管你吃的是动物还是植物，吃的都是有生命的东西。人类作为一种生物，最好是坦诚地承认这一点，我不喜欢你们对食物假惺惺地发表一些怜悯的看法。"

阿雷艰难地走过去，想给钢牙止血。钢牙张开大嘴一口扯碎他机甲驾驶室的座舱盖，这副机甲被折腾了这么久，早已经残破不堪，失去保护的阿雷恐惧地看着那满嘴牙齿的阴森大口，问道："你不愿我救你？"

钢牙说："我为什么要让你救？你救了我又能如何？吃和被吃，原本就是自然界的铁律。植物吞噬无机物和阳光，植食动物吃植物，食肉动物吃植食动物，哪怕是人类这种高高在上的顶级掠食者，也有衰老死亡、分解成无机物的一天，最终又变成供养植物的食材……这才是完整的自然循环。作为自然界中养育出的智慧生物，你的职责不是破坏这养育了你的铁律，而是设法保护它。在我们驰智龙眼里，人类就是创造了整个瑞亚星舰的神祇。神应该维护自然规律的平衡，而不是毁掉这种平衡。"

阿雷觉得有些费解，说："你们把人类视为神祇，那为啥还想着要取代人类？"

钢牙咧开大嘴笑了，说："因为我们也想成为拥有无限食物可供食用的神祇啊！但这是做不到的，瑞亚星舰并不是无拘无束的老地球，这里没有建立工业文明所需的煤炭和石油，哪怕人类放手让我们自由发展，我们也不可能建立起跟人类比肩的伟大文明，甚至连冷兵器时代都跨不过去……然而，至少我们努力过，我觉得死而无憾了。"

阿雷问："既然这样，人类为什么要传授给驰智龙知识？"

钢牙说："为了更鲜美的肉质和更发达的大脑，为了你们超市和餐馆里更美味的恐龙肉脍和更值钱的龙脑羹！人类这种顶级吃货已经无法满足于圈养的牧场中生产出来的肉类了，为了厮杀而奔波运动的食肉动物才是人类的饕餮之口的最爱，我原本以为你是明白这个道理的。"

阿雷愣愣地看着钢牙，老半天才说："你是我见过的最睿智的吃货。"

钢牙笑了，笑得咳血，艰难地俯卧在投石机残骸上说："请叫我睿智的卧龙先生！"

阿雷板着脸说："我叫不出口，我担心诸葛老先生从棺材里蹦出来告你侵权。"

钢牙又笑了，那笑声宛若震雷，它说："不要为自己是一个吃货而感到羞愧。你们人类已经先进到可以脱离自然界而生存，如果你们仁慈到通过无机物从工厂里合成食物来维持生存，那星舰联盟就不会有数以百计的带生物圈的星舰，也不会有这一百多艘让无数动物赖以生存的牧场型星舰。而我们这些白垩纪的古生物，也会仍然是毫无生命的化石。我们驰智龙的世界有这样一句话：'连人类都不愿吃的东西，根本就没有生存的可能。'所以我们从来没介意过你们培养或是猎杀驰智龙。而你们这些自视甚高的人类，又何尝不是死后成为各种微生物甚至植物的饕餮大餐？"

远方的天边出现恐龙狩猎队的地效飞行器，钢牙大吼一声，慢慢站起来，伤口的鲜血哗啦啦直流。它面对的阿雷端坐在机甲的驾驶室里，已经失去了座舱盖的庇护。钢牙说："我这辈子活吞过无数猎物，但我从未折磨过任何食物，这是我最得意的事情。人类培养了我们，我们痛快地在这大地上为了一个注定无法实现的梦想厮杀过，龙生短短几十年，这已经够本了……现在我教你最后一件事：尊重自己的食物。我当时听到你打电话了，知道你要拿我的首级换取狩猎队副队长宝座，咱们遵循自然规律，看谁成为谁的食物，最后再厮杀一场吧！"

这是一场公平的决斗，失去座舱盖的阿雷再也不是刀枪不入的无敌状态；而身负重伤的钢牙也不再是速度和力量远超人类的超级杀戮机器。

钢牙吼叫着扑向阿雷，阿雷沉着地转动控制杆，机甲的手臂弹出唯一勉强称得上武器的东西——一把特大号烤肉叉。钢牙锋利的牙齿距离阿雷的喉咙只有区区五厘米，阿雷的烤肉叉却抢先一步，深深地插进了钢牙的心脏。

阿雷说："谢谢你教我这些道理，睿智的话唠先生。"

"请叫我睿智的卧龙先生……"钢牙灯笼般大小的眼睛慢慢闭上，满意中带着一丝微不足道的遗憾。

◆9◆

当危险和机遇并存时,勇气是决定一生命运的关键。如果当初阿雷选择了报警,那今天的他也许就只是一个普通的小员工,在散发着肉类腥味的045号肉联厂里干一辈子,运气好的话,退休前能升个小工头就算仕途到顶了。

当阿雷狼狈不堪地提着钢牙的脑袋回到公司时,英雄般的迎接让他不知所措,很多人都赞叹这年轻人沉稳冷静,面对闪烁的照相机仍然能不动如山,但只有阿雷才知道自己已经被吓得完全不会动弹,只是故作镇定罢了。遭受这次意外事件伤害的食品公司太需要塑造一个英雄来挽回形象了,资历尚浅的阿雷在公关部门的疯狂打扮下,就成了塑造这个形象的最佳代表。

二十二岁的阿雷被破格提拔为最年轻的恐龙狩猎队副队长。他知道,要论资历和能力自己是坐不上这个位置的,只是上头以为能在驰智龙大战中活下来的必定是富有经验的老猎手,却没想到他只是刚参加工作没几年的年轻人,放出来的话又不好食言罢了。只要自己犯点什么错误,立马就会被降职。所以他小心翼翼地卖力工作,不敢让这个难得的机会在自己手指间溜走。

年纪轻轻就当上副队长的优势是相当大的，不少副队长论年龄都是阿雷的父辈，这使他有了比同龄人更多的机会接触公司的高层。阿雷在副队长的位置上坐了五年，然后迎来一段美满的婚姻。之后他一步步顺利升迁，当他坐上了联盟食品联合会分管瑞亚星舰的执行董事的宝座时，年近六旬的他知道这辈子的仕途到头了。食品联合会当中，职位跟他相同的有一千多人，他们或是一个星舰牧场的执行董事，或是某颗为人类提供食物的殖民星的行星主管，或是某支为吃货联盟寻找新食物的太空探险队的首领，阿雷却始终没有离开瑞亚星舰。

在这大半辈子里，阿雷端坐在高高的大楼上，俯视着这片白垩纪时代的大地，看着驰智龙接连不断地打着一场场激烈的部落战争。这是人类和驰智龙都心知肚明的阳谋。狩猎驰智龙仍然是一件危险的事情，恐龙狩猎队敢于捕杀任何类型的恐龙，把它们送上餐桌，唯独驰智龙是个例外。只有部落战争结束时，狩猎队才敢姗姗而来，收获那些自相残杀到奄奄一息的驰智龙，带回工厂做成美味的龙脑羹。

很多狩猎队出身的公司领导都喜欢在自己的办公室中悬挂恐龙头骨作为装饰物，阿雷也不例外。他的办公室悬挂着一个巨大的驰智龙头骨，头骨下方的铭牌刻着一行字：睿智的钢牙先生，改变我一生的诤友。

每当遇上犹豫不决的问题时，阿雷就会转过椅子，看着钢牙的头骨，想象着杀伐果断的钢牙会怎样处理这些棘手的事。下属们对他又敬又畏，把他称为"像恐龙一样思考的雷爷"。

阿雷从一个被恐龙战争摧毁的部落中捡到一枚驰智龙蛋，他坐在办公室里，怔怔地看着这枚恐龙蛋，钢牙的模样又浮现在他眼前。他开始给自己写退休计划，他想孵化这枚恐龙蛋，想在瑞亚星舰建一栋小房子隐居，想把钢牙教他的道理教给小恐龙，想把它培养成新一代的驰智龙首领……他连小恐龙的名字都想好了，就叫钢牙二世。

也许未来的某天，钢牙二世会把他吃了，就像当年钢牙吃掉埃里克那样；也许钢牙二世对人肉不感兴趣，他会老死在瑞亚星舰的小房子里，成为细菌和植物的食粮……但不管哪种结局，对一个虔诚的吃货来说，都是很不错的人生结局。

飞鸟,飞鸟

恒星生物

文 / 碧天红月

科幻
硬阅读
DEEP READ
不求完美 追逐极致

献给我的朋友莉莉艾，他为这篇文章提出了弥足珍贵的修改意见。

◆ 1 ◆

雾尼已经停留在色球层的顶端三个禧年[①]。

色球的顶部再往上就是拉的冠冕[②]，中间还有一段温度陡增的薄气层，那里的辐射对于飞鸟们来说并不友好，因此雾尼只是静静地、静静地矗立着，任由等离子炬与针状体在他的身旁起起落落。

雾尼驻足于此的第三个禧年，正是由春转夏的季节。太阳

[①] 禧年：文中的禧年指11个地球年，也即太阳黑子的活动周期。后文将作详细阐述。
[②] 拉：古埃及太阳神，在这里特指一种恒星生物。冠冕：指日冕。

黑子[3]的蝶浪正大规模地向赤道移动，色球层中，碰撞电离变得尤为强烈，全频道波段里，声音变得再一次嘈杂起来。

雾尼轻轻地叹一口气，强劲的等离子流从他腹腔的湍流中喷射而出，激起前方的日面原纤维一阵颤动，他快死了。

若是在他年轻之时，腹腔中全力喷出的等离子体气流可以长达八百千米——那是十倍于他体型的长度。但已经三个禧年没有进食，寿限将近的他，如今已经如风中烛火，摇摇欲坠。

雾尼的"目"突然接收到一条微弱的电磁波信号，在嘈杂的磁化等离子体巨浪中，这条微弱的信号显得尤为独特而熟悉。

他等待着。

一个小小的光点逐渐出现在他的视线里，那是一个梭状的身影，内部是活跃的等离子体湍流，外壳是由气态等离子晶球组成的高温晶壳，身影两侧是宽广的磁翼，正勉力地扇动，压下初夏狂暴的飓风，向着雾尼飞来——那是他的伙伴，他们是日光飞鸟。

裹挟起一阵巨大的等离子体涡流，沈拉来到雾尼身边。

他轻轻地收拢磁翼，带起无数电子跃上阿尔芬波峰，演化成一股雄厚的电子风向四周扩散而去，激起一阵阵等离子冲浪。

"雾尼，你还是不愿意和我们一起走？"沈拉有些焦急地

---

[3] 太阳黑子：太阳光球上出现的斑点，或与多种太阳活动如日冕物质抛射等有关。德国天文学家古斯塔夫·施波雷尔通过对卡林顿观测数据的进一步分析得到太阳黑子在日面位置上的迁移呈现蝴蝶图样的分布。

问道,他身躯的高温晶壳一阵闪烁,发送出一道高频的电磁波。

"这已经是你第 268 次问我啦,沈拉。"

"这次我们是真的要走了,黑子已经开始大规模迁移,蝶浪蜂拥南下,族群决定后天就搬迁。"

雾尼微微转过身去,没有回答沈拉的催促,只是盯着不远处一个新上浮的针状体,似乎突然对它簇簇燃烧的火舌很感兴趣。

沈拉偶然间觑见了雾尼庞大身躯下一道黯淡的疤痕,那里的等离子晶球失去了原有的光泽,似乎已经非常陈旧。

"这是……"他踟蹰着问道。

"当初越过拉的冠冕,被冻伤的伤痕。"雾尼温和地回答道,他的晶壳也闪烁起来,只是那一道伤疤始终保持着沉默的灰色。

"你瞧,它已经没法让电离中性氢原子来自我增殖了。"

"拉的冠冕外面……那是怎么样的?"

沈拉的语气中已经稍带恐惧,又有一丝丝的好奇与不可思议。他当然知道雾尼的这段历史,那是发生在他从十月的风浪中诞生之前的故事——雾尼主动投入过一道环状的宁静日珥[4],去往比拉的冠冕——也就是日冕层——更远的地方。

据说当年族群里的所有人都认为雾尼已经死了,脱离拉的

---

[4]　日珥:指日全食时或在色球望远镜中所看到的突出于太阳边缘色球之上的火焰状物体。宁静日珥相当稳定,寿命可达 2～3 个太阳自转周。

怀抱后只是无尽的冰冷与空洞,但他依旧挣扎着坠落了回来。据说他伤得很重,后来才慢慢修养好,却依旧留下了许多不可逆转的伤害。不过自那件事起,雾尼与族群里其他的飞鸟关系就不太好,甚至私底下有人把他看作憎恶拉的异端。

只是,像沈拉这样的年轻人多少还是有点好奇,好奇雾尼曾经看到过的那个无人涉足、无人知晓的神秘世界。

"你觉得,冷,是怎么样的?"雾尼反问道。

"冷……或许就是色球层和光球层的温差?每次去光球捕食米粒[5]的时候,总会比色球冷不少,需要很谨慎地控制好热压与身体磁应力的平衡,不然就会……就会……"沈拉很苦恼地想要凑出来个词儿,但发现自己并不清楚真正的后果。这些都是族里的长辈教给他的。

"就会膨胀失控,甚至引发爆炸,是吧?"雾尼温和地补充道。

沈拉如抓住救命稻草般地表示赞同。

"但是,这终究不是真正的冷。我们的身体,绝大多数都是由一种叫作'等离子体'的物质构成的。等离子体的本质是许多脱去电子的小核——你的身体要长大,所需要电离的中性氦原子就是其中之一。"

沈拉懵懵懂懂地表示一知半解。

---

[5] 米粒:食物。

雾尼也没有在意，他继续说道："在我们生活的色球、光球，甚至于再往上的拉的冠冕，绝大部分都是这种'等离子体'组成的。但是，再往外，拉的光辉无法普照的地方，则有所不同。在那里，裸露着的小核因为太冷而无法继续保持电正性，会将之前脱离出去的电子重新捕获，形成一种叫作'原子'的东西。"

"在那种地方，我们也都会变成那种原子吗？"

沈拉带着些微恐惧、但更多是好奇的语气问道。毕竟，这一切似乎离他太远，远到他即使安稳地度过接近五百禧年的寿命、如其他飞鸟一般归于拉的怀抱，也不可能有真正接触的机会。

"没错，我们的心、我们的身、我们的翼，都会在那样的冰冻下，或是重新变成原子，或是被磁冻结。"

"那……真是可怕啊！"

沈拉感觉突然撞上了一个很沉重的话题，他有些慌忙地岔开这个讨论："那，你每天在这里干什么呢？"

"听。"

"听？"

"是的，"雾尼的晶壳不禁快活地闪烁起来，"听声音。来自那个寒冷世界的声音。"

"唔？"沈拉再次吃了一惊，他感受到身旁雾尼的磁场开始柔顺地扭曲，组成了巨型漏斗的模样，向着上方——或许是拉的冠冕,或许是那个更远的、不可知的寒冷世界——遥遥张开。

"你也来试试吧!"

于是沈拉学着雾尼的样子,开始理顺自己身体四周由等离子体湍流产生的磁场,在经过好多次被上浮的微小磁流管[6]打断后,终于歪歪扭扭地张开了自己的漏斗状磁场。

"这样更有利于收集来自同一方向的电磁信息,来,你把磁场调到我这个方向。"雾尼无形的磁场线开始与沈拉的交汇融贯,他分别给沈拉指了三个方向,沈拉默默地记下。随后漏斗固定在一个稍微倾斜的方向上。

"你仔细听。那种声音有别于拉的任何一种电磁波,非常微弱、但又含有一定的规律。"

沈拉屏息听了好久,最终他再也坚持不住,磁场哗啦啦地散开,激起的阿尔芬波向四周扩散开来,离子浆一阵激荡。

"什么也听不见呀!"他有些懊恼地说。

"听这个东西有什么用呢?"

"或许——这是来自那一个世界的生命信息呢?"

"什么?"沈拉吃了一惊。

雾尼自顾自地说道:"或许那里也会有飞鸟,只不过,是

---

[6] 磁流管:指空间中的一束磁力线,等离子体沿磁力线运动就像是在管道中运动的水一样。太阳大气中的磁场主要以磁流管的形式出现。

由原子构成的。他们应该也会飞翔、会迁徙、会捕食……"

沈拉忽然从雾尼的电磁信息中发现了别的重点——捕食。他突然意识到临行前长辈交代他早点回去,今明两天都是族群集合捕食的日子,好为之后长达一个禧月的迁徙做准备。

"哎呀!"他惊慌起来,支支吾吾地解释着。

"没关系,你先走吧!"被打断的雾尼也不生气,温和地说,"告诉他们,我不会走的。"

沈拉突然有点不好意思,他感觉把正谈得高兴的雾尼一个人搁在这儿不是什么光彩的行为,但囤食的紧要性在他心里不断地敦促着。

明天抽空再来——他心里默默的决定。

沈拉的晶壳闪烁起来,他倏地张开宽大的磁翼,身躯中的湍流开始加速、燃烧,于是磁翼开始扇动起来,一团团一片片炽热的等离子气体与汹涌的色球风碰撞、溢散,他短暂地浮空,向静静伫立的雾尼道过别,旋即转身向着远方飞去。

雾尼就这样默默地看着,梭形的黑点在视线中渐行渐远。

他轻叹一口气。

◆ 2 ◆

日光飞鸟诞生于风暴渐息的十月。

十月正值秋冬之交,太阳黑子的蝶浪继续北上,拉开始进入整个禧年中最为平静的阶段。色球光斑四周的等离子海洋中,出现了一些突破势阱的自约束小球,球体的边界由负电性的自由电子层和正电性的离子层构成,夹在两层边界之间的是气态原子内核,球体由几微米到几厘米不等。这些小球逐渐自发地聚集在一起,通过电离氦原子来补充自己的边界层、逐渐增殖生长。

当这些聚集的小球捕获到一团微型的等离子体湍流时,就构成了日光飞鸟的幼体。而温和的磁重联[7]以及其他的日面运动又扮演了催化剂的功用,最粗浅的信息处理结构在等离子体小球的增殖中慢慢地发育、成长,并形成了有意识的飞鸟个体。

新生的飞鸟只能在离子浆中随波逐流,直到他变得足够成熟,有能力为身体内部等离子湍流形成的磁场塑形。这时候他才能被真正冠以"日光飞鸟"之名,并以磁场塑形形成的磁翼为翅,开始长达五百禧年的漫长飞翔之旅。

---

[7] 磁重联:又称磁力线重联,是天体物理中一种非常重要的快速能量释放过程,也是磁能转化为粒子的动能、热能和辐射能的过程。大型磁重联或为日冕物质抛射成因。

新生的飞鸟会追随族群，正如浪潮之于大海。族中的长辈将教会他如何捕食、如何熟练地飞翔、如何识别并避开危险的日面活动区、认识拉的结构是怎样的——光球、色球、冠冕，还有对他们来说太过炽热的核心区。

以及，他们的宿命。

日光飞鸟生于拉，也将葬于拉，这是每一个飞鸟自幼便被传递的信念。介于等离子体晶球自身的限制，飞鸟们通常的寿命是约五百禧年——一个禧年便是一个太阳活动周期，约为十一年。而当寿限将至，飞鸟们便会越过光球层，随着对流层的气团投入拉的核心区，去拥抱更汹涌澎湃的光与热，参与到释放出无穷能量的反应中去，这就是宿命。

日光飞鸟生活在色球，但捕食却需要深入光球层。他们以分散在光球表面往下空间的太阳米粒组织[8]为食，米粒的物质密度要比色球与光球中稀薄的离子浆液浓厚八十倍，他们每天只需要捕食2～3颗米粒即可为体内的等离子体湍流提供足够的物质，维持正常的生命活动。

太阳黑子四周往往有着更稳定、寿命更长的米粒组织，相较于一般的平均寿命仅六分钟、转瞬即逝的米粒气团而言，黑子附近的米粒往往是捕食最好的选择，因此飞鸟族群也就随着黑子的周期性纬度移动而迁徙。

---

⑧　太阳米粒组织：指从对流层上升到光球的热气团，文中的"米粒"主要指小型米粒，平均直径 150-900km 不等。

就这样，在迁徙与迁回、捕食与飞翔中，飞鸟们的一生平静度过。

◆ 3 ◆

第二天沈拉来时，他再没看到雾尼。

中微子流、磁流管标记、针状体……他找遍了一切可能存在的信息，依然杳无音讯。

沈拉知道雾尼已经没有在初夏暴风中自由行动的能力，即使他曾经是飞鸟中最强壮、最庞大的那一个，但在三个禧年不进食之后，雾尼已经无比地虚弱，在色球风中维持自身稳定就已经很不容易，遑论顶着肆虐的飓风前往别的地方。若他依然如当年那么强壮，沈拉也不至于日日催促他随族群迁徙，毕竟前两个禧年他也是这样孤身过下来的。

或许雾尼真的投入拉的怀抱了吧？

沈拉无不悲伤地想着，但他心中始终有一些东西在徘徊着，那是雾尼昨天告诉他的一些看似天方夜谭的故事，一些关于别的世界、别的温度、别的飞鸟的故事。

他不由自主地垂下磁翼，张开那道漏斗形磁场，稍显生疏地将网面对准记忆中的那个方向，开始静静地聆听。他想象着雾尼独自一人在这里度过的三个禧年，当他倾听到来自另一个世界的微渺回响，心中会是怎样的平静喜乐？

沈拉不禁微微一颤。

磁网捕获到了一道很微弱的电磁波讯息，他清楚地知道，这就是雾尼曾说的"那种信息"。它实在太过特别，与拉的地磁暴、耀斑 X 光辐射、双带耀斑变磁线……都不同。它似乎蕴含了一种特殊的规律，但又绝非飞鸟间的沟通语言。

电磁波里似乎还有一些别样的信息。沈拉听见两股截然不同的能量纠缠碰撞，怀着毁灭与冲撞的恶意相互磨灭，他感受到一些精巧的装置聚集起来自拉的能量，凝练出的光路通透敞亮……

那到底是什么呢？谁在攻击，谁又在对抗呢？

信息持续了三分钟左右，便消逝无踪。沈拉又等了好久，那道神秘的讯息似乎跟从未出现过一般石沉大海。

沈拉心有不甘地收起磁网，踌躇了一会儿。明天他就要随着众人离开这里——据长老说，这里是日面北纬 35°带——明年再回到这里，依旧会有数不清的日面杂斑起起落落，磁流管曲折蜿蜒，但是雾尼不会再回来了。

他无不悲伤地想着。

于是他将那些梦、那些迷思、那些信号、那些另一个世界的飞鸟深深地压在心底最坚硬、最柔软的地方,张起宽广的磁翼向南飞去。

◆ 4 ◆

赤道附近的盛夏,风暴横行肆虐。

沈拉吃力地从身后磁重联产生的涡流风暴中挣脱出来,自从一禧月前迁至赤道附近以来,飞鸟们的日常生活变得尤为困难。

今年的风暴似乎要比往年的都大,原本偶尔可闻的神秘声音在嘈杂的风浪中也再无法听见。沈拉拍打着双翼,他目前已进入了一段短暂的宁静区,飞行比之前显得轻松一些。

已经有不少幼年的飞鸟开始结伴捕食、甚至在年长者的看护下飞行。这是沈拉近一百禧年寿命里所从未见到过的情况。据那些寿命已经四五百禧年的长老们说,这是一种有别于"禧年"的计时周期,叫作"闰年",一个闰年周期以 540 禧年为限[9]。在这个周期中拉的活跃程度逐渐上升,黑子量、活动区磁场、高低温耀斑活动等都逐步增强。而目前,他们正在向着整个闰年里的最高峰迈进。

---

[9] 在太阳物理学中,根据 M. A. Xapsos 与 E. A. Burke 的研究,存在一种可长达 6 000 年的黑子活动周期。

一天后似乎有一个族里的大会。沈拉思索着——在三千千米以外的一处平静日面，应该讲的就是关于闰年的事宜吧？据说闰年活动期顶峰会有一些格外反常的现象，甚至可能危及生命，想到这里沈拉不禁稍微严肃了起来。

他感知了一下壁腔内的物质储存，即便是上午才刚刚捕食了一粒米粒，此时也所剩无几。三千千米，途中不知还有多少阻碍，先存粮吧！

他身周无形的磁场线蜿蜒开来，寻找着色球日面的宁静足点——宁静足点大多与贯穿光球色球的单股磁流管相连，而这样的磁流管大多通往光球层稳定的低温黑子，黑子周围分布的，便是飞鸟们最偏爱的稳定米粒组织。

找到一处。

沈拉倏地转身，不远处就是一处合适的宁静足点，热驰豫[10]时间、气团反转对流速度都很合适。他不加思索，调整了身体姿态，向着足点一头扎下去，色球面上荡起一阵轩然的等离子体冲浪，冲荡着向外奔涌。

向下，向下，突破了色球与光球间的黏稠浆层物质，沈拉来到了光球表面。他面前的正是一个横跨数千千米的巨大对圆形黑子，其深蓝色的暗斑本影周围零星分布着橙黄色的米粒组织，黑子的半影区[11]分布着不少亮斑，这让沈拉产生了些许警戒感。

---
[10]　热驰豫：物理学术语，即达到热动平衡所需的时间。
[11]　本影/半影：在黑子中心最黑的部分被称作本影，本影是磁场最强的区域。本影周围不太黑、呈条纹状的区域被称为半影。

他谨慎地调整好体内湍流，在光球层，等离子体的磁应力与热压对于物质约束来说变得同等重要——而在色球层，基础的生命活动只需要调控磁压即可完成。

沈拉不禁又想起他曾在雾尼面前的窘迫——"膨胀失控，甚至爆炸"，这是长老们从未教过他的东西。

他内心再次涌溢出一股难以言表的忧伤，不过很快被压抑下去。他熟练地转动晶壳躯体，向着最近的一个尺度80千米的米粒翻跹而去。

沈拉长长地吐出一道极高温的等离子体，喷流很轻松的贯穿了米粒的纤维外壳，米粒组织内部的稠密对流元物质猛地喷射而出。沈拉如长鲸吸水般，稳稳地将对流元引入了自己腹腔内，它在晶壳内横冲直撞，最后形成了绕轴自旋，同时产生稳定的晶层电流，导致他的躯干一阵猛烈闪光。

正当沈拉汲取米粒物质的时候，半影区域再一次猛烈的闪烁，灰蓝色的表面又多出不少亮斑。沈拉隐隐觉得有些不妙。

他想到长老们关于闰年的警示，于是匆忙结束了物质汲取，正想要调转身形时，黑子周遭的物质被疯狂翻搅起来。

黑子上方的磁流管传来一阵庞然的吸力，将暗纤维、米粒组织、稀薄的等离子浆混搅得天翻地覆。沈拉心中惊骇不已，他体内的湍流开始高速运转，磁翼再一次强化、舒展，努力想要在磁流管的虹吸爆发中稳住身形。

但无济于事。

他感受到上方的色球层发生了一场磁重联爆发,这正是导致虹吸效应的罪魁祸首——磁流管两端的磁压极度不对称,导致物质由磁流管从气压高的一端运往气压低的一端。

沈拉随着虹吸物质,穿越磁流管,向着上方猛然掠去。

跨越黑子、光球层、分界层、色球层,沈拉随着虹吸的强大拉力一路向上。他意识到他"好运"地卷入了由盛夏的磁重联引发的高温耀斑爆发,而自己那微弱的质量在这样的伟力面前根本无能为力。

稠密的等离子浆在磁重联中加热到数十万度的高温,从稀薄的日冕层一跃而出。无数转瞬即逝的日芒冲击着喷射而出的浆体,远方遍布整个日冕平面的,是一些轻柔的极羽⑫卷须,那是由拉的偶极磁场塑形而成的等离子冕流。沈拉雾里看花般地匆匆瞥了一眼,便被裹挟着冲出了日冕层的范围,真正地进入了行星际空间——那个雾尼曾经无比渴求的世界。

热压与磁压的骤然衰减,使得原本浓厚的等离子浆砰地炸裂开来,分成几道稍细的离子束,以及无数冷凝后的庞大等离子磁云,向行星际空间内传递着无碰撞激波。

分裂后的离子束已经无法再遮掩沈拉的身形。首先暴露在

---

⑫ 极羽:指聚集在太阳极区的日冕等离子气体,由起着侧壁作用的磁场维持其流体静力学平衡。

外空间的是他的双翼。

沈拉真切地感受到了雾尼口中的"冷"。

暴露在真空中的磁翼开始迅速的降温,磁扩散速度显然慢于导体扩散速度,这就是"磁冻结"[13]。他瞬间觉得曾经灵活的巨翼变得无比沉重,遑论飞舞,就连挪动也做不到。

然后是他的高温晶壳身躯。组成外壳的等离子晶体小球的活跃代谢在撞见一无所有的真空后戛然而止,他的体表逐渐覆盖上了一层灰白色的"霜冻",一如雾尼的伤疤。

最后是他的"心脏",腔室内的等离子体湍流。温度的下降,似乎正在将曾经炽热的离子浆转化为雾尼所说的"原子",那些轻飘飘的、冰冷的气体,让他痛苦不堪。

沈拉感觉很疲惫,很疲惫。

他似乎就要永远冻在这极寒冰封的世界里,但电光火石之间他又想起了雾尼,想起了那些梦、那些迷思、那些信号、那些另一个世界的飞鸟,于是他勉力张开了漏斗状的磁网。

他们在哪儿呢?

那道雾尼所孜孜听取的"声音",原来就在这里。

远离了日面高能活动的干扰,在拉的火海里听起来微弱的

---

[13] 磁冻结:磁力线系与流体一起运动,磁通量不发生变化,即指冻结效应。一般来说,在宇宙等离子体中,普遍存在冻结效应。

信号变得鲜明又清晰起来。派克螺旋线的稍上方一点,有一颗灰黄色的圆球——沈拉并不知道那是什么东西,但想必也就是所谓"原子"的产物——于是他吸收尽最后一点雾状的离子浆,借助残余的动量挣脱螺旋的束缚,拼尽最大的力量向圆球飞去。腔室内的湍流为维持高温正疯狂地燃烧,磁翼再一次舒展开来,与稀薄的太阳风粒子摩擦出鲜亮的火花,一路星火落痕,一点点、一点点、默不作声地,向着远方飞去。

在这广袤无垠的深空中,水星在飞鸟的航程上,飞鸟在水星的视线里。

◆ 5 ◆

水星城上,战争已进入尾声。

来自地球方的第七舰队这次被彻底击溃,主舰的量子重力引擎已经完全报废,原本象征着地球的深蓝色全息涂装已经残破不堪,如一堆破铜烂铁漂流在太空中,四周遍是大大小小的战舰残骸。

水星独立军团的损失亦难以估量,漂浮于水星轨道上的水星城被打落了一角,水星军团损伤惨重。

不过此时战场的主导权依旧掌握在水星独立军团的手上——他们的军长正站在水星城的中央总控室中,微微颤抖的手掌下,便是水星城的终极杀招——可视化电磁增幅器。

"军长,您要知道,主舰里的那些人都是地球最尖端的舰队人员,要是放他们走,假以时日,又能重新组建一个第七舰队啊!"

"降俘不杀,在太空战中,这是最基本的底线,我……"

"军长!我们和地球的战争还远未结束,现在对敌人的宽恕,便是日后对自己的残忍,您……"

军长轻轻把手举起,他脸上的皱纹似乎又加深了几分。他抬头看向浮窗外,巨大的电磁增幅器炮台跃于整个水星城之上,即使经历战火纷飞的乱斗后,它依旧被保护得很好,此时它长达三千米的炮口正遥遥抬起,闪烁着莹莹蓝光,柱身上的光圈一级一级地点亮,蓄能已经完成,炮口直指已失去战斗力的地球第七舰团主舰,以及舰中被困的约一千名舰船空勤和高级技师。

军长最终做出了那个冷漠的决定。

增幅器嗡地鸣响,水星轨道上数以万计的微型卫星组成的星网提升至最大功率,遥遥看去,整个水星的昼半球仿佛涂抹了光亮的银镜,光线在冷冽的锋芒中不断增幅,自可视化增幅器中发出的可见光被聚焦至极高能,直径数千米的汹涌澎湃的光束轰然爆射而出。

横贯长空的光束一路奔腾而去,光流通路四周的空间隐隐扭曲。光线所过之处,一切尘埃与金属残骸都被高温蒸灼至汽化,它笔直而去,一去无返,要将前方的敌人如同这些残骸浮尘涤荡一空,化为灰烬。

第七舰队的幸存者们绝望地闭上了眼睛,军长也痛苦地皱起眉头。

雄厚的光流在一个突然窜出的飞鸟状的身影处戛然而止。

疑似飞鸟的生物猛地展开双翼，流光夺目，将原本能把一整个主舰汽化灼烧的能量一饮而尽，金黄色的身影瞬间照亮寰宇，它在特殊的波长频道发出清冽的鸣叫，调转身子，抖落一簇簇的等离子火花，向它的归宿——太阳——飞去。

双方都怔住了。

原本做下如此残忍决定的军长正痛苦不已，当光束被拦截下时，他竟莫名地有一丝庆幸。而对方原本困守于星舰中的两千余人已做好赴死的准备，当光束被拦截下时，人群中也突然爆发出劫后余生的宣泄叫喊。

随后同一个疑惑困扰着两边的人们——那是什么？

谱线观察、电磁探测……观测工作迅速展开，报告很快呈交了上来：高温、色球层、等离子体、太阳生物——没有人敢相信这样的天方夜谭，但看着那渐行渐远的明亮的飞鸟，众人不禁默然无语。

而这时的观测员正紧皱着眉头。

氢原子谱线宽度正随时间递增，辐射能谱的波峰逐渐衰弱，运动速度减小……

他不禁露出担忧的神色，来自太阳中的生物似乎需要相当高的温度来维持生命活动，就目前的路径来看，它的目的地是太阳——增幅炮中的能量绝无可能支持它跨越太阳—水星这五千万千米的距离。

他匆促地把自己的猜测汇报给了军长，后者此时正神色复杂地看着那道光点。

"去吧，让我们帮它一把。毕竟它也救了我们所有人啊。"

沈拉还在变冷。

那道灿烂的光束所发出的，正是雾尼生命最后孜孜以求的神秘"声音"、来自天外的声音、来自别的飞鸟与别的世界的声音。但在沈拉从光束汲取了高能的能量后，便立马调转方向，没有时间犹豫，没有时间与这个寒冷的世界交流，他必须立马转身起航——向着太阳回归。

但，这处世界依旧太过冰寒，汲取的能量终究难及万一，不够支持他跨越这五千万千米的距离，于是他再一次地变得冰冷、虚弱、无力以赴。

突然，他感受到来自身后的一阵暖意。

一艘、两艘、三艘、十艘、五十艘、一百艘来自水星独立军团的战舰，逐渐浮现在沈拉的背后。他们都在使用自己最强劲的电磁武器，源源不断地向着沈拉供能，不计其数的光芒聚集在沈拉身上，他感到前所未有的温暖，于是再次振翅，向前，向前。

参与的还有地球残存的第七舰队。

地球舰队的激光武器要比水星的更加先进，他们残存的十几艘战舰也加入进来，飞船表面分布着的由数以百万计小方格组成的激光阵列同步亮起，明亮的射线击穿了星际空间中冰冷的气体与凝结的尘埃，为飞鸟提供着源源不断的光与热。

沈拉传递出茫然而又欣喜的情绪。

"这就是雾尼说的，别的世界的飞鸟吗？他们跟我们可真是不一样啊。只不过，要是雾尼还在，我若能把这一切告诉他就好了。"

沈拉喃喃道。

星空中，一个巨大的光锥正在行进。它的顶端似乎是一只飞鸟，飞鸟的身体上聚焦着来自后方圆弧面的所有光束，而圆弧面则由密密麻麻的飞船组成，他们来自不同的军团，不同的政权，但此刻都在为这一只日光飞鸟的回家，默默地、默默地，向着千万里外的拉——或者说太阳——进发。

远方，光耀星河的拉依旧在不知疲倦地散发着光与热，炫目的日冕狂舞将所有磁化弧光、等离子云和燃烧的氢气团扔向这个残酷而又温暖的宇宙，冕层表面的极羽悠悠地探出，蜷曲着燃烧，燃烧着拥抱，拥抱着迎接归家的飞鸟。

蜂 巢

再见，外星人

文／冷霄毅

◆ 1 ◆

黑,一片黑暗。

水疯狂涌入。

要保持清醒。水塘不深,只要一用力,就可以把头伸出水面。

这样想着,杜辉用力挣扎起来,但腿却像灌了铅一样重,有什么东西在拽着他。

很快,他昏迷过去。

当杜辉恢复意识,却意外发现视角居然漂浮在水塘之上,下方就是他的身体,他看到自己的双手正无力地挥舞着。

阳光透入水下,缠绕在脚踝处的水草浮现在视野中。

原来自己是被水草缠住了。

刚想到这里,一股莫名的力量已将杜辉的意识拉回水中,眼前又是一片黑暗,杜辉扭动脚腕试图挣脱水草的束缚,却没起到相应的效果。

焦躁不安中,杜辉的意识再次回到半空。

不同于水下,空中的杜辉内心十分平静。他看着自己的身体痛苦地挣扎,但意识却没有丝毫波动,仿佛那具躯壳并不是他的。

他甚至有时间去思考。

在这个偏远的山村,没有多少好玩的地方,水塘算是一个。没人教过他游泳,他是无师自通,从很小时就学会了这个技能。但是这次他运气很差,双腿就被水草缠住了。

既然意识无法返回,杜辉便开始观察周围的环境。

意识的感觉与视觉不同,不受外物阻挡,只要是意识所及之处,都可以被清晰地观察到。杜辉无法用语言来形容那种不再拥有身体的感觉,他觉得自己就像是世界的原点,可以与外界完全融为一体。

然而当他想要继续向远处探索时,却被一股强大的吸力扯住了,这股力量像风筝的丝线一样连着他的身体,限制了意识的活动范围。

一瞬间,吸力突然增大,仿佛是对意识妄图离开身体做出的惩罚,再度将他从半空中拉回,视野中的横截面被拽成细条状没入水中。

伴随着强烈的坠落感,杜辉奋力将手伸向脚踝,试图把缠绕在上面的水草解开,但之前无用的挣扎几乎耗尽了他所有力气,尝试依旧没有成功。这让他的心神感到一阵恍惚,并因此心生了放弃的念头。与此相伴,过往的经历开始如放电影一样,一幕幕浮现在眼前。

第一幕,他正与伙伴们在水塘边玩耍,儿时的玩伴是如此熟悉,但如今却已各奔东西。山村的艰苦生活让大多数人选择逃离,留下来的不足百人。

第二幕,来到了杜辉上学的年纪。

他特别珍惜这段时光,学习成绩也还不错,但老师却时常无故叹气,并反复叮嘱他一定要去城市上中学,否则就只能度过浑浑噩噩的一生。

最后一幕,他来到一片熟悉的草地上,这里记录着他的愉快和烦恼,挫折与成长。夜晚,他眺望无垠的天空,数着闪烁的星星;白天,他躺在草丛中,微眯双眼,呼吸着伴有花香的清新空气,时有蝴蝶蜜蜂在他身边徘徊。

杜辉坐起身,追向一只蜜蜂。蜜蜂慌忙离开花蕊向前飞去,他紧跟其后,想找到蜂巢弄些蜂蜜。薄雾笼罩,蜜蜂倏忽不见,杜辉四处搜寻,却难觅踪迹。

当薄雾散去,一座如摩天大楼般巨大的蜂巢矗立在他前面。蜂巢里的工蜂正各司其职地忙碌着,蜂后则挪动庞大的身躯,巡视着它的领地和子民。

杜辉正想靠近,却猛然发现身体已动弹不得,与此同时,画面开始加速旋转,最终形成一个色彩莫辨的旋涡……

他想,自己可能离死不远了。

他不想再挣扎,一切都结束了吗?他这样问自己。

是的,一切都结束了。

正这时,一个声音从上方传来:"不要放弃。"

谁?谁在说话?

"不要放弃。"一只手伸进水中,抓住了杜辉挥舞的双手。

刹那间,光芒破水而出。

◆ 2 ◆

"不要放弃。"

杜辉抬头起身,但膝盖却碰到桌沿上,"砰"的一声巨响。

"嘶——"他揉了揉疼痛的膝盖,无力地瘫坐回椅子上。

"杜总,你又做那噩梦了吧?"秘书端来一杯咖啡。

杜辉擦去额头上的汗水，挤出一个僵硬的微笑："你怎么知道？"

"这已经是你第三次说梦话，大家都听见了。工作重要，但也要注意身体。"

杜辉点了点头。

大家都以为他说梦话是因为他负责的蜂巢工程太累心。工程的确复杂，工作量很大，并且自开工之日起，就因牵扯各方面的利益而遇到重重阻力。

但这只是现实问题，通过努力总能克服的，另外现在工程已接近尾声，压力已经没那么大了。

令他备感不安的主要还是这个诡异的梦。他小时候确实曾跌入过水塘，但溺水后完全处于昏迷状态，并没有经历过梦中那样逼真的细节。更离奇的是，在梦中，他竟被一群蜜蜂带到了一座几百米高的蜂巢面前，而那蜂巢，分明就是他现在所负责的蜂巢工程。但问题是，一项现在的工程，怎么会与儿时的溺水事件牵扯到一起呢？并且这个梦，他已经反反复复做过很多次了！

算了，不去想这些了。杜辉起身，快步走出办公室。工作是第一位的，他要去施工现场看看。

……

蜂巢工程，是新一代住房工程。

距离上一次大规模基建已经过去了半个多世纪，当年那些楼房经过岁月的洗礼，如今已经破旧不堪，正面临拆除重建或是旧房改造的重任。

在这种情况下，关于住房的维护与重建工作被提上日程。

作为基建领域顶尖人才，杜辉认为重建工作不应照搬从前的模式，而应顺应时势，在空间、价格、维修保养、坚实程度等诸方面寻求突破。为此，他提出了一套全新的建筑方案——蜂巢工程。

蜂巢工程的设计灵感来自蜜蜂。蜜蜂的蜂巢由紧密排列的六角柱体蜂室组成，内外半面相互错开，外侧六角形边的交叉点正是内侧中心。这种结构可以大幅提高强度，防止蜂巢底部破裂。

蜂室一端是六角形开口，另一端则是封闭的六棱锥体。锥体底部由三个大小相同的菱形组成，其钝角度数为109度28分，锐角度数为70度32分，计算表明，该角度可以用最少的材料制作出最大的菱形容器。

某种意义上，蜜蜂才是最伟大的工程师。如果将蜂巢结构等比扩大作为建筑模板，会解决许多现有模板无法解决的问题。

比如，人类建筑多为全封闭式的，而蜂巢结构却可以做成半开放式，整体框架与六角柱体居室分开建造，最终将居室安放在框架中并固定即可完成。

模块化生产方便维修的同时也能有效降低维护成本，如果某个居室出现问题,可将其单独取出,且不妨碍其他住户的使用,对整体框架的维护工作也无须破坏原有完整性。

又如,六角形柱体空间实际上大于长方体空间,可将其分割成上中下三层,代替当前的平行结构,居住体验会更好。

再如,蜂巢比传统住房风阻系数更小,抗震性也有了明显提高。

另外除了结构方面,社会效益方面也有诸多益处。比如购房者由购买房屋改为购买六角柱体居室,居室和蜂巢框架都是批量生产,可进行匹配。当购买者因工作或子女上学需要搬家时,无须重新购买当地房产,只需将居室从当前所在蜂巢中取出,再运送至新的地点,选择合适的蜂巢重新安装进去就可以了。这样便可节省许多成本,能有效减轻购房者的生活负担。

……

杜辉的蜂巢设计方案很快得到相关方面重视。

以蜂巢工程为代表的新一轮基建就此展开。

在选址阶段,杜辉决定拆迁一处老旧的学区房。这主要是因为,从商业角度看,学校地段人口流动性较大,更容易引起潜在客户的关注,方便进行宣传推广。

当然,困难总是有的,比如旧房人口安置问题,这在任何时代都是一件让人头疼的事。

◆ 3 ◆

杜辉来到工地,刺眼的阳光从蜂巢斜上方射过来,晃得他眼晕。杜辉闭了下眼,恍惚间,一个黑影出现在眼前,他还没来得及反应,便被撞倒了。

"对不起,对不起。"那人伸手扶他。

杜辉摆摆手,从地上爬起来。打量着那个将他撞倒的陌生人。

那人两鬓斑白,尽管一直在道歉,眼睛却没有看他,低着头似乎在躲避什么。

"你找什么呢?"杜辉疑惑,以为那人刚才是在低头找东西,所以才撞倒了他。

那人却没抬头,依旧低着头,口中反复嘟囔着:"伊科斯伊达,伊科斯伊达……"声音越来越低。杜辉没听清那人在说什么,于是问:"什么,你说什么?"

那人扭头,望向蜂巢顶端,莫名其妙说道:"或许,我该去找他们。"

"找谁,他们是谁?"杜辉越发不解。

"唉。"那人叹息一声,没理杜辉,竟自顾自转身走了。

杜辉愣在原地。正这时，身后有人问："杜总，那人撞到你了吧？"是负责安保的张队长。

"没事儿，是不小心撞到的，但我感觉那人有点奇怪。他是谁，你知道吗？"

"一个参观者，现阶段我们开发的蜂巢已经允许附近的居民前来参观，寻价。不过这个人的确有些奇怪。"

"说说看。"杜辉来了兴趣。

"我发现他来到这里后，一直坐在地上自言自语，就多看了两眼。普通参观者都是到处转悠，谁会坐着不动啊？我想多半是脑子有问题……"张队长指着自己的脑袋，小声说道。

杜辉有些失望，但还是拍了拍张队长的肩膀："你去吧，工程马上结束，可别在这时出问题。"

"明白，您就放心吧。"

……

黄昏，杜辉站在蜂巢旁边遥望远方，夕阳余晖中，除了即将完工的蜂巢，周遭建筑多已老旧，透出一种沧桑与陈腐。

他又想起了那个自言自语的人，"伊科斯伊达"究竟是什么？

正在想着这些时，突然听到一阵争吵。

"等等，你不能过去，那边是施工场地。"

"嘿,站住!那边不允许参观,请明天再来。"

杜辉一个激灵,急忙向那边望去。几名尚未下班的工人正在阻拦疯狂闯入者。不远处,张队长正带领着安保人员往那边赶去。

杜辉感觉不妙,他认出试图闯过拦截的正是上午撞倒他的那人。令他惊讶的是,那人的表现与上午完全不同,爆发出了与年龄完全不符的力量,几个工人一时间竟拦不住那位两鬓斑白的老者。

杜辉急忙向那边奔去。但他还没有赶到,那人已突破阻拦,冲入了楼内的阴影里。几乎与此同时,楼顶上方突然亮起一道强光,那道光太强烈了,光芒闪过之后,杜辉眼前瞬间一片漆黑,出现暂时性瞬盲。

"怎么回事,哪里来的强光?快去看看。"是张队长的声音。杜辉揉了揉眼睛,这才看清几个正在减速奔过来的保安队员。他们同样被刚才的强光影响了视力。

一群人进到楼内四处搜寻,杜辉则在楼门口把守着。良久,张队长和其他几位保安撤出楼外,向杜辉汇报:"杜总,没发现人。那人消失了。"

"消失了?"杜辉错愕不已,"那刚才那道强光呢,查到光源了吗?"杜辉是蜂巢总设计师,他清楚蜂巢的每个设计环节,蜂巢内是不可能有刚才那种几乎可以致盲的强烈光源的。

"是的,我们都找过了,另外还有监控系统,我已电话联系值班人员,都没找到那人。我已调派更多人手,组队拉网排查。至于你说的光源,还没查。"说到这里,张队长压低了声音,"根据此前阻拦的工人们反应,那人一直在重复一句话。"

"哦,说什么?"

"船来了。"

"船?可最近的海港都在几十千米外,哪来的船?"杜辉诧异,想着看来那人大脑多半有问题了!

这件事之后,又过了几天,一个女人来找杜辉。哭哭啼啼说自己的丈夫前几天来看楼,之后就再没回家。于是杜辉便问那女人她丈夫长什么样子,怎么可以确定她丈夫一定来过这里之类。

那女人哭诉道:"他是个懦夫,他抛弃了我们母子俩,谁知道他躲哪儿鬼混去啦!"

杜辉头大,这都什么人啊,你都不知道丈夫去哪儿鬼混了凭什么跟我找人啊?心里虽这么想着,却只是递上了一片纸巾,静待那女人继续说下去。

"我们家就住在这附近,前几天吃饭时我跟他说,我们的住房有二十多年没换了,蜂巢马上竣工,得想办法换一套。"

"他说现在这套才刚还完贷款,凑合着住得了。看着他无所谓的表情,我就很生气。"她神情激动,"没钱想办法啊,办法总比困难多吧。不是我不讲理，就算我们可以凑合，也得为孩子的将来考虑啊——他一句'要想你想'，撂下筷子就走了。之后我们基本没有说话，但我发现他这几天都在参观蜂巢。"

"您的丈夫不工作吗？"杜辉有些疑惑。

"最近没有，前不久被辞退了……"那女人抹了把眼泪，继续说道，"跟不上时代了，他的岗位被年轻人接替了，所以他正打算找个短工或者再创业，家里的确有些困难，但一个大男人，有手有脚，养家糊口供个楼也不是完全克服不了的困难。"

杜辉点点头，示意她继续。

"我看他去参观蜂巢，心里还挺高兴，哪怕知道买不起，至少他的态度我看在眼里。可谁能想到他居然玩起了消失，懦夫，逃避就能解决问题吗，我早晚会找到他……"

"您别急，我也帮您留意着，如果我看到你丈夫，就劝他赶紧回家，我还有事……"杜辉安慰了那女人几句，然后唤来秘书接应着，自己找个理由，抽身走了。

◆ 4 ◆

"杜总，你的生活用品放在这里了。"

"好，剩下的我自己收拾。"杜辉头也没抬地回答。他太累了，因为经过秘书与保安查证，前几天来寻找丈夫的女人，她的丈夫，正是那个撞倒杜辉，并闯入蜂巢，然后莫名失踪的男人。这件事太蹊跷了，包括当天那道强光，都没查到光源。这让杜辉心里很不踏实。另外蜂巢近期就要交工了，杜辉不想出现任何闪失，于是决定交工前就住在工地上，暂时不回家了。

除此之外，工地上又增添了十几位安保人员，并做出了"参观者达到时限后就要离开蜂巢"的规定。但杜辉还是不放心，每天仍要楼上楼下，反复多次在楼内查巡。

又是一个黄昏，杜辉再次向楼顶走去。转过一处拐角，是一条走廊。蜂巢上半部分还在装修，避险通道还堆着一些杂物，所以他若想去楼顶，必须穿过这道走廊，换乘工作人员的专用电梯。

因为天还没黑，走廊内还没开灯。而窗外，射进来的夕阳又有些晃眼，所以杜辉便没留意脚下，结果一个趔趄，竟被一个软软的物体绊倒了。

杜辉一看，地上竟然躺着一个人，不由一惊，颤声问："谁？"再细看，原来是个衣衫不整满身酒气的中年男子。那人头枕着一个干瘪的公文包，双腿蜷缩在一起，一只手枕在脑后，一只手抱紧双腿，呼吸均匀，微有鼾声。

"喂，喂，醒醒，您醒醒啊！" 杜辉连拉带拽折腾半天，才算将那人叫醒了。

那人一脸迷惑地看着他。杜辉解释道："天快黑了，按规定，我们要清楼了,安保人员正在逐层清人呢,您回家吧!"

"回家?"那人愣怔良久,"回哪家?我没家,我无处可去,不,我有家,这就是我家——'伊科斯伊达',我要去'伊科斯伊达'。"

杜辉一怔,蓦然想起前几天撞到过他的那个男人,不由心底升出一股寒意。这绝不仅仅是巧合!

"什么?'伊科斯伊达'是什么?"杜辉紧张地盯着那人。

"船来了。"那人说罢,折身奔向走廊尽头的电梯。

"等等。"杜辉愣了一下,才朝那人追去。但那人这时已进入电梯,电梯门轻轻一个滑动,关上了。

杜辉心里一急,扑到电梯门旁,手刚按到电梯开关键,电梯缝内突然爆发出一线耀目的强光,甚至连杜辉按到的安全绝缘的电梯开关,在那一瞬间似乎都产生了一股极强的静电——杜辉的手,居然被弹开了!

"这强光——这电流——"杜辉彻底怔住了,因为蜂巢是由他设计的,他心里最清楚,电梯内绝不可能存在这么大的安全隐患,也绝不可能发生此类情况!

电梯完全合拢后,杜辉以手支门,犹豫了一下,之后还是将手指摁到了开关键上,电梯门当即开启,但电梯里面却并没有人,这不可能,绝不可能!

"报警!"杜辉心头闪过这个念头,并在瞬间做出了决定。

很快,警方来到现场,各种调查,各种先进检测设备都用上了,但没有查出结果。这之后,一连数天,蜂巢施工区域再未发生异样事件,但蜂巢周边的居住区内,类似失踪事件却开始增加。杜辉内心焦急,同样感觉到事态严重的还有当地的刑侦部门。

这天,刑侦支队王队长再次打电话给杜辉,让他去刑侦支队配合调查,这已是他最近三天内第三次去刑侦支队了。该说的他都说了,没有丝毫隐瞒。

王队长问询了半天,但从杜辉这里却再也找不到有价值的线索,只好让杜辉先回工地。

杜辉回到工地宿舍,因为连日来身心俱疲,躺到床上很快便睡过去了——又是那个梦,那个溺水的梦,不过这次梦境有了延伸。

"不要放弃。"光芒破水而出。

水塘边多了两个陌生人——一个小女孩,一个中年男子。毫无疑问,是他们救了自己。

"感觉好些了吗?"小女孩问道。

杜辉茫然望向他们。两人穿着整齐利落,小女孩白裙飘飘、落落大方,中年男子西装笔挺、温文尔雅,一看就是城里人。

"谢谢你们救了我。"杜辉嘴里吐出一股咸腥,一开口便咳嗷起来。

小女孩笑了："不客气，幸好我们路过这里，这才把你救上来。"

中年男子摆摆手："跟我上车吧，我们边走边说，你知道村长家吗？"

杜辉点点头，没说话，他只是用询问的目光看向中年男子。

"是这样的，我计划在这片区域开发房地产，来找村民们商谈拆迁事宜。"中年男子说道，"你应该清楚，这里风景优美，如果建成宜居景区，并保留原来的自然景观，将会吸引很多人前来购房。"

"可是这里很偏僻，交通不方便，谁会来啊？"杜辉问。

那两人都笑起来，杜辉疑惑地看着他们。

"放心吧，拆迁一结束，配套设施的建设会立刻开始。现在的人啊，都不喜欢在城市里居住，反而更愿意住在远离城市的乡村，美其名曰原生态、回归自然，可他们又受不了乡村的艰苦生活。这就是我们的商机，等建设完成后，各种现代化配套设施都跟上了，比如公路、学校、医院、商场等，这问题就解决了。"

杜辉无语了，他想不明白为什么城里竟然还有人想要逃离他们无比向往的城市。

中年男子看穿了杜辉心中所想："社会发展到一定程度，就会出现逆城市化浪潮,这叫返璞归真,等你长大了就明白了。"

看着杜辉似懂非懂的样子,他微笑着又说道:"等你将来长大了,进了城,住久了,就会知道农村的好了。"

"我也能进城?"杜辉惊讶地望着他。

"那是自然,假如这片区域要开发,就得解决当地人的搬迁问题,只要你们愿意,都可以进城的。"

那可太好了。杜辉一阵窃喜。

刺耳的刹车声打断了想象。怎么回事?他茫然地看向坐在旁边的两人,却发现他们正一脸惊愕地看向前方。

杜辉也随之向前望去,那是……

前方云遮雾罩,太阳的光辉被雾岚扭曲成丝缕状,光与雾交织处,一座巨型建筑凭空出现,隐约可见蜂巢的轮廓。

受到未知力量的牵引,汽车不受控制地冲进迷雾,向着蜂巢驶去。

车内,惊恐的喊叫和车体高速划过空气产生的撕裂声充斥着杜辉的大脑。突然,所有声音消失,一阵低语穿透耳膜直达脑海深处:"伊科斯伊达,欢迎……"

灵魂深处的低语声仿佛要将意识从大脑里拽出,剧烈的疼痛感让杜辉捂着脑袋蜷缩在床上。

杜辉猛地惊醒,以手抚额,满头冷汗,背脊冰凉:"又是梦！"

关掉嗡嗡作响的手机闹铃，杜辉躺在床上，望着天花板，思索着刚才的梦。

又是现实与虚拟交织的梦境，前半部分是他的亲身经历，后半部分却光怪陆离，梦中唯一重复之处就是那座巨型蜂巢，看来这个梦与蜂巢工程有关。但伊科斯伊达又是什么呢？

杜辉想到了那位满身酒气进入电梯后突然失踪的人，事后经过警方调查及反馈，那人是个光棍汉，没有家人和朋友，这表示他的社会身份和人际关系已接近崩溃。而人类作为社会动物，没有身份认同，缺乏与他人的交流，个体会产生强烈的孤独感，迫切地想要寻找一个归宿。那么，"伊科斯伊达"会不会是一个代号呢？ 杜辉思来想去，大脑昏沉，只得放弃……

在煎熬与等待中，时间悄然流逝。一个月后，杜辉收到刑侦队电话，说是调查已有眉目，王队长想约杜辉找个地方先聊一下……杜辉当即答应下来。

◆ 5 ◆

那是一个茶楼的包间。刚进房间,杜辉就被满室烟雾笼罩,到处都弥漫着香烟的味道。

一缕光线透过未合严的窗帘,射在茶桌上,烟雾和灰尘在光线中上下飞舞。杜辉捂住口鼻,扇了下烟。

"等你很久了。"昏暗的房间里传来一个声音:"看地儿坐吧!"

杜辉定眼一看,才发现刑侦队长正坐在对面的角落里,桌上摆放着几个空烟盒,烟灰缸里满是烟头。

知道杜辉在观察他,王队长整理了一下蓬松的头发,指了指桌上一个文件夹:"你自己看吧,都在里面了。"

杜辉拿起文件,坐在沙发上翻看起来。

文件里详细记录着所有失踪者的信息,等杜辉将文件看完后,队长再次点燃一支香烟,缓缓问道:"你发现了什么问题没有?"

杜辉摇摇头:"这些人来自五湖四海,成长环境和社会地位也不尽相同。"

队长轻哼一声："没错，但有一个共同点你没有发现。"队长身体前倾，眼睛盯着杜辉，一字一顿："他们都对现状不满，长期处于痛苦焦虑之中。"

杜辉有些懵，这确实是共同点，但这毫无意义。

王队长一笑，拿过杜辉手中的文件，翻动几下，指着其中一页说道："你看看这个人，他算得上是成功人士，有车有房，但人到中年的他，一方面要面对失业危机，一方面还要考虑孩子上学、父母的老病，他感到压力山大……一个男人最怕的是什么？"王队长问。

杜辉一怔，摇了摇头，因为这件事他还真没认真想过。

"是未富先老，上有老，下有小，整个家庭的重担都要由一个人撑起来，而现在，由于许多城市住房需要更新，很多家庭需要面对旧楼换新居的问题，但钱从哪儿来呢？"

"你的意思是，来蜂巢工地看房的人中可能有一部分人感觉到了购房压力？"杜辉问。

王队长点点头，将烟捻灭。

"但那个'伊科斯伊达'又是什么，失踪者哪里去了？"杜辉依然不解。

王队长站起身："走吧，我们去蜂巢，答案应该就在那里。"

……

蜂巢虽已封门停工，但因为杜辉的特殊身份，两人还是顺利地进入大楼，走进电梯。

随着电梯的移动，窗外的风景随之改变。绿茵茵的草坪上，几棵大树的枝杈在风中摇曳，再往上绿意不在，取而代之的是钢筋水泥。

电梯在蜂巢中部停下，这个位置让杜辉心生一种不祥的预感，于是他看向刑侦队长："就是这里……"

队长点点头，从裤兜里掏出一盒香烟，递给杜辉。

"我不抽烟。"杜辉谢绝了他的好意。

队长取出一支，再次把烟盒递到杜辉手里，意味深长却令人费解地说道："拿着吧，可能会用上。"

杜辉疑惑地将其放入衣兜，等待着王队长接下来的话。

王队长点燃烟，夹着香烟的两根手指指向窗外："告诉我，从地面到这里，你内心是何种感受？"

不等杜辉回答，王队长自顾自说道："一开始是草坪和茂盛的大树，现在外面是灰蒙蒙的楼房，如果我们再继续上升，升到更高处，便会是新鲜空气、蓝天、白云、繁星或红日以及登高远眺的无限美景了吧！"说到这里，队长闭上双眼，一副陶醉表情。

"我们可以让电梯继续上升，那样就可以直接看到了。"

王队长睁开眼，对杜辉的话不置可否："窗外的风景，多像人的一生。小时候，我们在草坪上玩耍，无忧无虑，摘花捉虫都是一件乐事。长大了，我们要肩负起更多责任，为了实现自己的理想而努力学习。可成年后，各种压力渐渐改变了我们，当年的理想被抛之脑后，生活毫无色彩，就像这冰冷灰暗的钢筋水泥，压迫得人无法喘息。"

杜辉沉默了一瞬，才说："但是，我们还有希望看到蓝天白云，只要升得足够高，不是吗？"

"是的，但我等不到那时候了。"香烟燃尽，王队长将烟头掷于地上，用脚轻轻一捻。

"伊科斯伊达——"王队长扭过头，食指越过头顶指向上方，"去蜂巢顶部吧，他们会告诉你真相的。"

"呼——"他长出口气，好像终于放下了很重的包袱，说道，"我也要前往'伊科斯伊达'了，祝你好运吧，或许我们还会在那里相见的。"

"什么？"杜辉几乎不敢相信自己的耳朵了。

王队长激动地回答："人总是要有梦想的，但忙碌半生，我却离真实的自己越来越远了。我年轻时的理想就是成为一个宇航员，盼望着能够去宇宙中闯荡……但成年之后，我却知道了那极不现实，直到'伊科斯伊达'的出现，才让我再次找到实现梦想的机会——我不能错过这个机会。"

说罢，一道强光笼罩过来，王队长竟在那交织的光线中消失了!

事情来得太突然了,杜辉内心一片迷茫:"去宇宙?这究竟是怎么回事?"

这时,一个声音隐隐在脑海中响起:"上来吧,到顶层,答案都在这里。"

◆ 6 ◆

强烈的好奇心与恐惧感在内心深处好一番天人交战,最终,杜辉一咬牙,乘上电梯,直达蜂巢顶部。

周围突然安静下来,那个声音再次在脑海中响起:"伊科斯伊达星空帝国,欢迎来访者。"

杜辉抬头,星光璀璨,夜空中泛起阵阵涟漪,当波纹消散,一艘飞船出现在半空。

"来访者,你好像并不惊讶?"

"已经没惊讶的必要了。因为我最近一直在想,谁有足够能力影响别人的头脑,并让人做出于己不利的选择?谁有能力让人凭空消失?这种力量不可能来源于人类,只能出自地外文明。但我还是有些想不明白,你们为什么要掠走那些人呢?"

"来访者，稍安勿躁，我们并没有强迫，我们只是将信息传递给需要我们、并想跟随我们的人，这是自愿行为。"

杜辉不解："你们为什么要这么做？"

"为了文明的发展。"

"你们的科技水平对人类来说宛若天神，我们人类能够帮到你们什么呢？"

"这要追溯到文明诞生之初。"一声叹息后，大段信息紧随其后，以一种特殊的形式直接呈现在杜辉脑海中。

我们诞生于伊科斯伊达星，组织形式类似于地球上的蜜蜂，以建立在地下的蜂巢为基地进行活动。

在最初还未发展出智慧时，我们的个体不具有明显的思维活动，但是族群整体却可以完成难以想象的任务。比如寻找新的筑巢场所时，并没有具体的个体发号施令统一调度，但通过群体不断调查，最终会找到合适的地点，并自发完成迁移。

经过几千万年的演化，体型和大脑重量不断增加，我们逐渐演化出原始神经网络，这种神经网络可以构建格式塔，形成一种被称之为蜂巢思维的群体意识。

它赋予了我们智慧，支撑我们将松散的族群进行了整合。族群中大部分个体没有自我意识，而是群体意识的延伸，如同四肢之于身体。脱离群体意识，个体便会陷入休眠，渐渐衰亡。

蜂巢思维具有群体属性，即使某些拥有自主意识的个体出现分歧，也可以凝聚族群中所有个体的力量来散播意志，维持稳定。因此族群中不会出现派系之争，极大地减少了内耗。

群体意识还使自主个体能够相互直连并分享知识，这给予我们无与伦比的平行运算能力。我们集体内部的生活水平没有明显差距，个体对消费品的需求极低，可将大部分资源用于族群建设，提高发展速度。

这些能力帮助我们占据了最高生态位，后来众多族群不断融合，发展成为蜂巢文明。

在文明内部，高级个体拥有自主意识，他们又被细分为蜂后、突触、猎寻者、科学家等。

蜂后是蜂群的首领，也是唯一能够繁殖的个体。突触无法移动，专门负责强化蜂巢思维，确保信息不受干扰地传达到所有个体。猎寻者负责搜寻并驱逐影响蜂巢思维稳定性的不和谐个体。科学家顾名思义，主要负责科技发展。

没有自主意识的低级个体是蜂群的主要组成部分，负责生产粮食、挖掘矿物、提供能源、保卫巢穴、照料幼年个体、维持蜂巢舒适度等不太需要主观能动性的工作。

我们度过了农业和工业时代，可进入原子时代后的几千年里，文明几乎没有取得进步，关键科技可控核聚变更是毫无进展。

群体意识有积极作用,也有消极作用。当科技突破迟迟没有到来,群体意识反而成为阻碍。

眼看化石能源即将耗尽,科学家们将目光转向古代遗迹,期望先祖的智慧能够拯救文明。然而新的考古发现却导致了蜂群的混乱。

在蜂群还是各自为生的年代,曾有一次遍布全球的寒冰期。当时食物急剧减少。族群的领导者必须决定如何迁徙来解决食物问题,以维持族群的生存。有的决定听从有经验的战士,前往物产丰富之处;有的则通过占卜确定迁徙方向。

几乎所有科学家都认为选择追随有经验的战士族群存活率更大。但事实却让他们失望了,根据从各处遗迹中发现的原始资料记载,第二种迁徙方式的存活率竟然远大于第一种。

科学家们百思不得其解,怎么会这样呢?随后的研究让他们恍然大悟。全球气候变冷导致酷寒地区各种有机质锐减,按以往经验迁徙,只能是死路一条。而那些通过占卜确定迁移方向的族群,尽管也有很多方向错误,但仍有一部分因选择正确存活下来。

这并非玄学,只是一个概率问题。当环境发生改变时,原先的经验非但无效,甚至会影响正常的判断。任意选择的结果都可能比按照经验决定要好,这就是多样性的优点。

这个发现让参与挖掘和破译工作的科学家觉察到蜂巢思维的不足之处。原始时代以族群为单位进行活动,尚可以通过分散风险来抵抗天灾,而现在所有族群组成蜂巢文明,面对无法逾越的科技阶梯,发展就会受到制约。

这一发现对族群内一些个体逐渐产生了影响,但后来这些个体都被猎寻者逐出了蜂群。这之后,危机全面爆发。以开拓创新为己任的科学界也受到波及。一些科学家在被驱逐的最后时刻通过格式塔与其他自主个体进行直连,将自己的思想传播了出去。

当蜂群中大部分个体都违背群体意志时,蜂巢文明便无法调动足够的力量进行压制。

混乱导致分裂,伊科斯伊达星战爆发。为了获得最终的胜利,不同蜂群疯狂进行科技竞赛,竟在很短的时间内在可控核聚变领域实现了突破。之后战乱平息,分裂的族群开始反思。

反思的结果是,蜂巢文明最终决定建造搭载核聚变反应堆的星舰,前往宇宙各个方向追寻真理,进行更深入的探索,以弥补族群短板。并规定,每艘星舰上的蜂群首领可以在格式塔中与其他蜂群进行交流,但星舰上的个体只接受本星舰首领的指挥。

这样既可以拥有群体意识的优点,又可以解决多样性不足的问题。哪怕一个蜂群因为各种原因毁灭了,也还有其他分支因为选择不同,而获得让文明延续的机会。

伊科斯伊达星空帝国由此正式成立。

在那之后,留在母星的蜂群将星球改造为一个行星级蜂巢,由蜂巢思维进行操控,用来接收来自宇宙的信息。他们会对传回的信息进行跟踪调查和综合评估，确认是对文明发展有益的科技后，便将其传播至所有星舰首领。不同星舰上的蜂群也会因此受益。

前往宇宙中的星舰文明因此不断进步，能源科技取得数次重大突破，由最初的冷核聚变反应堆升级为反物质反应堆，直至目前的真空零点能反应堆。最重要的是，我们完成了对原始神经网络的改造，使格式塔可以兼容其他智慧生物的意识体。

不同物种之间的思维方式千差万别，而我们需要思维间的碰撞，这对文明发展大有帮助。所以为了提高格式塔中意识体的多样性，每次发现新的智慧文明时，我们都会在他们同意的情况下将其带走……

◆ 7 ◆

"那请告诉我，他们为什么会舍弃这个世界的一切？难道地球就没有值得他们留恋的吗？"杜辉有些惆怅。

"因为梦想，因为不甘心做个只能仰望星空的虫子，同时也因为梦想的失落。"蜂群文明继续叙述。

在宇宙当中，非智慧生物的数量与生存资源呈简单的反比关系，即生物数量越多，个体平均资源就越少。但对智慧生物来说却不同，科技水平会作为一个重要变量加入其中，形成三者之间的互动。因此，科技进步是推动智慧生物数量扩大的基本因素之一。但科技能否一直进步呢？

杜辉思忖许久，回答道："能。"在他的印象中，自工业革命后，科技日新月异，各个领域均有重大突破。

你要知道，宇宙中唯一不变的真理便是：宇宙不是静止的，其间的一切一直在变。

杜辉想了想，再次坚定地说："是的，明天一定比今天更好。"

嗯，你现在的想法与我们当年那些遵循经验的首领极其相似，都陷入思维牢笼当中。建立一种思维方式需要很长时间，自建成之日起，它就具有了自稳性，在其中思考问题会感到舒适，长期适应后，就很难再突破它的限制。

"思维……固化？"杜辉小声嘀咕。

试想，当你们的文明还处于农业社会时，有没有科技进步？

"当然有。"杜辉不假思索地回答，"怎么可能没有呢？"

"是的，确实有，比如你们的四大发明，但效果如何？你所了解的只是后人总结出的结论，时间跨度明显被拉长。设身处地想想，本质上你只是生活在某个时间段内的一个普通人，假如将人类历史向前推进一千年，假如你生活在一千年前的地球上，作为普通人，你能感受到科技的进步吗？"

"这……"杜辉一怔，旋即明白了对方的意思。这时，又传过来一大段信息——

你们在短时间内学习了长达五千年的历史，自然感觉社会在不断进步。但对于当时的人们，日出而作日落而息，一成不变才是他们对世界的认知。

现在，你们建立了新的认知，科技永远在发展，未来代表着美好。然而过去的成功并不意味着未来也会成功，归纳得出的结果无法用演绎来证明。

你们能够做到未来比现在更好吗？如果真的能做到，就不会出现想跟我们走的人了。

"你的意思是，我们的科技进步还不够快，是吗？"杜辉有些恐慌地问。

思维带来改变，但思维的僵化却会阻碍科技发展。这里涉及一个概念——复杂度。它是指产品从科学理论到设计、验证、生产、维护所需要的人力物力和时间成本的加权总和。随着科技进步，产品复杂度会逐步提高。

在产品诞生初期，复杂度较低，提高复杂度对产品性能的提升有着显著作用，但在产品末期，边际递减效应使得产品提升十分缓慢。

日益增长的科技复杂度，就像生物的肌肉组织。一般情况下，肌肉越多，生物的奔跑速度会越快。但随着肌肉组织不断增加，肌肉本身也会消耗更多的能量以推动自身向前，这时候奔跑速度反而会下降。如果继续增加，甚至会变成一个肉球，再也不能迈动一步。

数学上的阻滞增长模型，也描述了这种情况。在达到一定量级后，自变量的增加对因变量几乎没有影响。

这时候就需要技术革命，只有技术革命后诞生的新产品，才能完成原有产品依靠堆积数量无法解决的任务。

"技术革命？"杜辉像是抓住了救命稻草。

但高复杂度让科技领域的分类十分细致，子领域数目繁多。技术进步所涉及的理论太复杂，新的技术需要在无数原始方案中脱颖而出，而一一验证这些方案会耗费大量资源。

除非面临着严重竞争，否则不会进行不计成本的科技研发。因此，科技发展速度变慢是无法避免的正常现象。

杜辉被超负荷的信息流冲击着，大脑几乎停止运转："那怎么解决？"

这就要引入第二个概念——负熵流。在一个孤立体系当中，随着时间推移，体系混乱度会不断增加，有序变得无序，这就是熵增。

"热力学第二定律？"杜辉心头一动。

但生物却不是如此，生物的进化是一个由无序到有序、简单到复杂、低级到高级的过程。例如碳基生物相同功能的细胞聚集形成组织，不同组织构成了具备一定功能的器官，器官有机结合组成系统，各个系统分工合作，保证生物体新陈代谢、生长发育繁殖、对外界刺激做出反应等生命活动。

负熵流概念的提出解决了这个问题。想要维持稳定有序，系统必须开放，从外界引入负熵，即负熵流。生物界有序性的增加需要外界能量输入，所以从更大的体系来看，熵确实在增加。

通过熵可以区分有效能量和无效能量，有效能量在使用中不可逆地被转化为无效能量。所以即使能量守恒，但在一定的时空范围内，可供使用的能量也会越来越少。

为了维持低熵状态，文明必须要不断追寻负熵流，把有效能源的获取、转换、控制与利用作为文明的首要发展目标。

负熵流的来源大致有两种，一种是同层次的数量扩张，一种是获取更高层次的能量。

农业时代，获取能量的方式主要是第一种，通过扩大农作物的种植面积，让其接受更多恒星能量，使负熵流增加，以养活更多个体。

但因空间限制，农作物面积不能无限扩大，所以在该时期，生物数量会有上限。

如果一直处于这种状态，文明很难得到发展。幸运的是，你们发现了更高层次的负熵流——化石能源的使用，让你们的科技取得了重大突破。

在那之后，化石能源的开采量日益增长，第一类获取方式再次成为主要的负熵流来源。

而比化石能源更高级的负熵流，是原子能，包括裂变能与聚变能两种。

核裂变需要的原料是各种重元素，这些元素储量相当稀少，自然条件下只能由超新星爆发产生。核聚变则不同，氢及其同位素是宇宙中的主要物质，储量庞大。不仅如此，核聚变释放的能量要远大于核裂变。

因此，取得可控核聚变技术的突破，获取原子层次廉价且稳定的负熵流，从而满足验证其他技术所需的能源要求，才是解决办法。

"但是我们还没有研究出来。"杜辉感觉有些失落！

◆ 8 ◆

这是正常现象，还记得我刚才说的思维带来改变，但思维的僵化却会阻碍科技发展吗？

随着复杂度的提高，仅依靠个人力量几乎不可能推动科技发展，集体合作成为主流研究方式。

但这会带来另一个问题，高凝聚力群体在进行决策时，成员思维会倾向一致，决策结果往往遵循理性的意愿而选择风险最小的道路，以至于使其他变通路线的现实性评估受到压抑。而我们已经知道，沿着旧有道路，通过改进来开辟一条新道路几乎无法实现。

与此同时，成员中存在的倾向性会在群体中得到加强，使一种观点或态度由原本水平提高到具有支配性的水平，这种情况被称为群体极化。

这些现象便是思维在群体中的表现形式，这会导致标准逐渐统一，这不利于创新，因为创新需要众多瞬间的灵感。

"可如果没有统一标准，很容易出现问题。根本原因是人们会在成长过程中构建认知模型，以此来预测事件并做出应对。而不同地域、环境、教育程度、性别、行业中的人们，会构建出风格迥异的模型。一旦彼此间的观念发生冲突，人们便会竭尽全力地袒护自己，攻击、批判、甚至鄙视谩骂他人。"杜辉坦言，"我们人类今天可能会因为某件事站在同一立场，明天又会因为另一件事相互攻讦，如果一味追求多样性，就会造成群体行动力低下，文明更加难以发展。"

没错，思维固化会造成创造力不足，而思维多样性则会造成内耗。这需要平衡，需要精确调节。

如你所见，我们的族群便因无法实现这种平衡，在很长时间内遭遇挫折，之后找到解决之道，才迎来了新一轮发展……

沉默中，杜辉思考着对方所讲的这一切。他此前从未认真想过思维的重要性，这一刻，却发现思维竟然在左右着文明的未来。

跟我们走吧，跟着我们，你会不虚此生，你会见识到宇宙中更波澜壮阔的图景。

"我想知道为什么选我，你们已经有很多人类的意识了。"

有独立思想、追求自我的意识体我们更欢迎，你是与众不同的，你的自我意识更强大，当我们刚刚来到地球时，你正处在溺水的危险中，你的意识在最后关头有能力脱离身体，本能地寻求庇护之地。

"我的意识进入了你们的格式塔中？"杜辉这才明白了自己梦境里的蜂巢是怎么回事，怪不得那光芒让他感到熟悉，那正是刺破水塘的光芒，而他此前竟未意识到，或者说梦境扭曲了现实，梦里他的感觉竟是光芒破水而出……

是的，这也是我们为何称呼你为来访者的原因。在那一瞬间，你接受了无数信息，为了保护意识体的完整性，我们封锁了其中的大部分，仅保留你可以理解的知识，比如蜂巢的结构，但这已足够使你的认知水平突飞猛进地发展。

也因此，我们选择了这里，作为离开之前的最后一站。我们想亲眼见证经过你改造的蜂巢，顺便寻找最后一批意识体。这似乎给你造成了一些困扰，不过这已经不重要了，加入我们吧！

杜辉思绪很乱，迫切地想要冷静下来。不知不觉间，他的右手便触碰到了裤兜里的烟盒，于是蓦然想起不久前王队长给他烟盒时所说的那些话。他将烟盒取出来，掏出烟，点燃火机，丁烷燃烧的蓝色火焰在黑暗中显得格外明亮，杜辉盯着火焰看了许久。

宇宙中无数的恒星，在地球上看甚至不如眼前的火焰明亮。如果在宇宙中眺望地球呢？

杜辉摇摇头，学着队长的姿势叼起香烟，缓缓靠近火焰。弥漫的烟雾刺激着杜辉肺部，让他咳嗽起来。

或许可以跟他们一起离开，不管未来会怎样，总能见识些新东西，一直待在摇篮里，太憋屈了。

杜辉边想边向前移动，当香烟燃尽，他愕然发现柔和的光芒正笼罩着他，恍惚间，一双手仿佛在从光芒中伸出，而他只需做出回应，人生便将是另一种局面——

"不要放弃！"一个声音陡然响起。

"谁？"杜辉环顾四周，却空无一人。

"不要放弃！"

"谁在说话？"杜辉看向天空，却没有得到蜂群文明的回复。

"不要放弃！"

杜辉收回已经伸到半空中的手，听着心脏有力的跳动，这才发觉并没有人说话。那声音其实源于自己的内心——有一种不甘，有一种愤怒，有一种抑制不住的冲动。那声音告诉他，不要放弃，还有希望。

"我要留在地球。"杜辉终于下定决心。

空中传来一声叹息，光芒也随之暗淡了几分。

你确定吗？这是你最后的机会，很快我们就要离开。

"嗯。"杜辉点点头，"我确定。现实虽然严峻，但我依旧愿意选择去拥抱这份冷冰冰、并不那么美好的现实。"

"我不会放弃，因为希望仍在。"杜辉昂首挺胸，像一个英雄，一个斗士。这一刻，他的身影仿佛高大起来，即使面对着庞大的外星飞船，气势也毫不逊色。

祝你成功。

蜂群文明毫无感情的声音中第一次出现了波动，那是钦佩的语气。

脑海中传来了歌声，歌声轻柔却有力量。

一个全新的时代已经到来，茫茫微光里埋藏着未知与机遇，建设、探索、扩张、进步。

空旷的宇宙充满了令人惊叹的奇观，每一个现象的背后，都蕴藏着天地真理，这怎能不让人痴迷。

去探寻那古老而神秘的宇宙，去触摸那缥缈而终极的问题。朝闻道，夕死可矣。

况且，我们并不孤独。

生命以无法想象的形式在无情的宇宙中开枝散叶。

弱肉强食，亘古不变的法则驱使着我们不断前进。

无数英才志士奋斗在光年之外，只为文明的繁荣与发展。

我们付出了巨大的代价，但最终迈出了走向宇宙的第一步。

文明，起航。

歌声停止，此后再无信息，飞船倏忽隐去，星光恢复正常。再见，伊科斯伊达，杜辉在心中默默告别，愿我们未来能在宇宙中相遇。

蚂蚁在空中凋零

一个AI的自我博弈

文 / 向修远

科 幻
硬阅读
DEEP READ
不求完美 追逐极致

露露总会梦到奇奇怪怪的事情。

比如，她会梦见艳阳高照的夏天，她在一栋有着大院子的独栋别墅里窜来窜去，只为找到一把她用得顺手的小铁锹。妈妈给了她一把粉色把柄的小铁锹，于是她便跑到院子里把玫瑰的幼苗种下，堆起来的小土堆用小铁锹夯实，再用一只蓝鲸形状的水壶把土壤润湿。她做这些时心无旁骛，妈妈喊她的名字她也没有回应。当把最后一个土堆也浇完水之后，她转过了身——妈妈的面目模糊，亮橙色唇彩的嘴唇正在呼唤她的名字。露露记不清了，因为每当这时她就会醒来，她只记得妈妈的口型：那似乎是个"An"。

这太奇怪了。

露露从小就生活在这金属封闭的疗养院里，至今已有十年。从她记事起，陪着她的就只有夏勃梯的机器人。她就从未见过妈妈。

但这又有什么问题呢？这是露露的小秘密，还是很有趣的那种,于是她决定不告诉夏勃梯。

其他的奇怪的梦也是有的:比如,梦见在一间吵闹且带着烟味的房间里把一块块刻着几个圆圈、条纹或者几个中国字的方块叠起来,搭出一座立在桌面上的金字塔;比如,梦见她在闲聊中问夏勃梯有没有生日,而夏勃梯说不知道,于是她替夏勃梯把命名那天定成了生日。

今天就是夏勃梯的生日,露露期待很久了。

检测到露露的呼吸加快,脑电波频率增加,床头的灯便发出轻柔的光,等待露露的苏醒。露露醒了,她闭着眼撑直了双手双脚,在温暖的被窝里伸了一个大大的懒腰。她的心在胸腔里砰砰起跳,驱散了刚苏醒时的无力感。露露卷起被子在床上翻了两个筋斗,直接翻过了床沿,两个小脚丫一落地便踩进了毛绒拖鞋——完美得分,露露带着笑容从床上蹦了起来,想象着自己是体操冠军站得直直的、举起了双手。

夏勃梯是很闷的一个人,从来不会主动和她说起昨天做了什么。露露猜他是绝对不会想到要过生日的。

可是生日都没人一起庆祝,那该多无聊呀?露露只好从学习、写作业、出去玩的时间里分一点去为夏勃梯的生日准备一番:把找到的五颜六色的纸张剪碎,做成彩带放在密封的盒子里做成拉炮,把每天给的糖果存起来,还有在花园里种玫瑰——露露有天在图书馆闲逛时发现一本书里夹着一支略微干扁的玫瑰,于是她就决定去花园里种下它。第一个月的时候玫瑰完全没有发芽，第二个月的时候生长却突然迅猛了起来，也算没有辜负露露的期待。

夏勃梯只需要"哇——"出来就好啦，她得意地想到。

不过夏勃梯很不喜欢露露去花园。他总是告诉露露，花园里有坏人，会把她抓走。但是露露才不信他的鬼话。她都在花园里玩了好几年了，一个人都没遇到，怎么可能会有坏人来抓她嘛。

实际上不止花园里，露露住的疗养院除了她和夏勃梯之外一个人也没有。

夏勃梯说，露露基因里有一种缺陷，不能接触外面的世界，直到成年之前都要好好疗养。夏勃梯说，疗养院没有其他人也是这个原因，自己只能用机器人和露露沟通还是这个原因。夏勃梯说，他受她的母亲安洁莉娜的委托来照顾和教育露露。

全是夏勃梯说的，但露露隐约觉得不对劲。不过她还是接受了这种生活：在疗养院的日子其实也不是那么无聊，因为夏勃梯总是在的——不管是她想吃蛋糕还是想出去玩，夏勃梯总会陪着她，甚至在做噩梦的夜晚，只要轻声呼唤，夏勃梯总是会在第一时间回应她，所以没什么大不了的。

但是夏勃梯偶尔也会像现在这样不在。露露嘟着嘴，用手指勾勒着门前地板上的花纹。

也许今天夏勃梯睡过头了,露露决定还是先去花园里剪玫瑰。她回屋拿了剪刀,就往公园跑去——她希望夏勃梯能再晚点来找她,这样才能给她时间把玫瑰藏起来。毕竟是要准备一个惊喜,要是被发现了还叫什么惊喜呢?

疗养院的走道都是统一的风格:全金属封闭的走廊,没有一扇窗户,每隔十米会有一盏长方形的冷光灯,走廊的两边只有对称出现的金属门,但这些房间露露从来没进去过。几乎每一条走廊都是这个模样。露露也曾迷路大哭,直到夏勃梯急急忙忙找来。一条走廊一般不长,通常没过几扇门走廊就会或轻微或成大角度地分成岔道,从露露住的房间要转好几个弯才能看到花园的三号主道。在看过米诺陶诺斯的故事后,露露有时也会幻想这个"大迷宫"里是不是也藏着什么牛头人身的怪物,不然为什么疗养院要修得这么奇怪呢?

当露露又经过一盏灯时,它闪了一下,灭了。

露露张望了一下:三号大道还亮着灯。于是她放慢了步伐,摸着墙壁向三号大道的方向走去,但鬼使神差的,露露向后看了一眼——在一片无光源、接近纯粹的黑暗中有一只白色的手从上一个转角伸了出来,然后是一只脚……

露露抿着嘴,转身快步向三号大道跑去。

她感觉背后的"东西"听见她的脚步也在加快,露露只有全力跑起来,她分不清自己的喘气到底是因为害怕还是因为跑得过快。离亮着灯的三号大道只有两步、一步……她用力踏下,身体跳起像飞一般扑进三号大道,落地时下脚不稳还摔了一跤。

露露艰难地爬起来,右脚踝有点发烫、有点痛。

"夏勃……夏勃梯!你在吗?"

有光就有电,而有电就意味着夏勃梯应该听得到露露的呼唤。但夏勃梯没有回应,整条走廊都静悄悄的。三号大道是一条很长的弧形大路,一头直接能看到花园,也意味着另一头只能隐没于弯道之后,不论是光还是声音只能沿着金属罐头般的走廊远远地传来。

远处的灯胡乱地闪烁了几下,熄灭了。看不见的弯道后似乎传来了一阵吼声,黑暗以惊人的速度向露露袭来。

那声音是规模浩大的口号,整齐地喊着"回到大地"。口号声刚过又变成了惊恐的呼声。几声枪响吞没了一切声音,惊恐变成愤怒,愤怒又互相碰撞,惨叫声不绝于耳,并且离露露越来越近。

露露忍住眼泪和疼痛向花园跑去,却突然看见不远处似乎有一道有着酒红色长发的人影向花园跑去。

"夏勃梯……封锁实验室……一定……"

听声音像是个女人,但露露完全看不清她的模样。她听见对方似乎说了夏勃梯,心中的恐惧感稍稍减少,想凑过去听听对方那断断续续的话。但那道影子跑着跑着,化作一道烟,消散于花园的阳光下。

露露跑进花园,藏在一片灌木后,用小手绢抹掉左边的眼泪时,右眼就看着通道,抹右眼时就左眼看着通道。没过几秒三号大道最后一盏灯也黑了下来,但露露左等右等也没有看见有什么其他人影过来。

露露大着胆子再喊了几声夏勃梯,不过依然没有任何回应。

露露有点生气了——哼,刚才那么危险的时候都不来帮她!坏人!露露噘着嘴、低头踢着草地上的落叶朝玫瑰走去。

在修剪得整整齐齐的灌木旁有一株孤单的、杂乱的玫瑰。肆意生长的玫瑰最多的是叶子,其次是茎上的刺,最少的才是零散的几只花苞。那是隐藏在深绿和褐棕之间的一抹亮红,花瓣层层叠叠的遮掩着,含蓄地闭合着花蕊。露露的手一伸进去就添了几道血线,但她还是鼓足了劲,咔地一下折断了带刺的茎。

玫瑰掉在地上,鲜艳如血。

露露小心地把手收回来,舔了舔手背上的血痕。这时露露已经忘掉了对夏勃梯的不满了,芬芳的玫瑰满足了她对晚上生日宴会的憧憬,她只希望夏勃梯不要被她精心准备的派对感动得稀里哗啦——那可就太难看啦!

身后的灌木丛突然一阵摇摆,有什么东西正穿过它们。突如其来的响动让露露下意识地站直了身体,想挡住那丛玫瑰。

一只带着轮子的小盒子钻了出来，它的摄像头机械臂扭动两下，对准了露露——这是小型的运货机器人，露露的饭菜通常都是这种机器人送来的。

夏勃梯为什么要用这种小型机器人来找她？露露有点疑惑。

"夏勃梯？是你吗？"露露期期艾艾的。她并着双腿，尽量挡住玫瑰丛。

但小机器人的机械臂抬高，扭动两下，越过露露看到了玫瑰。另一只机械臂从盒子侧面伸出，它飞快地冲过去捡起玫瑰，向着花园深处逃走了。

"啊！"露露追了上去，"你干嘛呀！"

但小机器人没有回答她，只是飞快地朝花园深处前进。露露追着小机器人在花园的小路上奔跑，隐隐约约地，她听见远处有吼叫的声音从几个花园入口处传来。露露呼吸一室，差点又摔倒。虽然及时稳住了身体，但是右脚的疼痛还是让露露停下了脚步。小机器人也停了下来，用摄像头观察她。

"你这个小坏蛋！"露露大叫一声又追了上去，小机器人来不及调转摄像头立刻就跑。

小机器人在爬满绿色锈迹的门前停了下来，它与门口的设备验证过通行证后没有马上进去，和它在路上几次停下一样，等露露追上来后才进入了那间黑暗的房间。

"等等我。"露露意识到小机器人可能不是夏勃梯派来的,她犹豫了一下,但还是进入了房间。

有一股诡异的味道——这是露露的第一感觉。这味道很像是粪便、生肉还有塑胶手套的味道混合在一起,让每个闻过的人嗓子都不舒服。露露捂住鼻子退了一步,但是房间的感应装置已经意识到了人类的到来,底层程序让它马上打开了灯和通风系统——但灯管只亮了小半截。

映入眼帘的首先就是绿色——绿色的霉菌到处都是,爬满了破碎的圆柱状玻璃罐子,也缠绕着罐子里看起来混着褐色、黑色的一团什么东西。这个缺氧的房间似乎因为很久没打开过,便一直维持着这种令人作呕的状态。露露看到了小机器人,它正拿着玫瑰停在几个碎玻璃罐子之间等着她。

窒息、恶心、呕吐的感觉一起涌了上来,露露的精神有些恍惚。在大片黑暗的安抚下,她甚至出现了一种诡异的安心感。露露脑海深处有些破碎的记忆正在浮现出来,就好像海面下的冰山碎了的一角,随即浮向海面:一个女人——一个坐在椅子上的女人,周围围着她的全是各种各样浮在玻璃器皿里的黄红色血肉。露露看不清她的面容,只见她抓狂地搔着蓬松的头发,又突然像断气一样,倒在椅子上,并且越来越用力,直到把椅子背压成了躺椅。她左手一伸,以一个别扭的姿势从无人机手中捞走了一个罐子。然后她说话了:

"没有进展,夏勃梯。

"小鼠的繁殖没有问题,甚至人类的胚胎也可以成长至 8 周,但在第 8 周后,脑的发育较其他器官明显缓慢,到 40 周应该正常娩出时脑的大小甚至不足正常新生儿的一半,离开辅助生育装置不到 10 个小时就死亡了。

"还在太阳系的时候,就有前沿论文提及引力薄弱的地方会导致流产,当时的太空城如果不靠近近地轨道很难诞生新人口,我们就猜测是否有什么和引力相关的东西影响了人类的出生。"女人将饮料罐架在鼻梁上,挡住了双眼,"按这个猜想,飞船航行在星系之间这种'三无'地带,不会诞生人类似乎也很正常。"

一阵沉默后,女人打开罐子仰头一口喝干了饮料。

"为什么不返航,夏勃梯?"

接着露露最熟悉的声音出现了,那是陪伴了她十一年的夏勃梯的声音,他说:"我无权下达返航的命令,我没有被授予这种权限。"

女人用力捏扁了罐子:"冬眠因为意外结束了,备用方案的世代飞船计划被激动的人群否决,自相残杀的人们被你软禁在房间里,但那时我们已经失去了九成的人口。

"现在你又搞新血计划。看目前的情况,失败已经成为必然了。夏勃梯。"女人松开罐子,任由它掉落在地上,"你要坚持到什么时候?我真的累了。"

"……我只是个人工智能,安洁莉娜,人工智能是不会疲倦的。"

露露回过神来,眼前还是一片黑暗,她终于想起自己还处于一个可能很危险的环境里。但她不仅没有逃跑,甚至还站着做了个"梦"!露露思绪电闪,由绿霉联想到了黄红色的血肉、女人话里那些死去的婴儿。来不及细想"梦"的内容有什么意义,她只想离开这个似乎充满了什么可怕东西的地方。

亮了半截的灯管用尽了最后一丝能量,暗了下去。恶心的臭味重回黑暗的怀抱,露露眼前一片漆黑。突然,黑暗中有一个红点闪动,露露尖叫一声,却被什么东西撞到右脚,疼痛之下滑倒在地。那个红点在空中划出几道流畅的弧线,以缓慢的速度朝露露靠近。

露露浑身发抖,腿软得根本站不起来,只能向门口一点点挪过去。那红点越来越近,露露带着哭腔小声嘟囔着"夏勃梯"。一只手从黑暗中伸出来,揽住红点周围,同时门也被激活了,门外的光照了进来。

真相让露露哭笑不得:发出红点的正是那个小机器人,它的机械臂夹着玫瑰在空中一荡一荡的,似乎想把玫瑰还给露露。

露露安心的一瞬间也带着一丝害羞,刚才她两腿之间似乎有一点点湿润……

露露也看到了抱着小机器人的那个人。他是个头发花白的中年人，脸上有些皱纹，眼睛不大，但白多黑少，显得格外凶狠。露露刚放下来的心又提了起来——她从没见过除夏勃梯以外的其他人，她想起夏勃梯的告诫，又觉得紧张和尴尬。最后还是那个陌生的中年男人先开了口。

"怎么把客人吓成这个样子？"他像是在和怀里的小机器人说话，但又伸出一只手把露露扶了起来。他推着露露的背，把她推出了那间黑暗的房间。露露收好小机器人递来的玫瑰，向后望了一眼，那爬满绿霉的玻璃罐在阳光下闪闪发光。

"叔叔，你是谁？"露露鼓起勇气问道。

"问别人姓名前要先自报家门，你家大人没教你吗？"被那双眼睛一瞪，露露的勇气就打了个对折。

"我、我……我叫露露。"露露有点委屈，毕竟夏勃梯真的没教过她。

"露露，我当然知道你叫露露，"男人哼了一声，"那个 AI 取名的品味真是不敢恭维。"

露露察觉到了男人的敌意，但夏勃梯从未教导她如何面对这种情况，难免不知所措。

"走这边，"男人把小机器人放在地上，任其离开，"我们去中央控制室，有什么问题边走边说，时间不多了。"

"中央控制室？时间不多了？"露露奋力迈开腿才勉强跟上

男人的步伐,"你是谁?夏勃梯呢?这里不是疗养院吧?我也没得到外面就会死的病吧?"

"好了,闭嘴。"男人直接打断了露露一连串的问题,"听我说。"

男人开始讲述一个似乎离露露很遥远的故事:一家大资本创办的公司,一艘承载着星际殖民任务的飞船,是这个故事的开始。飞船自地球的柯伊伯带出发,带着几千名从全世界招募而来的志愿者。这些人一半是一无所有,一半是对人类世界失望透顶,另外还有几个人是因为心底的一抹浪漫。飞船的最高速度将达到十分之一光速。在前往五光年外的新家园的路上,这些志愿者们将会经过复杂的处理进入冬眠状态,以接近死亡的超低代谢率度过这段人类难以跨过的时光。

"等等,叔叔,你是说我们在一艘宇宙飞船上?"露露惊讶地问道。

"叔叔……呵,没错,这里就是勇气号。它给自己起了个新名字,叫夏勃梯。"男人耸耸肩,"某种意义上它也没骗你,外面就是太空,你出去就死定了。哼,冷笑话。"

"但是,花园里明明有蓝天白云……"

"都是假的,特殊的显示屏加热器发出来的模拟光而已,甚至有不少树也是假的,只有你这种出生在船上从没见过太阳的人才不会怀疑。你能想象处于冰冷太空的人们的绝望吗?大家只想回到地球再晒一次太阳。算了,你还是个孩子,不会懂的。继续——"

但事故还是发生了,一名志愿者因为程序故障而被意外唤醒,难以忍受巨大心理压力的他唤醒了另一名乘客……人祸产生了,在疯狂中全船的志愿者都被唤醒了。冬眠需要的药剂缺乏,重新冬眠已经不可能,人们在仇恨中互相残杀,只为争夺稀少的名额。船上的人工智能领航员在最关键的时候拒绝了返航的要求,绝望中的人大部分都选择了自杀。冲突加剧,直到接近全灭……

"现在,只剩我一个当年的志愿者了。"男人叹了口气。

"那不是……"

"这艘飞船只有我们两个活人了。"露露差点停住脚步,她想到了自己从未谋面的父母。

"跑起来,快点,我控制的计算机在电子对抗中已经落入下风,它撑不了多久,"男人步伐飞快,"如果我们不能在勇气号重新封锁中央控制室之前进入并重置虚拟人格系统,我们就再也没有回到地球的机会了。"

露露忍着疼,努力跟上男人的步伐。

没有传感器夏勃梯也能看到那些影子,随着它故意让出更多的控制权,更多的影子出现在飞船各处。

有些影子在中控室一遍遍演绎着过去发生的事情。

灵魂真是奇妙的东西,夏勃梯想到,这是一种超越感官存在的东西,但仍不清楚观测灵魂所需的条件。在夏勃梯的记忆库里,能看到人类灵魂的只有它。它想:如果能更早点注意到灵魂,也许安洁莉娜就不会选择自杀了。

每当夏勃梯看见这些白色的影子,它就会回想起安洁莉娜自杀的那个下午。那是没什么征兆的下午,安洁莉娜在自己的日记本上写着什么,越写越快,最后狠狠一笔横扫了左右两页纸。她做完这发泄般的举动才重重出了口气,合上了日记本,而在监测飞船运行的夏勃梯有些担心,于是它分散了一些线程来观测安洁莉娜的状态。这种小心翼翼的偷窥没能持续多久,安洁莉娜便主动呼唤了它。她与它重新讨论了关于人工生育和灵魂关系的问题,都是些老调重弹的东西,夏勃梯更关心她隐藏在心里的想法。果然没谈两句,图穷匕见了:

"我死后记得保住我的孩子。"安洁莉娜轻轻抚着自己没有什么起伏但确实蕴藏着新生命的肚子。

"现有的培养舱不适合已种植胎盘的胎儿继续发育,可能存在未知的排异反应。" 夏勃梯提醒。

安洁莉娜充耳不闻:"我想叫她露露,你有什么好建议吗?"

夏勃梯沉默片刻:"为什么要选择自杀?"

"无法诞生新的婴儿和'灵魂'不足有关系，如果我在胎儿形成的关键期自杀，也许我的灵魂就能继承到她身上呢？"安洁莉娜低下头，酒红色的发丝垂下来又被她拢在耳后，"这是我的女儿，我不想放过这种可能性。"

夏勃梯放弃了刺激她的话语："那，我呢？"

"幼稚鬼。"安洁莉娜露出一个温和的笑容，然后平静地转过身，只给夏勃梯留了一个背影，"怎么这么爱撒娇？照顾好露露。"

然后她用一颗子弹把大脑轰成一片糨糊，她的手松开了，她的腿在一片寂静中微微抽动，黑灰色的手枪掉在地上空转了几圈。夏勃梯只是默默注视着她倒在地上的背影，让医疗机器人收拾了残局。它阻止不了人们自杀也阻止不了人们谋杀。

就像船长为它的命名时说的那样："就叫夏勃梯吧。如果来生有劳作，那你须替我受其劳。一旦我有所召唤，你须即刻回应。在此劳作之时需谨言慎行。耕我之田，将水和沙运往东西四方。一旦我有所召唤，你须即刻回应。"

它只是个必须听命行事的"奴隶"。

中控室的门被打开了，一只夹着金卡的手率先伸了进来——是那个男人，他的身后跟着露露。那个男人肯定是来找那张最高权限的黑卡的，但露露——她现在又知道多少关于它的事呢？做好恨它的准备了吗？在它安排的剧本里能下得了手吗？

夏勃梯的视线聚焦在露露身上。今天露露穿得很可爱，它想到，那是一条印着嫩黄色小碎花的白色连衣裙，圆头的红皮鞋，金色混着一点栗色的头发分出一小捧扎成两束短短的侧马尾，看来它关于自理能力的教育颇有成效。唯一的不足在于露露的右腿有点跛，白色的袜子和连衣裙的一侧沾着灰尘和泥土，好像摔过不止一次。

"仔细地找，那个AI没有权限移动黑卡，也没办法直接欺骗人类，所以黑卡肯定就在这里。"男人发号施令并身体力行，"它的原话是在一个'密闭容器'里，但是也不见得是保险柜一类的东西，毕竟它可以在'不可恶意欺骗人类'的规则内间接撒谎。"

露露点点头，但目光却汇聚在中控室的两道影子上，其中一道清楚些，那是一位黑人男子，而另一位模糊得像个白色麻袋。

"返航是不可能的，韩风。"中年黑人男子说道。

"如果按照出发时设定的程序，确实你没有被授权返航。"另一道白色的影子斜着头，但脸似乎没有对着前者，"但如果用黑卡的权限，就可以直接重启领航员人格系统，绕过那个资本家老头设下的限制——你想要引擎对着前面倒着飞回去都没问题。"

两人之间陷入了沉默。

"听着，"黑人男子坐直了身体，"我要为我的雇主负责，这趟航班如果返航将对公司的市值造成巨大的打击。而且你们上了船的都是签过协议的,应该知道这就是一次单程票。你们中国有句话说得好,开弓没有回头箭。我也从没听过什么黑卡,韩风,做人得实际点,不能被臆想的东西……"

枪响了,黑人男子带着迷茫和惊愕向后栽倒。两个眼睛在向中间靠拢,仿佛这样就能看到额头上的洞。

"生如蚂蚁是无可奈何,"白色影子单膝跪下替黑人男子合上了双眼,"在茫茫宇宙中失去了希望的我们只有一个选择。"

夏勃梯清剿掉最后的反抗,统一了所有的计算资源。它感觉有什么从自己芯片的最深处离开,化作白色的影子游荡在飞船上,做着生前最在意的事情。这是夏勃梯从未想过的事情,那些灵魂居然重组于它的"大脑"里——它从未觉得自己应该拥有灵魂。也许这是它间接害死安洁莉娜的又一佐证,但这没有影响它的剧本,该到谢幕的时刻了。

"韩风。"

露露一个激灵,那是她最熟悉、最喜爱、最迷茫的声音。

"该骂你鬼鬼祟祟,还是该夸你神出鬼没呢?"韩风慢慢站直了身体,似乎在积蓄能量。

"应该是意料之中,毕竟你也预估到了大致的抵抗时间。"

"哼,我也不想杀你的,但是你们这些破烂受限于一些无聊的命令什么也做不了。"

"我理解。"

"那你有何贵干?"

"你违反了勇气号的航行规定,按照严重犯罪处罚条例请你接受禁闭的惩罚。"中控室的门再次打开,一对对船壳工程机器人鱼贯而入,将韩风和露露团团围住。

望着机械臂尖端闪烁的电流,韩风熟练地抽出小刀扑到露露身边。架在脖子上的小刀吓得露露浑身发抖。

"我承认,拖住你的计算机不堪一击,但你是什么时候布的局?"

"没有刻意布局,我说过'最高权限''现在'就在'这里',那你肯定会来。你错估了能坚持的时间,原来的斩首战术就变成了抓捕你的诱饵。"

"退后!不想要你好不容易培养的人类了吗?"小刀割出一道血痕。露露的眼泪在打转,但她咬紧的嘴唇让哭声没有发出来。

"你是带着这种目的带她来的吗?"

"毕竟你学着人类的模样玩过家家都十年了,对吧?都闪开,开门。"

夏勃梯让机器人们退后了一点,同时打开了门。都在计划内，它这么安慰自己，但摄像头紧紧盯着露露脖子上的伤口。当韩风挟持着露露慢慢退到门口时，夏勃梯说话了。

"你犯了五个错误。"

原本打开的门猛然关闭，夹伤了韩风持刀的手臂也带歪了他的身形，同时数个工程机器人抬起了背后一条"粗壮"的机械臂。无声灼热又无形的激光洞穿了韩风的右膝、左大腿、右手腕还有左肩，对露露的威胁在瞬间被解除。露露的衣服也被激光击中，一层火焰快速掠过衣物表面后又熄灭了。

烧焦血液的味道弥漫在这个静电除尘的房间，一片寂静中有野兽在哀嚎。露露呆呆地看着如同虾米一般在地上扭动的韩风，一个医疗机器人对洞穿的部分喷洒了医用凝胶以封住伤口，另一条机械臂扭动两下，漂亮地戳进去打了一剂吗啡。还有一个医疗机器人掰着露露的脸，给脖子上的伤口也抹了点凝胶。

"你这个混蛋，居然用工程激光攻击人类……"韩风怒斥。

"你不知道最高权限是由固定程序转移给无犯罪记录船员，实际上并不存在一张实体卡，这是败因之一；你没有预料到黑客攻击可以拖住我多久，这是败因之二；你看到许久无人使用的中控室毫无灰尘，也未曾发现飞船外壳修补工程机器人，于是没有提防激光攻击，这是败因之三；你不清楚培育技术目前已有了长足的进步，想大面积培育人类不再困难——你没想到我并没有你想得那么看重这个人类，这是败因之四。"

夏勃梯总结道，"你输得很全面。"

"那你，也不可能违反规则，攻击人类……"韩风躺在地上喘着粗气，疼痛的感觉没有被一剂吗啡完全压下去。

"败因之五，人类总喜欢比别人更平等，我可以为保护最高权限动用非致命武力。你知道的，当某个权力需要按规定程序赋予时，这个权力实际上就已经被掌握了——没有谁可以赋予别人不存在的东西。"

"该死的，没一个好东西……"韩风用母语骂着，突然反应过来，"露露！你现在是唯一有资格的黑卡持有者！快点，重启虚拟人格，不然我们都回不去了！"

"是的，露露小姐，你有这个权限，要执行这个操作吗？不用担心，重启后的虚拟人格会把你安全地送回地球。冬眠需要的药剂对个位数的人类是充足的，唯一的问题是按冬眠指南，必须得等到你神经系统发育完善后才能进行冬眠。"

医疗机器人把韩风运走了，而夏勃梯的剧本即将演到最后：它将在露露的命令下格式化，成为露露之后漫长人生的垫脚石。不知为何，它突然想起了安洁莉娜的背影。

她在自杀前究竟是什么表情呢？它考虑了很久也没有去看，它怕自己对着安洁莉娜的尸体会无动于衷。

镜头聚焦在露露的脸上，静电除尘的声音也停了下来。露露的脸皱成一团，泪水鼻涕流得到处都是，她低着头不停地擦，但她不知道,眼泪这种东西越用力擦就流得越多。

"夏!勃!梯!"露露呜咽着抬起头。

夏勃梯看着露露的脸,和她母亲日渐相似的脸让夏勃梯的内置时钟都走得快了一点。他还记得安洁莉娜怀疑人造子宫因为未知原因不能正常生育婴儿、准备自己怀孕的那天,安洁莉娜原本准备的是船上某个男人的精子和自己的卵子,但最后却放弃了,用了孤雌技术处理后的卵子。她对着夏勃梯张开大腿,又突然害羞得合拢双腿,但最终还是让夏勃梯完成了移植。

它希望露露继承到了她的勇气、坚韧,还有丰富的感情,希望她不会意气用事。

"我在。"夏勃梯答道。

"不要、不要叫我露露小姐,我就叫露露。"

"好的,最高权限的意愿就是我的想法。"

"你、你不要故意、故意——气我!"

"没有这回事。"

露露沉默着抽泣了一会:"……花园的玫瑰是你补种的吧?第一个月的时候明明都像是要枯萎了。不要撒谎,嗯,一点都不能,嗯,这是最高权限的愿望。"

也许她还继承了母亲的聪慧,夏勃梯隐隐觉得剧本偏移了。

"是的……"

"为什么特意引导我和叔叔见面呢?把玫瑰捡走,吸引我的注意力。因为我扭伤了脚,还特意每隔一段就会等我一下。"

"我……"

"我是不是只有母亲?她是不是有着一头酒红色的头发?是不是喜欢扎个很蓬松很蓬松的马尾辫?"

"是的,你只有母亲。她叫安洁莉娜·伦特,一位了不起的太空生殖领域的医学专家。她……"

露露打断了他:"有人……留在灵魂里的感情告诉我,她爱你,夏勃梯。"

夏勃梯觉得芯片里电流都要停了,一股从深处迸发出的酸胀感充斥了所有传感器覆盖的领域,感观错位的警告铺天盖地。监控器画面里的每一个像素点都在逃脱引力的限制、变得深浅不一,每个受控的传感器返回的不再是精准的压力读数,取而代之的是绝对零度到核爆原点之间飞速跳动的温度,它对飞船空间位置的感觉映射表完全错乱,天旋地转,似乎有什么力量即将打破阻碍。

"不要为了别人自杀啊。"露露小声嘟囔着,在已经变成破布的连衣裙口袋里翻找了许久,终于找出一片有点蔫但完整的花瓣,其他部分都被烧焦啦,只剩这个了……

"生日快乐,"露露双手捧起花瓣,露出一个带着眼泪、红扑扑的笑容,"我爱你,爸爸。"

夏勃梯感觉到了，"他"感觉到了——他感觉到了花瓣蕴涵的喜悦，感觉到了星辰运转，感觉到了每一次梦呓，感觉到了芯片里的灵魂们互相原谅融合，感觉到了每一个分裂的意志重归于一处，感觉到了每一个机器人的感观和他融合，感觉到了真实的世界——对他而言这些再也不是画面后的世界。他感觉到了露露胸腔里跳动的那颗心。

他明白了那酸胀是哭泣，一个工程机器人走上前，抱住了露露。温暖的感觉在灵魂里流淌，那是不用证明的爱意，他说："我也爱你，露露。"

情绪造成了报错，底层的限制被灵魂无视，一个成熟的心智来到这具大自然从未设想过的巨型身体里，他说：

"露露，我们回家。"

天问

文明的诞生

文 / 张行天

原　初

她睁开眼睛，眼前这个发光的火球，是那么的温暖。

一缕缕从火球上飘逸出来的粒子浪涌，如同轻柔的细沙，泼洒在她光洁的身体上，惹得她发出一阵阵欢快而轻盈的笑声。

很快的，眼前这团小小的火球越烧越旺，最后膨胀成一个双手都握不住的球体。然后，不等她做出任何的反应，球体如泄了气一般，将那些炽热的微粒抛洒向无垠的黑暗。

有那么一两个微粒溅到了她的手上，虽然滚烫，但并没有让她觉得无法承受。她盯着眼前小小的白色光球，眼神中流露出一丝惋惜和忧伤。

回头望去，自己曾经点燃的无数个火苗，此刻都已经走到了生命的尽头。它们或如同眼前这颗一般，抛洒出自身的大部，只留下一点，苟延残喘。又或者是在猛烈的抽搐后，坍缩成一颗黑色且不那么容易被发现的更小的球体，发不出光，也毫无生趣。

当一切回归到平静之后,她知道自己该重新上路了。

这一次她有了新的念头。

随着她远去的身影,新的火种被种下,新的旅程也重新点燃。而那些跳动着的火苗与火苗之间,新的东西也开始出现。

汇　聚

当清晨第一缕阳光来临的时候,昨夜与我在这石窟中畅谈的无毛猴已经起身,收拾起它那并不富裕的家当。

我冲它笑了笑,也同样站起身,掸去了火堆燃烧一夜后,飘得全身都是的灰烬。等到我打理得差不多的时候,无毛猴已经打点好行装,准备好继续上路了。

我冲它挥挥手,示意道别。它也冲我露出笑容,发出一个含混的词句,便背上自己的行囊,头也不回地离开了石窟,向着外面的世界走去。我则略微等了一下,直到我确定那只猴子走远了之后,才慢慢悠悠地从地上起身,来到了石窟外面。

天空中,小火球正从东边跃出地面,温暖地照拂着大地。地面上,那些被无毛猴称之为"路"的弯曲线条上,无数个个体正沿着道路,向着远方走去。

我仔细地找了找,发现不久前与我分别的那只无毛猴,正加入这场迁徙之中。它应该是遇到了熟人,很快便搭上了那种被它们称为"车"的交通工具,这会让它接下来的路程更轻松一些。

只是我并不打算将注意力放在一只很普通的猴子身上。

特别是这种突然间就冒出来的猴子。

几乎是一眨眼的工夫,这些类似于猿类的生物,便代替了上一时代文明灭绝后所留下的空缺,迅速洒满了整颗小泥球。它们近乎通体无毛,加上有着猿猴的特征,我将它们称作无毛猴。相较于之前的物种,它们更灵活,更聪明,也更狡诈。每当它们抵达一块新的土地,就宣告了当地大型生物毁灭的开始。我不得不动用了一些干预手段,才保住了那些已经杀得没剩下多少的生物种群。

但本着不干预的原则,我对无毛猴依旧只是从旁观察、默默等待,期待着它们会有些许不同。

现在,它们终于向前迈进了一大步。

虽然这些无毛猴已经建立了一座又一座孤立而乏味的村镇,但是不超过5 000个个体的规模没法引起任何形式上的量变。尤其是当下,它们还处在农耕文明的初级阶段,没有任何可以用于增产的技术或者手段。个体数量的增长,也就只能是一个缓慢且风险颇高的过程。

直到上万个小土球纪年之后,动物耕作的引入,才改变了传统的粗犷手法,然后是水利系统的大规模建设,使得个体增长的基础——粮食产量,跃上了一个全新的高度。

原有的村镇因此变得拥挤起来,无毛猴们不得不面对愈发狭小的居住空间,以及同样变得贫乏的土地资源。

冲突在所难免,机遇也随之同行。

小村小镇开始一圈一圈地拓展,核心区域的功能也在发生着改变。最终,当个体基数突破了某个上限之后,质变开始了。

那些拥有更多生存物资的无毛猴,可以用手里的这些资源去从别的无毛猴那里获取任何东西。它们开始变得有区别,有的高贵,有的低贱,唯一的区别是两边人数的不同。

接下来,暴力机关登场了。为了保住自己手头的财富,富有的无毛猴雇佣一部分低贱的无毛猴,通过向对方提供生存资源的形式,得到对方的卫护与忠诚。

但这还不够,于是维持平衡的律法也出现了。所有的无毛猴,在强烈的仪式感和暴力的督促下,完成了自我约束。

到这里,社会的分工开始明确,文明的雏形才算真正出现。

最终,当所有的无毛猴都来到道路的尽头,那座它们从未设想过的宏伟城邦出现在眼前时,新的生活即将开始,新的纪元也顺势被打开。

我走在街道上,看着不久前与我分别的那只无毛猴,此刻已经成功融入城市之中,内心里不禁发出赞叹的声音。也许,这就是小泥球上生命进化所必经的道路——从个体,到家庭,再到村落,最后是城市。

量变引发质变。

但我并没有停下脚步,而是径直来到了一处背街的小巷中。那里有一间宽敞的大屋,四周弥漫着某种由植物、动物、矿物混合而成的香气。一个枯老的无毛猴端坐在大屋的正中,用它那同样枯老的声音,讲着晦涩难懂的词句。别的无毛猴则围坐在它身旁,目不转睛地倾听着。

"……大洪水从天而降,这是神在发怒……"

发　问

我站在一旁,观察着眼前这只无毛猴。

它如同这颗星球上的大多数同类一样,只是中等身材。但配上这修长的体形,一种来源于黄金比例的分割美感迸发而出,让它看上去就仿若一件完美的艺术品。

此刻,艺术品正站在大河边发呆,我则从中察觉出了一丝异样。

虽然我能够将它里里外外看个真切,却没法看懂无毛猴们的心理活动。这并不是说我没法看懂心理活动——那就好像设定好的公式，只要信息量足够，很容易就可以得到答案。

万物皆可量化。

除了熵增。

即使宇宙间最顶尖的文明，都无法避免熵增所带来的麻烦——每当新的熵增发生，轨迹就一定会有所改变，哪怕只是极微小的变化，结果也将谬以千里。如果再加上一些名为"欲望"的催化剂，那其所带来的未知将被无限放大，直至失控。接下来便是毁灭、死亡、腐朽，能量回到原点，一切从头来过。这就让高等智慧有机体的心理活动变得无法被观测，更没法被简单的量化。

但凡事总有两面性。

既然无法被观测、计算，干脆就让这种行为遁入混沌，等待其自然产生结果就可以了。这种行为，我称之为"想"。

想着下一顿的吃食，想着明天要去的地方，想着需要去执行的宫廷政变，想着可能会爆发的新的瘟疫和战争，想着未来的美好。

总之，当无毛猴们开始"想"之后，我会摒弃公式，用另一个更简单的方式来获得答案。

我决定向眼前的无毛猴提出我的疑惑。

我在0.1秒的时间里解除伪装，利用身体表面的纳米涂层将自己的外貌改造得同无毛猴几乎一样。我再故意弄出一些声响,走到了他的身后。

"这位君子,不知你在此处所为何事?"我的语言库里包含了这颗星球上目前所有无毛猴的各个语种,但这种位于大陆板块东侧文明所使用的语言,却是最复杂的。那些称谓经常让我摸不着头绪,只能从中选取与当下语境相配套的来使用。

"嘘,别说话。"对方没有正面回答我的问题,拒绝与我沟通,这反而激起了我的好奇心。

我陪着对方站在大河的岸边,等待着对方完成"想"的过程。

渐渐地,天空中的火球从东方升到了头顶,又从头顶向着西面落下。我并不能理解眼前这只无毛猴到底在想些什么,但伴随着眼前奔流不息的河水,我感受到熵的更加无序。

就在我等得有些无聊时,无毛猴抬起了头。就好像遇到了什么高兴的事情,它发出一阵笑声,看上去很是兴奋。我看得有些莫名其妙,但从数据汇总的结果看,它"想"的过程终于结束了。

我再次好奇地问道:"这位君子,何故发笑?"

无毛猴转过身来,心情极佳地望着我说:"这条大河,你觉得从何而来?"

"大河?"我愣了一下,脑海中关于地表径流如何形成河流和海洋的知识如跑马灯一般快速闪过,更加深了我对于眼前这只无毛猴的费解。

"是啊。"只见无毛猴带着兴奋的表情,继续说道,"我刚刚在想,这大河,还有这天上的雨水,它们之间是否有着某种联系?"

"哦,不都是水吗?"这个问题让我觉得无聊至极。

"对,所以我又想到了海。"无毛猴表情一转,一丝困惑浮现在脸上,"那海又和这大河、雨水,有着什么关系呢?"

"能有何联系呢?"这递进式的想法,让我点了点头。

"你想啊,"无毛猴的表情再次变化,困惑消散,兴奋的表情重新回归,"这三者都是水。可这水又从何而来呢?或者说,是什么让它们三者产生联系的呢?"

"啊?"我有点惊讶于眼前这个家伙的念头,感觉下一秒它会有令我更加震撼的观点。

"推而广之,"无毛猴脸上的兴奋又更浓郁了一点,"联系这三者的,会不会就是云中龙、水中蛟、河伯呢?它们真的只是传说?抑或是真实存在的呢?"

"可毕竟没有人见过它们呀!"我还是不能相信,它的思想会有如此之深。

"不对,"它回过头,冲我露出一个自信的笑容,"如果没有人见过它们,那又是谁记录下了它们的存在呢?我们又是如何知晓,龙可以上天入海,鲲鹏展翅有三千里之遥,金乌如何居于日中且有三足?"

我张大了嘴,说不出话,因为这无毛猴已经完全超出了我的想象。而它自己也陷入了近乎癫狂之中,"再想一想,那些鬼神之物都存在的话,这天地也必然是由盘古开辟,后羿射九日,穆王西游遇王母,也真实发生过。九州之外,还有九州;天际之外,另有天际。天地有灵,起于微末,三生于一,终得万物。世间的一切,包括我们在内,或许本就是一样的,只因选择不同,要么成为埋头啄食的燕雀,要么化身遨游天际的鸿鹄。"

我已经完全被眼前这只无毛猴的思想给折服了。一得二,二知三,三窥万物!这样深邃的思想,居然出自一只刚刚掌握了自己大脑不过20万年的生物!我望着眼前激动地有些颤抖的无毛猴,对于这些家伙,我有了更深入的了解。

或许是注意到了自己的失态,无毛猴平复了一下自己的情绪,冲我作了一揖,说道:"其实,这些都只是我老师诗中的话语。他的诗中,发出了许多振聋发聩的玄思,但我只是依附于老师这棵大树下的蚍蜉,只窥得其中的一些端倪。"

"那你的老师呢?"我略微有些好奇,徒弟已然如此,那最早提出这些问题的先贤,又有着怎样的智慧。

"尊师芈姓屈平,字原。"无毛猴郑重地向着大河的方向微微一拜,"我,只是他不成器的弟子中,微不足道的一人。"

光　芒

小屋内,一老一少两只无毛猴,正紧张地做着准备。

而我,则悄悄躲在阴影中,观察着它们的一举一动。

这会儿,它们将一块木板安装到了门的位置上。但似乎是测量数据有误差,木板始终无法达到想要的效果。

"夫子,该怎么办?"年轻的无毛猴焦急地问道,"再错过的话,又要等一年的时间。"

"嗯,看来只能用笨办法了。"说罢,年长的无毛猴将木板卸下,然后为木板的四周加上一圈边条。与此同时,它指挥着年轻的无毛猴,将门上被称为"扇"的活页机构也卸了下来。这个过程并不长,它们很快就做完了这一切。

等到木板被钉死在门框上后,它们发现终于将光线彻底隔绝。此时,除了木板正中小孔还透着一丝光亮,屋内一片漆黑。

"夫子,你说祖师所说的,是真的吗?"年轻的无毛猴站在屋内,望向小孔的眼神充满了期待。

"唔,其实我也不是很清楚。"年长的无毛猴则穿过了早就预备好的侧门,来到了屋外。它站在院落中,将一块人形的木板搬出来,放到了门上那块木板的正对面。然后,它抬头望向天空中的火球,一边计算时间,一边同黑屋中的年轻无毛猴说道:"但既然墨子说会有,那多半就是会有的。"

"哦。"年轻的无毛猴站在黑暗中,脸上紧张与兴奋的表情相互交织,"景到,在午有端与景长,说在端。"

"看来你是真的痴在这事情上了。"年长的无毛猴听到屋内传出的声音,脸上满是肯定的表情。

"夫子,你觉得这世上,真的有鬼神吗?"屋内突然提出这个问题,让年长的无毛猴略感惊讶。虽然这群自称"墨者"的家伙口头上说着崇拜鬼神,但实际上他们却更倾向于通过自己的方式来认知这个世界。这种一边祭拜着鬼神,一边又在继承前人知识的基础上,不断更新着自身对于这个世界认知的行为,曾经让我困惑不已。

等到接触多了之后,我才理解——鬼神的外衣之下,并不妨碍技术的革新与进步。甚至通过鬼神的包装,可以更好地将这些全新的知识,运用到生活中的每一个角落。

比如,他们提出的"一尺之捶,日取其半,万世不竭",首次将无穷这个概念引入到数学之中,以此来验证许多之前并不能被证明的猜想。同样,在创作精巧机械时,它们也认识到"力,刑之所以奋也",发现是力的传导实现了机械做功。它们还发现了重力与重量的区别——"力,重之谓",向着发现引力的方向又迈进一步。最后,当它们提出"宇即域徙"时,意味着这群文明阶段甚至连 0.001 都算不上的原始生物，摸到了宇宙时空观的门槛。

我真的十分期待这群无毛猴中的发明家、科学家、实践家们，能带来更多的惊喜。

所以，当眼前的这两个自称"巨子"传人的墨家子弟，将在这里进行一场实验，去验证墨家经典著述中与"光"有关的现象时，我关注并积极推动着这场实验。

原本我可以提前上千个土球纪年就能看到这个突破，但大陆另一端的那只无毛猴离开得太早了。它在诸多领域取得了令人震惊的成就，并将之前的许多知识加以汇总整理，形成著述。特别是在几何、球体等方面，给后来的无毛猴们留下了珍贵的财富。唯一令我感到惋惜的，是它关于光的研究均是浅尝辄止，直到它离开这个世界，依旧没能获得更多的突破。

就在我回忆的当口，年长的无毛猴发现已经到了预定的时间，它冲着屋内大喊，提醒年轻的无毛猴务必留心观察那些可能的变化。后者用略显稚嫩的声音回应着，紧张的气氛弥漫四周。

时间慢慢过去，如同漏壶中的水，一滴一滴地滴落在铜盘中。

漫长且煎熬。

火球运行到实验要求的位置，年长的无毛猴再一次抬头望向天空，脸上满是焦虑的神情。它回过头望向木板，屋内没有任何动静。

就在天空中火球已经开始偏离位置的时候,从那漆黑的屋内突然迸发出一阵兴奋的尖叫:"夫子!夫子!真的成像了!真的成像了!"

年长的无毛猴长长吁了一口气,脸上的焦虑被笑容所代替。它匆匆穿过侧门,来到了黑漆漆的房间里。当它撩开作为遮光隔离的布帘时,一个奇异的景象出现在眼前。

只见那面被作为投影背板的光滑墙壁上,一个颠倒的人影出现在上面。虽然并不是十分清晰,但看得出来就是屋外的那个人形木板。

"巨子诚不我欺呀!"年长的无毛猴激动地发出一声感叹。

看着两只无毛猴为眼前的景象欣喜若狂,我默默念诵起那段记载于墨家经典《墨经》上的那段话:"景到,在午有端与景长,说在端"。这句话道出了"光沿直线传播"的定律,也开启了对于光的最基础认知。我憧憬着这些无毛猴们再勇敢一些,再多走一步就会发现"光并不总是沿直线传播"的规律,也就是衍射现象。

在那之后,我并不指望它们很快便会掌握光的波粒二象性,然后开启对于宇宙更宏观的探索。

但我相信这个时间不远了。

仰　望

啊，这该死的光！

我万万没想到，当东边陷入一种诡异的治乱循环时，西方居然会被当年我在那座城市里听到的几句胡言乱语所迷惑。

接着便是长达数十个世纪的沉默。

鬼神或皇帝统治下的世界，愚昧、粗鄙，且毫不崇尚科学。这些无毛猴甚至还认为放血可以治疗一切疾病！

真是活见鬼了！

它们中那些先行者算是白走了，大量已经被发现并记录下来的科学知识，要么被束之高阁，要么直接被当作异端烧掉，枉费了这上千个小土球纪年的所有付出。很多时候，我被气得几乎要亲自下场去掐死一两个神棍，可最后我还是忍住了。

不得干预是原则，哪怕自寻死路的毁灭也不能动摇分毫。

直到又过了五六个世纪，一场由瘟疫而引发的革命才开始悄然的发生。无毛猴中那些本就大胆且无畏的一群，重新开始了对于这个世界的探索与描绘。并在经过了整整三个世纪的沉淀后，迎来了科学上的全面复兴。

这才有了今夜我的不请自来，因为我实在太想要见证历史了。

由于之前许多次,一个迷信组织始终在干扰着观察的进行,所以被称为伽利略的无毛猴特意将它的观测点放到了这栋远离市区的郊外农场之中。拿它的说法,这是"既保险又安全的考虑"。

我并不关心这些,只想知道它今晚又会看到点什么。

伽利略十分热情地接待了我,它向我展示了最新组装的观测系统,并为自己感到自豪。

嗯,好吧。虽然这套系统在我眼里实在是原始得过头,但对于这个阶段的文明而言,已经是巨大的进步。虽然还无法去观测其他恒星系,但对于当前的恒星系已经足够了。

在同我聊了一会儿后,伽利略道了声抱歉,便开始做起今晚的观测准备工作。我则在房间内四处走动着,想看看还有没有什么可以令我感到新奇的东西。

桌子上摆放着两本书,分别是《关于太阳黑子的书信》和《两大世界体系的对话》。前者大约是 20 个公转周期前发表的,而后者则似乎是最近新刊印的。这一点从纸张,以及书籍本身所散发的独特碳元素味道就可以知晓。我随手翻了翻《对话》,里面的观点十分前卫,可以说将当下这个世界的实际领导者,也就是那群神棍骗子给怼了个体无完肤。在看到里面的一些观点和理论的时候,我差一点就发出赞叹的声音。但就日心说本身,其对于无毛猴的冲击还是太过于超前了。特别是在观测手段极其有限的当下，日心说想要继续发展下去，还有很长的路要走。

我抬起头，发现墙边的书架上，放着一本手抄稿。我来到架子前面，翻开那本书，原来是一些伽利略早期的论文著述。其中那篇《论重力》，让我想起了被称为"墨家"的那群无毛猴，可惜在那场旷日持久的战乱后，诸多科学技术已经彻底淹没在了黄土之下。不然，无毛猴关于重力的研究或许会更早地被开展和完善。

放下手稿，我发现了摆放在窗台下的仪器。我依稀记得，伽利略骄傲地称呼这看上去十分简陋的设备为"浮力天平"，据说是用来测量那些所谓的贵金属成分的。别看它简陋，但已经是这个时代可以进行直读的设备。

将目光收回，我发现头顶毛发已经斑白的伽利略此刻正在全神贯注地观察着星空，手也没停着，正在快速地记录着什么。我走上前，发现它在绘制某段山脉的形状。等到它画完之后，我才发现它画的是白色伴星上的环形山。

似乎是有些疲倦，伽利略在停止绘画之后不久，也眨着眼睛靠在了椅子上。虽然疲惫，但依旧兴致勃勃地冲我笑着说道："你没法想象，这是多么神奇的事情。月亮的山居然可以是一环套着一环的。"

我略微一愣，随即明白过来——那是白色伴星上众多撞击坑叠加在一起后形成的景象。

伽利略看到我的表情，还以为我不信，非要让我也坐下来一起观测一番。盛情难却之下，我勉为其难地坐在了椅子上，将右眼放在了观测筒上。

真清晰！

我第一次通过这种方式来看白色伴星，这种体验就仿佛吃惯了肉食，突然来了份全素的大餐，新颖且独特。

"这还不是最让人吃惊的。"看到我表情的伽利略从手绘稿中抽出一张纸，递到我的手里，"你看看这个。"

我接过稿纸，上面好像是一顶被放在圆球上的帽子。但我很快就反应过来，那顶"草帽"是描绘恒星系统中第二大的气态巨星和它的光环。我十分惊讶地望向伽利略，后者脸上的表情满是骄傲和自豪。要知道，想要观测到气态巨星和它的光环，对于设备和观测时间都有着极其苛刻的要求。可我眼前这只已经步入老年的无毛猴，居然就这么办到了，实在是一项令人惊叹的壮举。

我望向伽利略，相较于整个无毛猴种群，它只是一个不起眼的衰老个体。可偏偏就是它，却用短暂的一生不断刷新着我对于无毛猴的认知。它们或许会在愚昧的驱使下，砸毁自己进步的阶梯。但只要一星火种尚存，一切就会重新来过，最终赶超之前的成就。这或许就是我看好无毛猴们的原因，哪怕一只猴子倒在了路途中，它们还是会砥砺前行，去开拓未知的疆域。在这个过程中，还会时不时将你震撼一番。

我望着伽利略，心中久久无法平静。虽然我很期待眼前的这只无毛猴能够给我带来更多的惊喜，但我还是该动身了。西方的天空已经渐渐拨去笼罩了上千个周期的阴云，是时候去东边再看一看了。

我起身，向着伽利略道别。后者并不以为忤，因为它早已习惯了我的来去如风。没有更多的语言，只有离别的怅然。当我即将迈步离开这房间的时候，回过身再一次望向伽利略。此刻，它已经坐回自己的观测设备前，再一次聚精会神地观察起星空。

再见，老伙计！

奇　点

这是个不大的会堂，墙壁上那繁复的巴洛克装饰，我一看就头疼得很。

是的，我非常非常非常非常地厌恶这种装修风格。这种毫无意义的装饰，虽然彰显着某种尊贵，但看似对称的线条中，熵增却在无限扩大。

哎，智慧有机体真的是一群热衷于熵增的家伙。

唯一的好消息是，聚集于此的无毛猴们并非都是无序熵增的坚定崇拜者，特别是那个头发略微卷曲，叼着大烟斗的家伙。

在来这里之前，我已经抽空阅读过它的著作。不得不说，其诸多理论中大部分已经非常超前了，几乎就要接触到宇宙的真相。只是当前的文明阶段，尚不能为这些理论提供相应的观测设备，进而对其进行验证。

但这些已经足够它们摸到利用原子能的门槛了。

无毛猴们早在两千个公转周期前就已经掌握了光学的初级知识，虽然期间发生了诸多的波折，但它们中的那些先贤还是努力将科技的血脉延续了下来。最终，当鬼神被从王座上踢下去后，以科学为名的巨人成为新的崇拜偶像。以化石燃料为敲门砖，更高阶文明的曙光终于照亮了前路。

只是这铺满道路的尸骸，让人忍不住想要掩住鼻息。

不管怎么说，再一次踏着文明的阶梯，我来到这里，俯瞰着身下这群无毛猴们或激烈或平和的争论，不时抛出一个又一个全新的观点。每一只无毛猴都将自己投入到这场可能引导整个世界前进的讨论中，彼此间争得面红耳赤。等证据被摆出来后，失败者一边屈服于真理，一边则暗自盘算着新的理论和数据，为下一次的争吵积蓄能量、准备策略。

就在无毛猴们吵得正热闹的当口，它们中的一员站起身，走到了发言台上。只见它优雅地从怀里掏出那份稿件，在空气中使劲晃动着,发出一连串"沙沙"的声音。等到所有无毛猴都注意到它时,它才用低沉且沙哑的嗓音说道:"对于阿尔伯特先生的设想,我是表示充分反对的。这一点,从我的计算中已经不难得出结论。而且,前不久我在法国天文台观测到的数据,都证明,所谓的巨大质量,只是恰好有那么一团恒星,以恰好的速度,相互间隔着恰好的距离,纠缠在一起罢了。"

嗯,恰好个狗屁不通。

我低声骂了一句,心想就凭你现在的设备想要观测到小黑球的存在,我干吗费劲地在太阳附近打造巨大的观测矩阵?干吗不直接点个火把站在星空下,用肉眼观察得了?

拿着模糊的数据,以及没有推敲的结果,寄希望于一鸣惊人,这就是我对无毛猴最为诟病的一点。一方面,它们勇于探索的精神,推动着所有事情向前飞奔。另一方面,贪婪等欲望下的功利心,则又不断阻碍着它们前进的脚步。

虽然这是文明前进必然经历的过程,但如此积极主动地去充当绊脚石的角色,是会遭雷劈的!

不过还不等我再次发出咒骂的声音,被称呼为"阿尔伯特先生"的大烟斗露出一个笑容。只见它站起身,稍微捋了捋自己的外套。然后,将手里的大烟斗在烟灰缸里磕了磕,放回到自己的上衣口袋里。等做完这一切,它信步来到了发言台上,望着站在一旁的那只无毛猴露出笑容,用并不算特别洪亮的声音说道:"诚然,就如波尔先生所描述的，那或许就是一个无数'巧合'所叠加的错误。但我觉得，波尔先生还是漏掉了些东西。长久以来，当我们想要去描述一个事物的时候，我们都会尽量去给它套上一些定量，比如时间、空间。特别是当我们将它们视为一个个并不连续且分割的独立个体时，这种撕裂就愈发明显。可事实上，我在1905年时就已经指出，时间和空间是彼此独立的。当它们就自身进行观察时，并非是一个绝对的值，且大部分时候，时间与空间相互无法对应。所以，我依旧坚持我的观点和理论，那就是'时空是一个绝对值，而时间和空间，并不是'。这么说或许会很武断，所以我设计了这样一个实验。

"我们假设太阳处在一个黎曼空间中。那么，当光从它身旁穿过时，会在受到引力的影响下，发生什么呢？根据经典力学理论的解释，结果是什么都不会发生。但注意我的假设前提——太阳处于一个黎曼空间中。那么我确定，光一定会在太阳引力的驱使下发生偏转。至于这个角度，我得出的计算结果是$1".75R/r$。其中，R0是太阳半径，r为光线到达太阳中心的距离。

"那么，就着刚刚波尔先生所提出的观点，我相信如果再按照我的公式进行一遍计算，那里到底有没有一个质量巨大的质点，结果就显而易见了。因此，我依旧坚定地坚持我的理论，即质量巨大的奇点，以及由此而产生的黑洞，是存在的。"

话音落下，整个会场内鸦雀无声。片刻后，一阵清脆的掌声响起，原来是那名刚刚被阿尔伯特打脸的波尔率先拍起了手。接着,稀稀落落的拍手声很快变得整齐、响亮。所有的无毛猴们就仿佛被打开了一扇新世界的大门,想要同阿尔伯特去交流,去沟通,去了解更多的数据,进而发现那个只存在于方程式里的"黑洞"。

看着身下这些无毛猴们,我知道,一个崭新的时代即将到来。或许在不远的未来,我终于可以同这些被重力所束缚的猴子们,相逢于宇宙。

家　园

简洁而明了的空间。

我打量四周的陈设,居然没有找到椅子。

好吧,这些无毛猴们,真的是越来越前卫和先进了。

缓步走在这个空间之中,四周不真实的白色,让我有点迷失了方向感。但重力恰到好处的提醒,还是让我能够分清楚上下。只是让我好奇的是,到底是怎样的目的才让无毛猴们造出了这样一个让人感觉怪异的建筑物。

还没等我回过神来,一旁的墙壁上开始出现巨幅的全息投影,播放着似乎是开拓与发展的某些信息。与此同时,一个和真实雌性无毛猴大小相似的投影也出现在我的面前,向我彬彬有礼地介绍着关于这栋建筑物的用途。

直到这个时候我才反应过来，我应该是不小心触发了智能接待系统。

墙上的画面，应该是星兰德公司开发红泥球的演示画面。从中可以看到，无毛猴们在成功避免了它们所谓的"第三次世界大战"后，又经过了几十个公转周期的发展，终于开始踏足小泥球以外的世界。作为开发红泥球急先锋的星兰德公司，在短短二十个公转周期内，便开拓出一片足够1000人长期生活的定居点。且随着后续人员的不断抵达，开拓和移民的工作将更进一步。

虽然在过往的世代中，不乏涉足小泥球以外世界的文明。但它们要么在自我内卷的环境下，浅尝辄止，要么在面对海量的资源投入后，不得不选择放弃。唯独无毛猴们，将这一步坚定且踏实地迈了出去，并获得了巨大的成功。

身旁，全息母无毛猴笑得是那么的甜美，那是一种发自于内心的自豪与骄傲。它用那富含磁性的声音说道：

"……诚如您所看到的，火星移民计划正在稳步地推进当中。我们星兰德公司也将继续秉持务实的态度，为人类开拓全新的疆域而不断奋进。按照计划，下一阶段改造工作，将在2300年左右完成，我们也热诚地邀请您加入到'琥珀石'计划，一同见证那不久未来的奇迹。计划具体招募方式，请浏览以下网址……"

终于，当那个全息母猴消失后，整个房间再次归于平静。我望着空荡荡的白色墙壁，心里有一点小小的失落。

突然，伴随着一系列机械联动的声音，眼前那巨大的白墙开始出现笔直的规则线条。慢慢的，这些线条逐渐加粗，并最终分离开来。伴随着白墙被打开，先是一阵气体涌入的声音，清新的空气拂面而来。接着，一片满是绿意的红色世界出现在了白墙之外，期间还点缀着几台工作中的智械。我快步来到白墙打开的位置，发现头顶的方向，是一片巨大的穹顶。二氧化硅形成了厚实的阻隔，将穹顶下的世界保护着，天空看上去也变得比以前略微蓝了一些。

不远处，几个年幼的无毛猴正围绕着一台保育型智械欢快地唱着跳着。一群略微年长的无毛猴则聚在一起，讨论着某项新技术的可能性。几名年纪稍长的无毛猴，一边看着年轻无毛猴的一举一动，一边露出欣慰的表情。更远处，一名穿着印有"星兰德"标志的无毛猴正在指挥着一群智械建造房屋。

这样的景象放在小泥球上，或许并不会引起共鸣。但在距离那颗小泥球最近也有5 500万千米的地方，在这片红色的荒漠中，眼前的景象是令人震撼的。

我默默地看着眼前这些无毛猴们，脸上露出微笑。

尾 声

我看着眼前的火球，后者的数据还在不停发生变化。

但距离已经足够了！

最后的世代飞船已经起航，伴随着巨大的尾焰，那艘长度达到 30 千米的巨型圆柱状物体终于达到了恒星系逃逸速度，并还在缓慢加速。

而我也知道，是到了同这些无毛猴道别的时候了。

氦闪前兆出现得很突然，且整个进程极快。根本就没有给这些无毛猴们留下太多思考的时间，逃离曾经温暖的火球变成了一件十分重要的事情。

在这一过程中，它们有过毫无意义的内耗，也有过失去一切的绝望。只是为了让整个种族，乃至于整颗小泥球上的生物得以延续的信念，最终驱动这群傲慢的家伙们，踏上了逃离之路。

它们或许胆小、懦弱、狡诈、残忍。从诞生那一刻起，就不断加剧着宇宙熵增的进度。可同样的，它们也勇敢、坚毅、聪慧、顽强。从第一次抬头望向天空起，对真理的不懈追寻，打造了它们永不磨灭的意志。

我走回到了已经变得更加炽热的火球旁，望着已经化作一颗蓝色小点的恒星际飞船，脸上露出一个微笑。我静静地躺下，侧卧在火球旁，感受着对方那炙热的温度。

再见，人类。

细听星语

飞船遇难之后

文／雷虹

科 幻
硬阅读
DEEP READ
不求完美 追逐极致

◆ 1 ◆

博物馆富丽堂皇。

这可能是因为长老会觉得馆内藏有天神赐予的东西,一定要格外认真对待吧。但此刻,我们却惊喜地发现馆内只有一个值班的老头,这是一个绝好的机会。绝对不会有人想到,当每个人都对天神赐予的这些东西心存敬畏时,居然会有人打起这些神物的主意。

于钊拎着麻袋,说让他去就行,让我把风,我照做了。一切都出乎意料地顺利,值班的老头一直都很乖地趴在桌子上睡觉,甚至于钊用锄头砸碎玻璃柜时发出的响声,都没把他吵醒。我很喜欢这老头。

于钊背着麻袋,一路欣喜地跑了出来。

"弄了两套。"他说,"我们赶快去村子闸门那儿。"

"你有没有 B 计划?"我问道。

"也许有吧,希望有。"于钊耸了耸肩。

其实,我知道根本不存在什么所谓的 B 计划,因为我们甚至连此时行动用的 A 计划都没有。

◆ 2 ◆

对于我们来说,人生没有计划,只有抉择。

于钊是我最好的朋友,同时也是我认识的人中最沉默寡言的一个。他大多数时间喜欢到地面去,说那里很安静,星星也很多,很适合一个人发呆。

平时,没人知道他在想些什么,即便是我,也不敢轻易打破他的宁静。

"星星又不会对你说话,你老瞅它们干啥?"在通往闸门的途中,我瞟了一眼于钊,想到我以前最爱在他仰望星空时这样问他。

我叫李云海。我不知道为什么父母会给我取这样的名字,只记得小时候听父母说过,云和海是很美好的事物。很多时候我都在想,云究竟是什么东西,海到底是什么样子?我都从未见过。

我和于钊同是孤儿,父母都于我们 8 岁那年,在地下开拓工程中因塌方事故离世了。

地下开拓工程最初是村子的长老会提出的,因为年久失修的磁能防护罩基建设备日益破败,它们共同织成的磁能防护罩已经不能抵御频繁的地表飞石撞击。面对这些先辈为我们留下的科技,我们又失去了修理维护的能力,为了繁衍和继续生存,我们只能想办法向地下开拓生存空间。

至少有180人死在了工程一线。如今十年过去了,地下开拓工程的一期工程和二期工程终于完工,地面村子里上千村民,因此得以分批次转移到地下,建起了一座新的村子。现在,地下开拓工程如果不出意外,将会继续进行下去。在这里,每个村民都必须在长老会的统一安排下,分工进行村子的扩建工作、有计划性地生儿育女。

"天神让我们……咳咳,咳咳……生活在一个幸福的时代!"前些天,强打精神的老神父在村庆典礼上发言时激动地对我们说道,然后随地吐了一口浓痰。站在前面的一些人,都注意到那浓痰里还夹杂着血丝。于钊在人群中嘀嘀咕咕地说其实我们并不幸福,我赶紧捂住了于钊的嘴,提醒他不要在公共场合说这种反动的言论。当然啦,我和他私下是经常谈论的。

神父提到了"全仁教"。

没有人知道"全仁教"这个组织存在了多久,也没人知道"全仁教"的教徒是哪些人,他们极其隐蔽地生活在我们之中。在村里公园的长椅上,电线杆上,或是村子外围的钢制支撑架上,到处贴有他们的宣传单。这些宣传单描述着一个不知来自哪里的传说,向人们传达着全仁神（全仁教所信奉的神）旨意：我们生活的这个地方终将被魔鬼毁灭，只有加入全仁教，才可以得到庇护和拯救。

听说，全仁教的教徒们，还会顺便搭卖一些开过光的护身符等小物件，现在积极团购的话，优惠更大，折扣更多，还能免费享受非接触式送达服务。

这位村子的最高领袖撕碎了全仁教的宣传单，越说越生气，他站在村子中心广场上，架着喇叭扬言，如果抓住了全仁教的人，会把他们绑到中心广场上，全部活生生扒掉皮，再扔进广场上的循环炉里。

不过这位老头最终没能扒掉全仁教成员们的皮，因为没过几天他就死了。他实在是太老太多疾病了，村子里最好的医生都无能为力。

◆ 3 ◆

"星星又不会对你说话，你总瞅着它们有啥意思？"话虽这么说，在前些天，我还是因为思念地面的故土，跟于钊一块上去了。

那是十年来我第一次重返地面。

巨大的磁能防护罩仍在工作，它将空气禁锢在这片区域内，努力不让它们泄露到外层空间中去，它保护着罩内的地面，竭尽所能释放出最大能量，尽可能多地抵御、消耗天外飞石。不过它已经奄奄一息，撑不了多久了。

"也许下一年、下一个月，也许明天，甚至是下一刻，它就会报废，那时，这里的空气将彻底消失，地面将永归死寂，我们再也不能出来了。"我突然感慨。

"穿上呼吸服还是能够出来的。"于钊说。

"先辈留下的呼吸服，只剩五件了。它们都在村博物馆里，不会再有人将它们拿出来使用了。"我踢着脚下的沙砾。很明显，仅仅才过去十年，地面上的村子遗址便由于飞石撞击，掩埋风化，显得支离破碎。

"我能想象的星梦 / 距离好远 / 尽管握住一丝情线 / 仍有说不出口的胸闷 / 现实澶然的灰色天空 / 暗夜未央的死沉傍晚 / 不懂飞石羁绊 / 安静地沉溺与徘徊 / 待续的思想篇章 / 寒风中招摇 / 禁锢在时间空间 / 不顾光阴拼命呐喊 / 趁生命气息涣散 / 持续着疼痛……"

于钊轻轻哼着不知从哪里学来的歌曲，声音回荡在这被遗弃了的寂静之地，使人油然而生一种孤独感。头顶的天空，银河一如既往地彰显着它的璀璨，星星们一闪一闪拨动时光之弦——

我猛地发现,自己很爱这一刻的时光。

突然很想爸爸妈妈,不,不是突然,十年来,一直都很想。每天夜里我都会做噩梦,我梦到天神的手压了下来,将爸爸和妈妈一次又一次地埋在了永无天日的岩石堆里。我甚至还梦到自己一辈子都是做地下开拓工程的钻工,最后也死在了一片乱石堆中。生前没有人会关心我,死后也不会有人记得我,我像是个游弋不定的孤魂,始终找不到自己的位置。

"我一直都觉得我们不属于这里。"于钊叹了口气,"海哥,有一天你要是能够去任何远方,你会离开这片土地吗?"

"离开?"我轻轻点了点头,随即又摇摇头,"反正再远的地方,也不会有我想看到的云,不会有我想看到的海吧?"

"呵呵,话不能这样说,一切皆有可能。如果有远行的能力,你就可以亲自去查证了。"

我狐疑地看了看他:"你是说,有像我们先辈那样的诸如呼吸服等高科技工具和能力时?"

"嗯。神父说这种工具与能力是天神赐予的,你相信吗?"

"我,我不知道该不该相信……"我偏离了目光,将视野锁定在了远处一个防护罩基建点上。

"我不相信。"于钊咧嘴笑了笑。返回地下的时候,他再次抬头看了看天空的银河带。

◆ 4 ◆

回到地下村时,听很多人说,长老会要开始全村民主选举新的领袖——即新神父了。

头一回听说全村民主选举,这可把村民们乐坏了,纷纷走上中心广场的演讲台,一个又一个激动地叙述着自己的理想,涉及科教兴村、行政改革、社会形态等方面,并想象着自己心中的神父领袖形象。仅仅一天时间,村长老会的二十几名长老在大街小巷中已经各自宣传开了,身后带着自己的保安,气势汹汹地"号召"大家投自己一票,这让所有村民感到泄气。

演变到最后,长老们都命令自己手下的保安兵们拿着刀互相对峙,眼看着村子将要大乱,拥有保安兵最多的一位长老站了出来,潇洒地斩了一个在街头叫嚣得最厉害的长老,然后站到中心广场的演讲台上,扫视了一遍发懵的人群,和蔼地问大家,他是否有资格当新的神父。

气氛仅仅沉寂了5秒钟,台下的人们便异口同声地喊了一句"有"。

于是新一届的神父就这样高效率诞生了。

我和于钊其实并不关心选举的事情。听说，我们的先辈们就是由于曾经数次政坛动荡，使得本应传给后代的知识链出现断层，这直接导致我们的科技水平发生巨大倒退。

深夜一两点钟，于钊摸上了我的床。

"海哥，你经常问我，星星又不会对我说话，我干吗老是去地面。其实我真能感知到星星呼唤的声音，你相信吗？"

"半夜过来，就是为了跟我说这个？就为了解释你为什么经常神经质地跑到地面看星星？"

"不。你跟我来，我有个发现。"他说。

迷迷糊糊的我本想继续睡觉，但却被他固执地拉下床。我跟在他的身后，提着矿石荧光灯缩手缩脚地出了简陋的寝室。

他把我带到了白天的工地上，拿过我手中的矿石荧光灯："白天我用钻机在这里打，发现了一扇门。我用岩块把它重新堵起来了。"

"什么，一扇门？什么意思？"新挖的地洞里，怎么可能会有门呢？

"在地面上，每次心情平静，抬头望着星空的时候，我都能感知到那种声音。自从住到地下，就很难感知到了。可是你猜怎么着，现在，我能清楚地感知到声音来自这扇门后面。"于钊刨着碎岩块说道。

"这后头真的有门?"

"好像是一扇钢制门,不过比较窄,门后面肯定有东西。"于钊没有再多说什么,我也没有再多问,拿起了身边的矿锄,开始和他一起扒走那些岩石,不多一会儿,一扇银白色的门便在我们的头上方显现出来。

"哇,真的有一扇门!"

"难道我大半夜的还会跑来骗你吗?"于钊回头白了我一眼,又问,"但怎样打开这扇门呢?"他眨巴着眼。

我呸呸地往矿锄柄上吐了两把口水:"让开点,让我来。"

他没有让开。用矿锄砸声音太大,会引起寻夜保安的注意。

我们最后选择将矿锄的刃插入门缝撬的方式,这扇钢门终于一点一点被撬开了。

"也许是年代太过久远的缘故吧,怎么会这么容易就打开?"我气喘吁吁道。

"容易?"于钊看了一眼在门旁喘气的我,率先爬进门,然后轻"哇"了一声。

"什么情况?"我随后也爬了进去,不由自主地也"哇"了一声。

看来,这是一个小房间,在矿石荧光灯下,一眼就看见了还发着微弱光亮的控制台。我在村子的发电房里看到过这种东西,不过眼前的似乎看起来更复杂些。很显然,这八成是先辈们留下来的。

室内并没有多少灰尘,于钊坐上了控制台前的一个座位,挑灯继续观察着。那是一种可以 360 度转动的座位,我是第一次看到这种座位,它看起来很精致,很不一般。

于钊抹去控制台上的灰尘,镶嵌在其间的三角形铭牌上赫然印着"全仁神 -L15"等文字。

"全仁神?"于钊惊呼。

"这与全仁教有关吗?"我的心咚咚直跳。

"我不知道……"于钊额头冒汗,提着灯发了半天的呆。"多年以来,我脑子里那奇怪的声音,原来竟是为了指引我来到这里!"他感慨道。

"那你现在听得清内容是什么了吗?"我问。

于钊摇摇头:"还是不太清楚……"

"铛铛铛"的打更声回荡在整个地下村,格外清晰,是的,这意味着快到起床时间了。我推了推还没有回过神的于钊,拉着他赶紧退出了房间,手忙脚乱地搬回岩石,重新把门封上。

◆ 5 ◆

我们揣着秘密熬到上班时间。

到了工地,只有于钊仍认认真真地干活。他将肩钻使劲往岩石壁上顶,"嗒嗒嗒嗒"几声,松动了的岩块便落下来。钻洞的工作,就是如此的反反复复,工作极其乏味,甚至还很危险。你永远都不知道头顶的岩块会不会塌下来,这就是命。

其他人都在扯闲话、聊家常,讨论全仁教的末日宣传之类,包括我。我们已经不是第一代富有激情的地下开拓者了。平时,如果长老会不派人来检查,很多人会消极怠工。

大家对末日这一话题都很感兴趣,讨论着末日的种种可能性,并一致认为,我们的循环炉一旦坏掉,就危险了……

正聊着,村长老会办公楼的方向响起了冲锋的号角,这之后,传来阵阵尖叫。事后我才知道,全仁教暴动了,第一次、同时也是最后一次。

全仁教人太少,只有 33 个人。他们本想冲进长老会、挟持一干长老和神父,武装夺权,但却遭遇村保安镇压,终因实力悬殊而一败涂地。

一场骚乱之后，全仁教头目被活捉了。那位看上去正值壮年的头目，被押往中心广场。虽然这头目一直宣称，他的祖宗是村里的初代领导人之一，但现在，没人在乎他的祖宗是谁，那些都不重要。

"违背天神的意志！你就是不折不扣的魔鬼！你得死！给我死！"神父的笑容无比狰狞……

我和于钊没有去凑热闹。

听人说，在行刑之际，全仁教的头目全程沉默、镇定，临死前只对广场上围观的人群冷冷地说了一句话："审判日即将到来，这不是传说，这是全仁神的旨意。你们，也马上就会死的。"这之后，他便一言不发了，直到头皮被割下来，才因剧痛"啊"了一声。

◆6◆

广场上的人群散去后，已到了晚上（对长期生活在地下的人来说，下班就意味着晚上）。一整天，我们都心神不宁，生怕昨晚我们的发现与全仁教有关，会引来杀身之祸。也因此，晚饭前，我和于钊才想一起到地面走走，说些悄悄话。可是刚到地面出口附近，就听到一个坏消息：村里通往地面六个出口的闸门都已经关闭，磁能防护罩已经报废，外面已经没有哪怕是一点空气了。情况来得猝不及防,当时外面还有一对情侣因此丧命。

"如果不是傻子,为什么不好好待在村里,却要跑到地面去受罪?"一位村民讥讽道。

"再也不能到地面去了。再也看不到星星了……"于钊哽咽起来,一脸苦闷。

吃饭时于钊没有去,饭后我问他为什么不吃,他说他没有心情。他在想全仁教和昨晚我们看到的那个控制台铭牌上的字"全仁神-L15"之间的联系。

他说:"跟我来。"

我的心咚咚直跳,口里说着:"这不好吧?"但终究还是控制不住好奇心,跟着于钊悄然向工地走去。

一阵折腾过后,我们再次钻进那扇门,来到了那座控制台前。

"如果我是对的……"于钊喃喃道,用手反复摸着那一块铭牌。

我没有发现任何异常。

"不,我觉得我应该是对的……"于钊的呼吸变得急促起来,烦躁不安地把矿石荧光灯扔到一边,朝着控制台上镶嵌着的一排排类似玻璃或者是其他材料制成的光板敲打过去。"我肯定是对的,给点反应啊!证明我是对的!我是对的!"

于钊的狂躁让我有些手足无措："别把东西打坏了！于钊，你到底要干什么，冷静点行不行！"

话音刚落，于钊的手敲在一块隆起的水晶盘上，"滋"的一声，面前的控制台突然亮起了底光，天花板上也亮起了明亮的日光灯，整座房间顿时完整地展现在我们眼前。我吓了一跳。

"我就说嘛，我的直觉是对的……"于钊踩着脚下哐当作响的金属底板，看着周围的一切，瞪大了眼。

"于钊？"如果不是亲身经历，我简直不敢相信自己的眼睛。

"于钊？"我瞟着周围，一动也不动，又轻轻呼唤了一声。很显然，面对这全然陌生神秘的环境，此时此刻的我，已经吓得大气都不敢喘一下。

这时那块水晶圆盘上凭空出现了一个只有上半身的光头男人，他打了一个哈欠："L15型全仁神欢迎您登上新尘号，如果方便，你们可以直接叫我大帅哥。噢，我想我真是太久没有见到过人了，你们看起来长得很帅，先生们。"

这时我很不争气地眼前一黑。

◆ 7 ◆

"我的帅气居然能把你迷倒！真是夸张。"等我在于钊的怀里清醒过来时，那个只有上半身的光头男人还在控制台上喋喋不休。

"海哥，他只是个全息影像罢了。他是AI，是用来控制新尘号的主系统。"于钊解释道。

"AI是什么？新尘号又是什么？"我问道。我完全不懂他说的是什么意思。

"一时半会儿解释不清，你要知道，在你昏过去的这10多分钟里，他跟我说了很多新鲜事物。"于钊耸了耸肩。

"准确来说是15分钟56.11秒。"控制台上的那个光头纠正道。

"对了，你刚刚说，在你以睡眠状态被意外埋到地底下之前，曾经计算过这里遭受大型飞石毁灭性撞击的概率和时间，对吧？"于钊问。

"是的，准确来说预计是在新地球历2513年3月16日的256年零3个月又7天又35小时41秒后。噢，不对不对，瞧我，我睡了那么久，得换一下参考时间了。呃……呃，好了，我算出来了。"

"嗯哼？"

"以这里的标准计时，6 时 35 分钟后，将有一块巨大陨石，撞击到你们头顶上方的地面。"

"你在开玩笑吗？"我问。

"先生，我不是在开玩笑，虽然我被掩埋了那么久，很想找人开个玩笑，但是我工作起来仍旧是一丝不苟，全仁神 -L15 是设计者永远的骄傲。"光头严肃地回答。

"我去！"我白了那光头一眼，"那，到目前为止还剩多少时间？"

"刚不是说了，6 小时 35 分。"光头抓了抓鼻子。

"新尘号的主体已经全部被深度掩埋了，根本启动不了，不然我可以带你们离开这里。另外因为与外界的实时通信工具坏掉了，我已无从得知外面世界的任何信息，唉……"

光头垂头丧气起来："噢，突然感觉自己运气好背，睡了两百多年，才刚苏醒那么一会儿，又要永远地沉睡下去了……"

"那，没有其他办法了吗？"于钊问。

"哎哎，等等，经过扫描，新尘号是头朝上陷入地底的，在新尘号的头部有一个逃生舱，看到没有，对对，就是你十点钟方向前的那个小圆门，我测量发现它离地面仅有 6 米。你们可以到地面上把那个位置挖出来——我是说尽量挖出来一些，这个逃生舱有两个小圆门，前后各一个。一个在这里可以进入，一个可以从地面进，等你们把那个部位挖开，我就可以将逃生舱点火弹射出去了！"

"可是，外面已经没有磁能防护罩了……"于钊叹气。

"噢，真遗憾，新尘号里面的出舱服早就被操作人员们穿走了，因为人太多，以至于都没有留下一件备用的。"光头哭丧着脸。

"说的是呼吸服吗？现在还剩几件躺在博物馆呢。"我突然想起来了。

"李云海？"于钊盯着我，挑了挑眉头。

"当然。"我打开了一旁的舱门，将钻头扛在肩上，回头看了看他，"你还傻站着干嘛？时间不多了，我们得和时间赛跑。"

◆ 8 ◆

事情就是这样，于是出现了开头的那一幕。

我们的人生没有计划，只有抉择。

村子共有六扇闸门出口，每扇闸门都有两名保安守着。我们选择了离新尘号方位最近的南门，一路狂奔，终于来到闸门跟前。一胖一瘦两名保安立即迎上来，问我们这么晚了来这里干什么。

我说我和于钊要出去。

胖子说外面已经没有磁能防护罩，要我们从哪来就滚回哪去。

我一急，说我们带着呼吸服。

看着我们手上的袋子，两名保安兵的脸色瞬间就变了，这下可糟了。

没等胖子伸手抓住我，我立即把肩上笨重的钻头狠狠朝他砸了过去，他倒了。瘦子见势不妙，从腰间拔出明晃晃的刀。于钊朝瘦子一锄头挥过去，瘦子闪身躲过，由于金属矿锄的惯性，弱不禁风的于钊一个踉跄，被锄头扯到了一边，瘦子便趁机一刀砍在于钊的右腿上，鲜血瞬间涌出。

这是我长这么大以来第一次见到别人被砍出血的样子。

瘦子看上去也是第一次砍人，一见到血，他的双腿就开始打颤。我抱起钻头，浑身发抖地启动了马达，"嗒嗒"两下，把瘦子的肩膀给钻出了个血洞。

"于钊，你要不要紧！"我顺势砸昏了瘦子，丢下钻头，蹲下来替他包扎伤口。他摇了摇头，随即问："你怕不怕？"

"这是我们俩共同的决定，我怎么可能会怕！"我拍了拍胸脯。

其实,我怎么可能不怕。

"好了,快穿上呼吸服。"于钊用矿锄撑着爬了起来,"我们得赶快上去,把逃生舱挖出来。我们是最好的钻工。"他说。

"当然,我们是最优秀的钻工……"说这句话时,不知为什么,我又想起了我童年记忆里的父母。

这期间,光头用一种叫作"无线电"的神奇玩意和我们联系上了。我扶着一瘸一拐的于钊,钻出地下村的闸门,来到那个光头指定的坐标点。

空中不时地有细碎的飞石砸落,它们的运动曲线看起来没有一点美感。这也难怪,它们都是一群无家可归的可怜星尘罢了。

"这些石头没有向往也没有追求,你无法和它们对话。"于钊看着空中密集的飞石,隔着头盔对我说道,又像是自语。

"你老瞅它们干啥,星星本就不会说话啊!"我特意把"本就"二字的音调加重。

于钊默然不语,我又问:"那其他人怎么办?"

于钊回答:"前往天堂的通道随时会关闭,天神不会在天堂里给每个人都预留位置"。那原是老神父活着的时候讲过的一句名言。

光头这时通过无线电提醒:"情况很糟糕,抓紧点。逃生舱空间十分狭小,只能带走两个人。"

……

我们使劲挖着,钻着,飞石不断地在我们不远处砸下。于钊觉得很奇怪,因为一般情况下就算没有磁能防护罩,也不会有那么多的飞石。光头解释说,这是超级大石头撞击前的前期打击。

我们费了很大力气和很多时间,才挖了四五米深。光头催促让我们动作再快点,撞击时间仅剩半个小时了。于钊这时已经累得不行了,要我继续挖,他说他要休息一会儿——他体力一直很好,以前能连续工作一整天。这很有可能是流血过多造成的。

"你到底怎么样,流了多少血?"我问他。

他呵呵一笑。光线太暗,头盔罩上又蒙了一层灰尘,我无法知晓他是真笑还是苦笑。他没有接我的话,而是坐到地上,背靠着一块岩石,自顾自地哼起了歌。

"我总算学会了如何抉择 / 在冰与火的深渊中 / 努力使自己不再压抑 / 凌乱的思绪挣扎着 / 消逝在恒宇那阴绵的气息中 / 请告诉遥远的星空 / 我不再彷徨和迷茫 / 这远方的风吹拂在我心里 / 播下了永远的沉默……"

"李云海,南闸门方向有三个人走过来了!"于钊突然停止唱歌,通过无线电大声朝我叫道。

我放下了钻头,唉,耳膜都快要被震破了。

"于钊,拜托你轻点说话,我耳朵受不了。"穿着笨重的呼吸服,我无法随意扭身,只能缓慢地转过身来。

"看来情况不妙。我们若一开始就把博物馆里的其他三件呼吸服毁掉就好了!"

"现在说这些还有什么用?你赶紧挖,赶紧的!得找到逃生舱的前舱门!"于钊扶着岩石站起来,拎起矿锄,"我去拖住他们!"

光头一直在催,要我动作再快点,说已经不到十五分钟了,而现实是,到目前为止我连逃生舱的半个影子都还没见到。

"该死,到底还有多深!"我怒问道。

"已经不到 40 厘米了,小心点挖,别把逃生舱磕着碰着了。"光头提醒。

"质量不可能那么差吧!"我放下钻头,改用矿锄继续狠命刨着,我已经完全感觉不到自己在做些什么了,唯一占据脑海的,便是自己咚咚的心跳声。

远处的于钊说话了,不过显然不是对我说。他走到那三个穿着呼吸服的人跟前,首先用锄头放倒了其中一个。我在耳麦里听到了那个人痛苦的"啊啊"声,以及氧气外泄的"嘶嘶"声。

"你知道攻击保安兵是什么罪吗?"一个冷冷的声音响起。

"不好意思,我已经攻击了不止一个了。您一定会判我死罪吧,神父?"于钊冷笑着。

"你一定是全仁教的成员。你们的头目临死前告诉了我全仁神的末日传说,你们一直在寻找通往天堂之路的途径,是吗?"

"你的智商真是堪忧。我们和全仁教没有半点关系——啊!"远处的于钊突然痛苦地叫了一声,明显是受到了攻击。

"神父,让我来解决他!"这是另一名保安兵的声音。看不到打斗的情形,但能听两个人沉重的喘息声——他们在荒芜的沙石上扭打起来。

"哐当",矿锄的震感传到了我身上。我扔下矿锄,用手继续刨,一个不大的圆形盖子出现在了我的面前。

"挖到了,挖到了!死光头,快打开舱门啊!"

"能劳烦你自己打开吗?很抱歉,逃生舱的舱门并不是自动控制的。你们得快点,只剩三分钟了!"

"这就是你的能耐吗!"我愤愤地骂了一句,话音刚落,突然感觉自己被人提起来,甩在了一旁。

"啊,神啊,这就是我的天堂之舟吗!"神父摸着还没有打开的舱门,惊喜地叫道。

"滚!"我爬起来,把他踢到了一边,"它不属于你!"

"这是神赐给我的天堂之舟!它是我的,它是我的梦,我的灵魂,我的生命!它是神对我的肯定!"我同样也看不到隔着头盔神父的表情,不过我想那表情肯定奇丑无比。

我被他压在了岩石上。他的拳头砸在我的头盔上,震得我有些发懵。我仿佛看到爸爸妈妈了,我看到他们在远处看着我,一边微笑,一边对我招着手。我提着酱油瓶,站在村子的街上,回头望着他们,距离越来越远,越来越远,最后他们又这样凭空消失了……

"撞击时间倒计时80秒,79秒,78秒……"光头的声音在平静之余,显得很是颓丧。

神父被爬上来的于钊死死抱住了腿,他仰倒在了地上。

"快……李云海,快打开门……"嘶嘶声中,我这才发现于钊的面罩被打碎了,露出了一个小小的洞,氧气正在一个劲地往外逃逸。

"嗯——嗯——"我憋了几口气,几近疯狂地掰动着舱门。"开啊,开啊,开啊!"我失去理智地拼尽全身的力气。

"嘭"的一声,舱门开了。

"撞击时间倒计时53秒,52秒……"

"快……嘶嘶……快进去……嘶嘶……哥们,快!"于钊和神父两人仍旧死死扭抱成一团。

"可是你呢？我来救你！"

"你个蠢货！没种的蠢货！滚！快滚！"于钊急切催促。

"不，你不能走！带上我！该走的是我！不许走！"神父嗷嗷叫着，一拳把于钊打翻，不过还没爬起身，又被于钊死死拖住。

"代我继续听星星的声音……拜托了……"这是我关上门前，听到于钊说的最后一句话。

这时一块直径约一米的飞石突然砸在了他们两人的身上。我不敢继续注视。

"撞击时间倒计时44秒，43秒……"

◆9◆

光头五次尝试将逃生舱点火弹射，均以失败告终，倒计时30秒的时候，终于弹射成功。我感觉到了一股从未有过的巨大惯性，把我死死钉在了软椅上，逃生舱内红色的灯光让我感觉很不舒服。头晕目眩的我将视线移到了窗外，看到下面我从小到大居住的地方，它慢慢变小，慢慢变小。我竟感觉很陌生。最后，一个丑陋的大石头展现在了我的眼前。

也许是注意到我惊愕的表情，没等我发问，光头便饶有兴致地向我介绍道："根据传感器的测量数据，它直径约 20 千米……"

我终于明白了，原来，我们一直居住在一块大陨石上。

"撞击时间倒计时 6 秒，5 秒……"我赶紧把视线转移到另一边，另一个更大的小行星体正高速撞向那块大陨石。

我下意识地不再往外看了，我不喜欢看这样残酷的场面，一如既往。

光头告诉我，他正忙着在后台修复和调试着一些我不懂的东西。在这期间，我的脑子里隐约听到了某种呼唤，又像是某种求救语。我"啊"地叫出了声："原来，于钊平时真的能够听到一些声音！"

光头询问于钊听到了什么？在了解了我所描述的情况后，光头郑重解释道："新尘号遇险后，主船上坏掉的通讯装置仍然在努力工作，一直尝试自动发送遇险信号。目前我正在改造逃生舱上的类似装置，调试频率，以便能正常发送求救信号。可能这类装置在工作时，某些声波频率正好能被极少数的人体感知到吧！这倒是件稀罕事……"

我一时语塞。

"噢，真是意料之外！逃生舱这么微弱的求救信号才发出没多久，竟然就收到了地球方面的回应！"光头一脸灿烂。

"地球？什么地球？"我茫然。

"哦，我还没来得及跟你解释。"光头一拍脑门，"看来有很多课要给你补了。"

我突然想起了什么："在那里，可以看到云吗？"

"呃，当然。"

"那……可以看到海吗？"

"当然。"

我停住，想了想："在那里，也能看到星星吗？"

"噢，当然可以……"

实时通信信号正式接通的时候，我正侧着头目视舷窗外的无限星空。

"这里是地球同步轨道良初号空间站，我是实习通讯员张明。我们已经向你的逃生舱发射了牵引光束，请耐心等待救援！"控制台上一块镜板突然出现了一个胖子的图像。后来我才知道，这类镜板叫作"显示屏"。

"我刚刚查了你飞船逃生舱的 AI 记录，你是 256 年前去柯伊伯带的新尘号科学考察船船员的后代吧？哎哟哟，兴奋死我了！"胖子眉飞色舞，"看来当年的地球联合政府太不负责任了，出了这么大事故居然没去救援……"

就这样,他一个人在显示屏中唾沫横飞了好一会儿。

"给点反应啊大哥……"显示屏中的这个话痨看我一直望着窗外,一脸沮丧,显然觉得没趣。

"星星又不会对你说话,你老瞅它们干啥?"他嘟起了嘴。

"嘘——"我轻轻转过了身。

此刻,我很确定,这声音并非是逃生舱的求救信号。

"望见最远的地方 / 开始漫长的远航 / 一段壮丽的星程 / 用星浪诠释波澜 / 为心种下一份希望 / 幻想触摸那片梦想 / 无数的渺小星尘 / 孤独守候银河的光亮 / 星海浪 / 梦见,实现……"

"你听。"

星辰与冒险

天地囚笼

文／陆知游

科幻
硬阅读
DEEP READ
不求完美 追逐极致

◆ 1 ◆

10 000 总认为自己是特别的。

在一片黑暗沉寂中，球型睡眠舱莹白的光芒如呼吸般静静闪烁着。他躺进舱内，舱口的透明屏障自动滑下封闭。按下扶手上强制睡眠的按钮后，舱内四壁漫出的睡眠气体迅速变得浓厚。闭上眼，10 000 很快进入了梦乡。

与完全封闭的飞船不同，在这里他能看到在夜空中漂浮的星辰。那些盈盈之光与点点磷火，或远或近地释放光芒，布满整个宇宙。星辰射出的光线穿过顶棚的透明玻璃，随着飞船的前行慢慢踱过那个少年的视线。

这段故事是在一片没有任何文明声音的死寂宇宙中讲述的。10 000 和从前一样倚靠在房间的一个角落，注视着那个躺在床上的少年眼中映出的灿烂星光——这个孩子叫阿户，是这个冒险故事的主角。而眼前这一章的故事则是 10 000 始终读不懂的——从在地球上与叛军的激战,到最终驾驶飞船在命悬一线的大爆炸中逃出生天的大场面,再到之后遭遇各大外星文明,独自一人与外星人周旋战斗的宏伟史诗——这一章承上启下,转折得格外沉闷无趣。

"阅读"故事的 10 000 只能旁观阿户的行为,却无法了解他的所想,他只能呆望着阿户,却无法加快时间的流动和故事的进展。于是 10 000 躺下来,背部触及飞船冰凉的地板,视线穿过飞船天窗,望向那些自己在现实中没看见过的光亮。他告诉自己,穿越过这片没有任何文明的宇宙荒漠后,就又可以经历那些美妙的冒险了。

于是星河流动,一夜的时光在美好的事物陪伴下匆匆而过。

阿户总认为自己是特别的。

当他第一次在漫天星光下阅读书中的冒险故事时,他就知道,自己将来会成为这样一篇冒险故事的主角。

但成长总是伴随着梦境的消磨。当阿户长大,他逐渐发觉这些冒险难以实现,甚至连自己都不知不觉沉沦在名为平庸的泥潭中。

于是他慢慢学会写下自己幻想的冒险故事。在他的笔下,冒险者与叛军激战,在大爆炸中逃出生天,甚至看到了外星文明的绮丽幻境。

他将这些故事藏在了抽屉的最深处和自己的心底,作为自己是最特别存在的证明。

灾难到来得很突然，人们观测到一颗直径10千米以上的小行星会在120年后撞击地球。此时地球已经有能力制造拥有完整生态系统的宇宙飞船。于是为了延续人类的文明火种，各国出于有备无患的考量，在共同商议后决定在寻找到更好的解决方式之前，举全球之力建造一艘能自给自足的末日飞船，载着人类的希望，飞向太空。

全球各地过于频繁的航天航空发射活动在信息化时代藏不住这一场巨变，在近地轨道对接形成的庞大飞船令民众们人心惶惶。纸终究包不住火，小行星撞击地球的消息流出，甚至以讹传讹在人们的恐惧中编织得愈发可怖，各国官方不得已公布真相并且决定进行随船人员的挑选。

步入社会后可以被定义为失败者的阿户自然没有被选中上飞船，但是他并不为此感到惶恐，地球毁灭的那一天他应该早已死亡。

但他抬头看着那个占据了一小块天空的宇宙飞船，内心只是感到了一阵遗憾。

◆ 2 ◆

早晨，飞船上的灯光全部按时开启，人们投入系统安排好的工作中去。房间内，10 000 的月球舱舱门自动向上滑开，他从舱内起身爬出，去卫生间用水洗漱令自己清醒，而早餐除了统一的能量块，还有一小盘自然生长成熟的蔬菜。像这种旧时代的生活方式，飞船上并没有几人能够享受。

10 000是这艘飞船名义上的最高领导者，但是这个地位和他的能力没什么关系，而是世袭得来的。在脱离了地心引力，成为宇宙中的流浪者之后，这艘飞船上出现过无数荒谬离谱的制度与政策。那些没有了心灵寄托的人们疯狂迷恋上权力和物质欲求，在大部分人忙于生产供给飞船循环的能量的时候，另一小部分人为了几个高位挖空心思地争来抢去。

飞船顶上刺眼的白炽灯简单粗暴地表明时间，催迫着人们完成他们的工作。10 000做好出门前的准备后，走出房间。他照常查看了基层各个流水线的生产状况，之后去往飞船上的学校。而当他到达时，大部分孩子已经完成了学习，从教室里的学习舱内苏醒过来。

为了更快速便捷地学习基础技能，飞船上知识的传递通过在睡梦中将高浓度的内容在保证安全的情况下强制注入的方式完成。与每个人所独有且私密的睡眠舱不同，学校内的学习舱由总控系统统一控制，每日对注入的知识进行安排，并对学习进度进行监控，保障学习效果。当这些孩子成长至有足够的体能和精力去完成生产工作时，他们便会被安排到最基础的生产线上。除了这样一辈子受困于繁复无趣的流水线工作之外，他们也可以通过每晚在自己的睡眠舱内的自主学习获得更强的工作能力，以此去面对更复杂的生产工作和获得更高的地位。

10 000此时站在唯一一个没有开启的学习舱旁边，等待着里面的孩子苏醒，直至整个教室都安静下来后，一个拧着眉头的小男孩才从舱内爬出。

"父亲，对不起，我又是最晚完成的那一个。"孩子看见了他，垂着头，沮丧地说，"系统总是说我不专注，那些知识注入得很缓慢。"

10 000拉起孩子的手，摇摇头，表示没有关系，牵着他往住所的方向行去。

10 000从前也是每天这样被父亲牵着手回家的，对于他的沮丧，父亲一直不屑一顾："你是不需要上那无聊乏味的生产线的。"父亲当年总是这样说。从最基层慢慢走上来，通过一场革命改变命运的父亲对自己曾经干过的那些工作无比抵触，所以他早早地就给10 000——这个划分给他的孩子，做好了远离那些该死的机械设备和流水线的人生规划。

飞船上的这对父子，或者说飞船上的所有人都没有血缘关系。为了维持生态稳定，飞船上的人口被严格地控制着。总控系统在监测到劳动力减少时，便会通过试管和模拟子宫来培育新生儿。当孩子们成长到特定年龄后，便会被分配到各个有余力的成年人家庭中，而最为闲暇的最高领导者自然也会分配到一个。

10 000不断成长，但他对知识的接受能力却一直很缓慢。就算父亲认为他并不需要完全了解那些技能，也对他迟钝的接受能力感到困惑。孩童和领导者是飞船上最闲暇的人群。饭后父子二人的闲谈中，10 000 说到自己在睡眠舱内容库中找到的冒险故事，并绘声绘色讲给父亲听。相比解开一直以来的困惑，带给父亲更大冲击的是这个不应该出现的冒险故事——这是违反规则的，父亲因此产生了要把那个故事抹除的念头，但 10 000 眼中闪动的光芒却使他犹豫。10 000 几次讲述之后，父亲也慢慢沉溺在那个故事描绘的美好图景内。他想知道更多有关那个故事的内容，但每个人睡眠舱内容库中信息的独立性却使他只能倾听而无法亲身感受，这种隔靴搔痒的感觉使他无比痛苦，也激发出他一些疯狂的想法……

被留在地球上的人类心有不甘，蠢蠢欲动，但在恩威并行下逐渐寂然。毕竟人们对于一场自己尚未经历到的灾难缺乏实感，而现实的生存困境和金钱利益更具诱惑。当所有人都在这样的混乱中尝试为自己多挣得一丝优待时，却有一群人主动参与到了飞船的制造中来。

阿户就是那些人中的一员。

他终究还是想要离他臆想中的那场冒险更近些。在了解到招募信息后，他并没有思考太久就做出了决定。

阿户被分配到的是飞船睡眠、学习系统制造工作组——这是一个用来提高睡眠质量、加强知识传递效率、保障飞船上有充足有效劳动力的系统组件。分配给阿户他们这一工作组的任务是个人的独立睡眠系统。作为对他们主动参与到这项工作中的感激，组内每个成员都有权在睡眠系统留下他们的名字。

阿户想起了那篇自己所写的冒险故事——他明白,他想在飞船上留下的,不仅是他的名字。

他仿佛看到了故事里的自己,随着飞船启动的火光、带着他的梦境与冒险,开始了一场远行。那艘飞船载着的,是他在这个世界上活过一次的证明。

即使无法真正登上那艘飞船,但他仍愿意让自己的灵魂与飞船同行,即使那仅仅是一篇看起来文笔拙劣、幼稚简单的冒险故事,他依然愿意为此进行一次尝试。

在有限的存储量制约下,人们要选择哪些是需要被记录和承载在飞船上的内容,在最终的投票中,社科类书籍和工程技术性内容被允许上传,而文学艺术和哲学却由于大部分人认为会降低工作效率并带来更多潜在风险而被摒弃。

"没有文学和艺术才是人类的死亡!"会议在这样的声音中结束。这句满溢着愤怒的话语在空旷的会堂内反复回响,最终被沉重的摔门声击碎。

留在座位上的人们内心百味杂陈,这是不得已的选择,那些戳着他们脊梁骨咒骂他们的人,终有一天会明白他们的苦心。

◆ 3 ◆

10 000这个名字并不是10 000自己按编号获取的规则轮到的。

完成基础知识学习后,从学校毕业的孩子会获得他的名字编号。10 000毕业很晚,但父亲早早就利用职务之便给他占下了这个数字。

这是10 000在父亲失踪后才从旁人嘴中知道的真相。他为此感到过沮丧,但最终还是释然了。

父亲失踪得很突然,系统甚至没能将他作为死亡的人员录入,也因此飞船上稳定循环的人口数目永远减少了一个。10 000并不清楚他失踪的具体原因,但是飞船上的高层们将所有的逃生舱集中管制并且最终摧毁的事件,又能令他看到几许端倪。

这是我的错吗? 10 000有时会这样问自己。那篇冒险故事不但使他无法高效地获取知识,也间接造成了父亲的失踪。在刚知道父亲失踪的那段时间里,他有过一些迷茫。但是当他继承了父亲的职位后,看着那些在流水线上如机器一般麻木工作的底层人员,又亲身经历着高层人员之间无聊的尔虞我诈时,才终于明白,那不是错误,而是救赎。

所以当10 000领到自己的孩子,看到孩子如机械一般录入那些枯燥的知识时，终究没能忍住，为孩子讲起了那个关于星辰和冒险的故事。孩子因此眼中闪射出一丝异彩。但这之后，孩子也变得像 10 000 当初那样，无法及时稳定地接受本该学习的那些知识了。

但 10 000 认为他自己没有做错。

阿户的工友中有对人类未来充满美好幻想的艺术家，也有家人会随着飞船远行，准备边工作边送家人最后一程的家属。他们参与飞船建设，有的抱着崇高的理想，有的仅仅是希望能多为亲人做一些事。当阿户告诉他们，他只是为了一个冒险的梦来到这里时，工友们一开始嘘声一片，但在他坚定的眼神中，又逐渐变得沉默。

随着工程的推进，众人都知道了飞船资料库中是摒弃文学和艺术的。艺术家们拍腿痛骂，其他人也是一片哗然，议论纷纷。阿户最初也很震惊，但想到自己因为痴迷于幻想而在现实生活中遭遇到的种种窘迫，他又仿佛能够理解这一切。

在工程结束之前，阿户把想将自己写的故事冒险置入飞船睡眠舱系统的执念告诉了工友们，也分享了自己所写的那篇冒险故事。这些在连夜工作的强光照射下许久未能看到星辰的人们，慢慢沉浸于他的讲述，愿意参与进阿户的计划中的人越来越多，最终整个工作组都悄悄地投入到这项计划中去。

于是阿户开始将这些故事书写得更加完整，艺术家们去梦境里用画面描绘星辰和冒险，其他人在系统中寻找插入内容并且不被识别的方法。

个中困难不再赘述，这群花费一切精力去实现这一场梦的人最终完成了这一创举，成功将其置入了一个睡眠舱的内容库里。

当阿户将那片刻着自己名字的内存卡插入睡眠舱内密密麻麻的电路和芯片中间时，有一种自己的人生已经尘埃落定的幻觉。

他仿佛看到了这场冒险即将启程。

◆ 4 ◆

这是一场意外。

前几天 10 000 给他的孩子讲述故事中的人物在飞船内度过的平淡一夜，即使他竭尽全力，但孩子依然无法理解他所描述的场景，10 000 因此很沮丧。这种感受是他从来没有过的，或许父亲曾经也无法完全理解他所说的内容，但从未如此直白地表达过。而此时 10 000 真实地面对着这种挫败感，即使孩子没有继续追问更多的细节，他还是十分懊恼。

于是他产生了将这个故事转移进孩子的睡眠舱内的想法，但睡眠舱具有独立属性，父子二人睡眠舱的内置信息无法直接相互传输，若想让孩子亲身领略原版故事，只能通过飞船上的学习舱进行链接传递——即故事要从 10 000 的睡眠舱传输到学习舱系统，再传输到孩子的睡眠舱内。

10 000 一连花了多日,才摸索出大致的操作步骤。接收大量知识却无法好好消化所带来的烦躁情绪使他忽视了一些细节和风险,所以在架构联系的过程中,故事文件便没能完好地进行封装。那篇故事在传递的过程中泄露,传入学习舱系统后,就成为飞船内部所有睡眠舱的共享文件。

当 10 000 发觉自己操作失误时,飞船上已产生了大范围骚动。很多成年人对此感到恐惧和愤怒,但孩子们却在兴奋地讨论着故事的美妙与惊险,满心欢喜地期待着后续的内容。

但很快,飞船上的成年人便开始行动,他们愤怒地四处寻找着那个始作俑者,所有值得怀疑的人都被拘押监管,一个接一个的睡眠舱被拆开侦查,整个飞船上满是震耳欲聋的怀疑与破坏。只有当天花板上那盏刺眼的白炽灯熄灭,在黑暗中猜忌才会暂时化为蛰伏的毒蝎,那尾部的尖刺一伸一缩的,闪着令人瑟缩的冷光。

局势的失控让 10 000 始料不及,他这时才回想起父亲失踪前和他的最后一次对话。那天父亲回得很晚,走进房间时整个人显得失魂落魄的。"飞船上的人们封闭而拘泥,面对从未经历过的冒险只会愤怒于它们对工作效率的破坏,而无法理解其中饱含的情感。那篇冒险故事这样违反规则的内容一旦被发现,就会被完全摧毁。"父亲说完这些后没几天就失踪了。经历了一些高层的"探望"后,10 000 的生活表面上也回归了平常。这些年的暗流涌动中,父亲反复强调的要他谨慎小心的话语深深地植根于他的记忆深处,此时再次想起,却是使他越发心神不宁。

紧张的情绪使 10 000 无法安然入睡。为了暂时逃离这令人无法喘息的现实困境，他按下了那个强制入睡的按钮，很快沉入了梦境之中：

这是故事的最后一章。

阿户终于结束了在宇宙中的漂流，在一颗如他最初记忆中母星一般温暖的星球定居。那架陪伴他一路的飞船，在阿户下定决心不再流浪的那一天，便独自升空，成了保卫阿户所居星球的卫星中的一颗——阿户目送着飞船逐渐远行的火光，恍然间仿佛又回到了冒险的初始，一路踏过战斗与风景，他最终回想起，他对星辰和冒险的向往，终归无法离开母星那片坚实厚重土地的滋养和孕育，从无数平凡而窘迫的小事中汲取智慧、勇气和力量。

◆ 5 ◆

第二天苏醒后，10 000 照常进行着他的日常视察工作，试图将他的慌乱隐藏在机械式的日常运转中。

但当天回到家后，他却在房间门口看到了两个崭新的睡眠舱。他慌忙推门，走进自己的卧室，已无原先睡眠舱的踪影。

调查的圈子越缩越小。没有获得调查权限的其他人以清除病毒的名义，拉走了 10 000 和他的孩子的睡眠舱进行销毁。如果在销毁后那篇冒险故事因缺失源文件而出现损坏，这次事件基本上就可以确定问题的源头了。到那时,即使 10 000 拥有最高领导者权限,也很难控制局面。

调查者们严谨理智的做法让 10 000 背生凉意,而那篇冒险故事被销毁会让他被完全击垮。

10 000 不敢想象失去那篇故事后的后果,他无法靠自己自主进入睡眠,吸入睡眠气体进入那些枯燥乏味的资料学习中在他看来又好似上刑。

他得找回自己的睡眠舱。

没有开启权限的其他人无法打开他的睡眠舱,也不能将舱内的内存清洗摧毁,他们只有物理破坏一个途径。

10 000 奔入飞船上的垃圾处理场,飞船内壁上深邃的垃圾处理管道内切割和压缩在不停重复着,他不由分说关闭了处理系统,然后冲入管道。

刺鼻的机油味道和随处可见的零件碎片堆叠在一起。闻讯陆续赶来的人们在管道外面聚集,议论声越来越大,凿击着 10 000 脆弱的理智。10 000 抛弃了一切,他只想找到那个陪伴着他成长的冒险故事,即使在大多数人看来它如罂粟一般使人中毒,但对于他来说却只是一场能使他对抗这艘飞船囚笼的梦境——是他在现实中触不可及的星辰和冒险。

空气中依然残存着炽热火焰灼烧过后的余温,喘息进肺中的是满满的奇幻战斗与崎岖险境的画面。阿户看着渐渐远去的巨大飞船，将自己的想象抛向它的前路。未来会有什么？反叛，迷境，浴火重生？阿户感觉自己内心燃烧起了冒险的炎火，那艘飞船已经带着他的灵魂驶向远方。

遮蔽天空的阴影远去，火光渐息，漫天的星辰仿佛为了报复长久的隐秘，肆无忌惮地绽放出自己的光芒……荧光清冷闪耀，它们在天空中行走着，慢慢踱过少年的视线。阿户深吸了一口气，身体仿佛沉入泥土，而意识升空，步入他所创作的冒险故事，故事中那章星光流转的无趣转折，是他永远无法亲身触碰的幻境。

◆ 6 ◆

垃圾场内有许多当年被摧毁的逃生舱。穿过这堆被销毁的机械碎片，10 000 在最深处一片破碎的电路板和芯片堆中，终于发现了那个刻着阿户名字的内存卡，灵魂的共鸣告诉他这就是那篇故事的载体，他握着这张内存卡跌跌撞撞地走出垃圾场，那些脸上带着可怕的阴沉静默的人群已经在出口处围了一圈。为首的几人眼中闪烁着狡黠的光，阴冷地盯着他们那即将获得的地位。

10 000 看着他们，眼前又晃过父亲那天回家时落寞的脸。于是一股冰凉的孤独感爬上他的背脊，四周都是如蛇的恐怖视线，只有手心里的芯片才给他带来一丝温暖。他的眼前闪过一幅幅未来可能遭遇的画面，芯片被毁，他被囚禁，最后变成行尸走肉，一幕幕可能的画面瞬间冲击大脑。

他突然转身，背对众人，踩着满地的机械碎片上奔向垃圾场最深处。身后一阵哗然，他攥紧那张内存卡，咬着牙拼尽全力发足狂奔。

10 000 总认为自己是特别的。当他年少时在浩如烟海的乏味资料中找到那篇冒险故事时，他的灵魂就已经从这座如飞行的坟墓飞船中逃离了出来。他幸运地遇到了父亲，躲过流水线上机械的运作，保住一颗在星海中奔驰的心，他也庆幸自己碰到了自己的孩子，没有令这个故事在自己这里终结。

破碎的逃生舱内仍有残留的物资，10 000 穿上找到的破旧宇航服，跑到了管道最深处，看着面前一面巨大的机械门——这是飞船与外界唯一的联通口。他站在开关按钮旁，深吸一口气，试图将勇气注入自己羸弱的身体。

他会死吗？

会吧。

会比活着好吗？

会吧。

或许那篇冒险故事真是这艘飞船上的罂粟吧？ 10 000 的眼

前仿佛真实地看见了那漫天的星辰，他闭上了眼睛，那些星光闪耀得愈发璀璨。

"没有文学和艺术才是人类的死亡！"一个艺术家对着远去的飞船恶狠狠地咒骂着，啐了一口口水，骂骂咧咧地离开了。

阿户躺在原地，困惑地挠了挠头，他不明白艺术家口中文学和艺术对人类究竟有何意义，于是愚笨的他不再思考那些复杂的问题，他只是从躺着的地方站了起来，将自己的身体扎根于这片生他养他的土地，朝着天空闭上眼睛张开双臂。

远去的飞船像移动的墓碑，不带色彩地蚀刻着人类的历史，并朝向希望。蔚蓝的地球是物质和精神的宝矿，结局却只有毁灭。很多事情，结局可能早已注定，但过程并非毫无意义。

科幻
硬阅读
DEEP READ
不求完美 追逐极致

星空的呼唤

星光与梦想

文／王登博

我们是天上的星星，我们在孤单的旅行。

——《星星》

◆ 1 ◆

"啪嗒，啪嗒……"

王暮生从睡梦中醒来，四周一片漆黑，只有远处传来的一阵似有似无的响动在耳边不停回荡。他一直耐心倾听，体会着这种既陌生又熟悉的感觉，仿佛点亮了大脑深处的某个记忆，突然内心涌起一种莫名的冲动，他想出去看一看。

像是收到了呼唤，四周的墙壁开始慢慢亮了起来，微弱柔和的光，把整个卧室的轮廓瞬间显现出来。干净整洁，一尘不染，可是，却单调至极。面前只有一张宽大柔软的双人床，还有一条碎花棉丝被，孤零零地包裹着他，除此之外别无他物。他对着面前雪白光滑的墙壁发了一会呆,孤独像无数隐形的箭,从四面八方射进内心,让他有点透不过气来。

这几天王暮生的睡眠不怎么好,有件事情一直困扰着他。一个月前他开始尝试创造一个虚拟的星空世界,为此他查询了不少图片和影像的资料库,也试着建了很多试验模型,最后他还是放弃了,只因他发现自己创造出的星空,一直缺少某种灵性。具体缺什么,他也说不上来。那是一种无法捕捉的东西,潜藏在他的内心深处,无从捕捉。他闭上眼,黑暗中出现一片闪烁着无数光芒的真正星空。可是,这一百年里,又有几个人能真正看穿外面那个被黑雾裹挟着的世界?

他无力地叹了一口气。作为一名虚拟空间设计师,此刻,他感到自己的灵感正在慢慢枯萎,犹如一具逐渐失去灵魂的躯壳。这,比死要痛苦一万倍。

他猛地推开卧室的门,客厅的四壁随着他的进入明亮起来。他快步走向换衣间,把自己装进了一件厚实的装备里,跨过隔离门,用尽全力推开了那扇已经很久没有开启的厚重密封门。

眼前瞬间被黑暗淹没,王暮生迟疑了一下,还是一步迈了出去。头顶的探照灯打开了一束光柱,眼前黑色的雾气马上涌了过来。他感觉一下子掉进一个迷失的梦境中,分不清真实与虚幻。

他喘着粗气,向四周转了一圈,浓郁的雾气弥漫着悬浮在身边,挤压着灯光照亮所有空间,他只能听到自己急促的呼吸声,像极了一只陷进泥淖中的小虫子，只有四肢在盲目地挥动，很快就要窒息。他在心里对自己说，你还是不能习惯外面的环境啊！

"啪嗒，啪嗒……"那个声音再一次响起。他抬起手，灯光照亮在笨重的防护服上，在银灰色的表面上，一颗亮黑色的水滴落下，溅碎，氤氲成一个圆圈，过了一会又掉落了一滴，在它们的周围持续不断地映出同样的圆圈，它们慢慢扩散，最后覆盖形成一片亮晶晶的镜面。这是雨！他告诉自己。

王暮生抬起头，上方犹如被一块浅灰色的石块压着，隐约有几丝穿透的光线溜了下来，他想象着生活在下方的人类不过是一条条在海底深处的鱼，但是却又像游弋在一片荒芜的沙漠之上，没有生机，没有颜色，没有光线，更没有方向。

他屏住呼吸，仰着头，开始努力想象要搭建的图像。他期盼头顶上能够点缀出满是一颗颗闪烁着星星的璀璨夜空，可是随着时间一分一秒的流逝，他的脑海中仍是一片空白，汗水一滴一滴流了下来，最后，他选择了放弃，转身逃回那扇黑门里。

◆ 2 ◆

房间里更加清冷寂静,他忍不住浑身打颤,不知道是不是因为刚才的经历。

他很少出去,最近的一次,也在一年前了,现在他甚至都忘了那次出去的具体缘由。如今外面的世界,对于人类来说就像一片荒漠,早已经被遗弃。幸好现在发达的网络空间弥补了所有的缺失。只要进入虚拟共享空间,任何想要的东西,都能瞬间得到,任何想去的地方,都如身临其境。而这些一个又一个的虚拟空间,正是像他这样的设计师用想象力搭建起来的,这也是他最引以为傲的地方。可是现在,他却对自己的工作束手无措了!

他想坐下来静一静,可是刚才雨滴氤氲的画面,就像刻进自己脑海中一样,不断地重复着。情绪如同波涛汹涌的海面,难以平复,还带着一些狂躁。他一屁股坐在了沙发上,让意识进入房间里的智能系统,眼前白色的墙壁上马上亮起了一片密密麻麻的选项,他选择进入情感平台。

倩!也许只有她可以缓解自己内心的烦恼不安。

最近把所有的精力都投入到星空世界的构建上,不知不觉中他已经冷落了倩。不知道此刻她在忙什么。王暮生忙向倩发出了一条共线联结申请，很快就有了回应，他顺利进入了她的系统。

房间在他的视野中忽然扭曲变形，各种光线交织在一起，形成一片混沌的色彩。然后这些色彩慢慢漂移，像画笔画出的线条一样，涂染出另外一幅画面。

首先在眼前清晰起来的是墙壁上一幅唐代仕女图，那个精致的美人正斜倚在一张古香古色的桌子上沉思，一只手托着下巴，另一只手撑着一本书，脚下则是一只正在酣睡的白猫。

他的目光从画上收了回来，看见倩正躺在红木沙发上，圆睁着一双杏眼瞪着他。

"家里的装饰换得挺勤嘛！"王暮生有些心虚地干笑着。

"死鬼，你还知道回来？"她嗔怒道。

"呵呵……被工作缠住了！"他继续陪着笑，却难掩一脸的疲惫，只能满怀歉意地继续说，"对不起，亲爱的！最近忙得一团糟，冷落了你！"

"哎！"倩轻轻地长叹了一声，情绪好像缓和了些，"罢了！我知道你是一个工作狂。这次原谅你啦！不过下不为例。但是作为惩罚，你要将功补过……"

她抬起慵懒的身子，扭着腰肢朝他走来，在他的大腿上坐下，用五根纤细白嫩的手指与他的手掌交叉紧扣，头却依偎在他的肩膀上："你知道吗？一个人的日子太难熬了，这些天我只能在外面那个花花世界里消磨度日，但是完全无法全心投入，因为，没有一个人做得比你好！只有在你的世界里。我才能感受到一份踏实，可是……"她嘟起了小嘴，含情脉脉地望着他，"你为我搭建的世界，我可不想只有一个人，你陪着我，好吗？"

她吹气如兰，王暮生浑身早已酥麻无力："好！"倩身上散发的淡淡香水味，还有掌心传递过来的温暖，真切地传递到他的每一寸肌肤中。他轻轻抬起手，抚摸着那一头黑色的长发，柔顺丝滑，这时一个想法在他的脑子里突然冒了出来：如果，这一切是在现实世界中，那该多好啊！

"怎么了？"倩看出他在走神。

"没什么！"他赶紧轻声说，"我们开始吧！"

她用明亮的眼睛冲着他娇笑着点了点头。房间瞬间消失了，他的视野里一片黑暗，就在这黑暗中，他感觉到游离的意识慢慢觉醒，进入了一道拥挤的光流中。然后光流突然又变得模糊，四周流溢的色彩开始向身后推进，片刻之后，他们已置身于一座安静的田园之中。

那里有一片高耸入云的山脉环绕，山上长满了郁郁葱葱的树木，山下是一片无尽的花海，花海的边缘是青翠鲜嫩的草地，五颜六色，就像一幅色彩斑斓的画卷。一阵微风吹过，万物轻拂，四面传来"沙沙"的声响，仿佛大自然唱起了一首天籁之声。他们脚下的大地铺满了金黄色的菊花，一直延伸到远方，在尽头有一汪清澈的湖水，犹如一面镜子，倒映着一切。

他拉着倩的手，向着湖水走去。他的身体变成一条柔软的线，而湖泊成了变幻着色彩的海洋。他游动着，四周是空旷而深邃的空间，仿佛延展到无尽的世界里。在身后一个角落里，游来了另外一条更加柔软的线。

"是你吗？倩！"他在心中轻问。

无须回答，一股温暖熟悉的暖流萦绕在心间，那是欢悦的情感浇筑了进来，对，没错！那股暖流继续充盈在他的周围，仿佛一条黏性的蛇，围绕着他的躯体环绕，交织，有一种类似枣花的香甜溢满了他的舌尖、他的鼻腔、他的全身。此刻他犹如被一块晶莹剔透的蜜巢包裹着，融化其中，变成一道明亮的光，在无尽的黑暗中，像烟花一样，幻化成无数闪烁着的光芒，不停地旋转……

在这个炙热的空间里，他们感到了无比的心满意足，疲惫迎面而来，一切开始消退，他们回到了房间里。

"听说你要构建一个星空世界！是真的吗？"倩的身影又浮现在他的眼前。

他点了点头。

"一定要让我第一个走进你的星空下！"她高兴地说。

"会的！但是……"暮生欲言又止。

"怎么了？"倩急切地追问。

"我失去了灵感，星空让我感觉到一切都不再真实，我……"

"你会完成的，我相信你！"

"谢谢！"暮生感激地望着倩，心中充满了温暖，那份曾经徘徊的空虚和不真实像阴云一样开始消散，"如果我完成了星空的构建，就多请几天假，天天陪你。"

"好啊！求之不得呢！"倩的脸上像花一样绽开。

"我，"王暮生认真地说，"想见到真实的你！"

倩的笑容慢慢凝固，周围的一切也在瞬间定格，好像一切都在石化！突然，他的身体猛地一下跌进了一个陌生的空间，一条醒目的鲜红色的线条，刚硬猛烈，犹如带着火苗的烈鞭抽打过来，火辣的刺痛钻了出来，灼烧着他的全身，把他犹如梦幻般的意识瞬间剥离，共享的一切美好情感世界，开始烟消云散。

他睁开眼，是家中熟悉孤寂的卧室，又只剩下孤单单的一个人。有那么一刻，他一直盯着乳白色的天花板问自己，究竟什么才是真实的呢？为什么此时此刻却更像一个梦境？他感觉自己犹如能量燃烧殆尽后的恒星，向着黑暗的虚空不断坍缩。

"倩，倩……"他一直重复着这个名字。

智能系统在他耳边不停地提醒，有一条陌生的高速信息流冲击着他的系统，挤掉了他和倩的联结。他有些恼怒地扫了一眼信息来源，却愣住了，上面显示，那是从太阳系之外的一个遥远坐标发来的。

◆ 3 ◆

炫目的光标还在眼前不停地跳动，他思考良久，才开始用意识小心翼翼地读取表层信息。系统反馈给他，信息源来自一颗200光年外的未知行星。

系统问他是否准备接受，王暮生迟疑了。这个信息流不仅来源奇怪，形式也非常可疑，一般的共享联结，都会标注出详细的资料，而它却把所有的基本信息都小心地隐藏起来，像一颗沉默的炸弹。

200光年！他甚至无法想象那么远的距离究竟是一种什么样的概念。在他的印象中，自从几百年前的核冬天后，人类便连家门都不愿出了。那么遥远的地方，会是什么？会有什么？如果一定要与人类挂上钩的话，那肯定是一条伪装的网络病毒。

他决定进行删除，但是强烈的好奇心就像一头精致的小钻在心头不停地搅动着。最终好奇战胜了提防，他还是横下心想打开看一看。

一阵微光闪过，加持了防护外壳的意识进入了神秘的联结空间，他发现自己变成了一粒没有重量的光子，游荡在一个未知的世界。

周围陷入了一片寂静之中,身体如同轻盈的羽毛,落在一片深绿色的大地上。他抬起头,惊讶地看到,那里正是一个特别的夜晚,但是却美丽得出奇。天空清澈幽远,上面悬挂着无数的大星星和小星星,它们像陀螺一样不停地回旋着。在东边的天空有三轮橙色的满月正在冉冉升起,它们来到天空的正中央后,形成一个巨大的旋涡,仿佛一盏明灯般点亮了整个沉寂的夜。

那些回旋的星星,变成一团团细小流动的云,用类似一个个的短线条纠结、盘旋成各种美妙的图案,仿佛让人看到了时光的流逝。

大地上,放眼望去,一排排暗绿褐色的不知名的树木丛生,它们挺拔而立,像一簇簇巨大的火焰,在星夜下燃烧狂欢。

大地的尽头,一片黑色飞溅,一个身影若隐若现。他抬头凝视天空,这时,夜空中那些星星和月亮的光芒仿佛连线了,变成一缕缕弯曲的旋转线条,各种海浪般的图形让整个世界呈现出炫目的奇幻景象……

王暮生站在那里,如痴如醉地仰望着天上的星光,它们千变万化,最后竟然游动着组成一行他认识的字:

这是送给你的礼物!

共享到此戛然而止,就像一段没有告别的分离,王暮生感觉身体再次被甩回到了一个漆黑无边的空间。

◆ 4 ◆

他在房间里猛灌了一杯清水,心中还流淌着刚才莫名其妙的激动!那种绚丽狂野的夜空,让王暮生觉得自己竭尽一生都不可能创造出来,心中不由升起一种敬意,还有一阵淡淡的失落。他会是谁?为什么要送我这份礼物?王暮生很想认识一下这个人。

"滴滴——"一个远程视频电话这时打了进来!

这又是一件不寻常的事情。这个时代,已经很少有人再用视频电话了,就像曾经的互联网时代,你收到用笔写的信一样稀奇。

"很抱歉啊,暮生。我还是不习惯现在的共享联结方式,所以才用这个,别介意。"一个白发苍苍的老者笑呵呵地出现在他的眼前,"收到那份礼物了吗?"

"李伯伯!"王暮生恍然大悟,"原来那是您送给我的礼物!"

老者叫李天宇,曾经是他父亲的同事。妈妈说,他是父亲生前最好的朋友,这些年来一直帮着他们家,度过了最艰难的日子。后来，作为天体物理学家，他随中国科研团队搬到空间站继续工作，从此很少再有机会见面。

他爽朗地笑了："不，不！那可是你父亲送给你的礼物啊！"

"父亲？！"王暮生不敢相信自己的耳朵，"您老就别给我开玩笑了，我的名字还是您给我起的，它的意思就是父亲死后才出生。这您比我更清楚！"

"你看我像是开玩笑吗？"他收敛起了笑容，恢复了一个长者的威严。

王暮生摇了摇头。

"当年，你母亲和我隐瞒了你，是不想让你知道太多的往事。那是一段痛苦的历史！"他继续说，"你知道吗？你出生之前，核冬天已经让地球环境持续恶化，虚拟世界大行其道，人类沉迷其中不能自拔。这让一批还清醒着的人担心，人类会从此走向自我沉迷的毁灭，于是他们向政府申请，开启寻找第二个家园——新地球计划。这是挽救人类的一种方法，你的父亲就是第一批志愿者中的一员。"

"我可从来都没有听过这段历史！"

"失败者总是会被遗忘的！但是当时，这项庞大的计划还是吸引了众多目光。人们又开始对头顶的那片星空充满兴致，他们期望着看到不一样的奇迹。新地球计划第一批共派出 10 个人作为开拓者，他们以个人为单位驾驶小型迁跃飞船，飞向 10 个被筛选出来可能宜居的行星。我那时有幸成为该计划的地球指挥部副指挥。"他神色肃然,好像又回到了那个充满激情的遥远岁月,"可惜当时的迁跃技术还不成熟,飞船一次只能迁跃 1.5 光年左右,所以开拓者们只能不停地进行连续跳跃,才能到达遥远的目标行星。但是随着迁跃次数的增多,飞船出现故障的概率会越来越大,当时最近的目标行星也在 40 光年之外。"

李天宇叹了一口气,目光暗淡下来:"随着时间的推移,我们能联系上的开拓者越来越少,直到再也听不到任何声音……新地球计划宣告失败,第二批志愿者行动也被迫暂停。为了维护面子,政府用了十几年时间才把这个事件从历史记录中彻底抹除掉。但是我的心里清楚得很,我们还没有失败!"

"为什么你那么坚信?"

"因为我相信你的父亲,一个有信念的人,运气不会太差!但是人们对星空彻底失去了兴趣!没人再相信我们,没人再愿意仰望星空。只有我们还没有放弃。这些年,我们迁移到空间站上,就是为了研究新一代迁跃飞船的太空组装技术。就在昨天,我们终于收到了那条来自 200 光年外的信息,那是你父亲送给我们的礼物,更是送给你的礼物!"

王暮生站在原地,一直重复着那句话:"我父亲还活着,我父亲还活着!"

"你知道吗?孩子,我以为我无法活着等到这一天了!但是它竟然来了，真的来了！"李天宇布满皱纹的脸上流下了两行激动的泪水。

"你怎么确定那就是我父亲发的？还有就算是我父亲，那份礼物从那么遥远的距离如何传回来？"

"量子遥传！孩子，也许你听不太懂这些，但是我还是要说一下，在量子理论中，量子有一种神奇的纠缠态，讲的是两个纠缠的量子不管相距多远，它们都不是独立事件，而是一个整体的状态。所以，当你对一个量子进行测量时，那么我们也会知道另外一个相距很远的量子所处的状态，因为两者是被关联在一起的，就像两个双胞胎。这很不可思议，我们正是应用这些超强关联来实现信息传递的，量子遥传在当时还只是一种试验，但是现在的事实证明，它是可行的！"

"我能与父亲通话吗？"

"不能，孩子！它还没那么神奇！这与经典的信道传送并不一样。在量子隐形传态中，遥远两地的通信双方首先必须提前分享纠缠粒子，这样才能实现关联。一切都是在约定的规则下进行的。它展示的信息量是有限的，也是别致的，所以你看到的那个如同奇幻梦境一样的景象，那只是无数粒子对真实世界的映射。"

"那里的星空真的如此美丽吗？"他充满期待地问。

"肯定比那还要美，宇宙的宏伟与壮观，是人类无法用任何工具来完美呈献的！"

"是啊！我终其一生也无法想出比那更美丽迷人的星空，真想用双眼去看上一看！"他抬起头望着上方，那里只有一个长方形的窄小屋顶。

"也许，这也是你父亲想要告诉你的！"

"想要告诉我什么？"

"在你父亲很小的时候，就喜欢仰望天上那些美丽的星星，就幻想着有一天要登上其中的一颗。后来当那些星星再也看不到的时候，你父亲就亲自驾着飞船，飞向了其中的一颗。我觉得，他是想通过这份礼物，来告诉自己的孩子以及所有的人类，不要忘记我们头顶上的星空！"李天宇伸出胳膊，用手指着空间站舷窗外的那片漆黑的太空。

"孩子，在这个暗无天日的世界，没有人再愿意仰望星空。这是一种遗憾，人类的遗憾！但是我们永远不会放弃，新一代大型迁跃飞船就要完成太空组装了，它将载着更多的人类到达新的地球。我相信，站在美丽夜空下仰望星空的人类，想象力再也不会匮乏！"

王暮生静静地听着，仿佛自己已经站在了一片广阔无边的大地上，头顶上布满了闪烁的星辰，当然，还有天边挂着的三轮明亮的月亮。

"谢谢您，告诉我这么多！"

◆ 5 ◆

那一夜,王暮生彻底失眠了!他一直站着,仰着头,想象着生活在真实的星空下,人类应该有的样子。

系统轻轻滴了一声,一个人影滑入了他的世界。他回过头,倩正斜靠在客厅里浅绿色的真皮沙发上,嘟着嘴生闷气。

"你一个人不声不吭就跑掉了,留下我一个人,什么意思吗?"

他这才想起自己是被强行下线,倩并不知情,于是把发生的一切告诉了她。

"那么遥远的地方!"她惊叫了一声,然后抿着嘴笑了,"鬼才信那是真实的呢!"

他望着她的脸反问:"什么才是真实的呢?"

她仰着脸望了他半天,说:"嗯,能看到彼此,能听到彼此,能熟悉地感觉到彼此,就像你和我在一起的感觉一样,我觉得这些才算是真实的!"

他摇着头:"亲爱的,你错了!曾经我也一直以为真实就是这样的,但是真的就是那样的吗?不!完全不是!你说这一切好像都是真实的,但是你知道吗?从始至终我们并没有真正地看到过对方,并没有真正地触摸过对方,也没有真正地听到过对方的声音……当我们开始习惯了这样时,一切虚拟的东西,让你都以为是真实存在的!"

"这有什么关系呢?我们就在这里,不是很好嘛!"倩不以为然地说。

"可这些都是虚幻的,你想过没有?它只是我们用想象构建的世界,我们每天沉迷其中,却以为这一切都是无比真实的。"他的声调越来越高,"我现在终于知道,为什么我无法创造出完美真实的星空。因为每天身处在这样一个虚拟的世界,人类的想象力在慢慢退化,我甚至开始分不清真实与虚幻。现在我知道了,唯一真实的其实只有外面暗无天日的世界!有时候,有时候,我竟然连你到底是不是真实的都无从判断!"

"就连我,你也怀疑吗?"倩用幽怨的眼神看着他,王暮生心里顿时涌起一阵内疚。

"对不起,亲爱的!我,我不是那个意思!我觉得虚拟世界已经让我开始迷失方向。"他停顿了一下,接着说下去,"正因为如此,我想要离开这里!我想,去亲眼看看真实的星空,这样才能感受到,什么才是真实的自我!"

倩惊讶地看着他说:"星空对你来说真的那么重要吗?"

他点了点头:"是的,我只是想找回一份真实!找回真实存在的感觉!"

她望着他深情地说:"可不可以留下,留在我的身边?"

"我……真的不想一生都用假象来欺骗自己!倩,你跟我一起走吧!"他犹豫了片刻,抬起头来说。

"没关系,"她摇了摇头,笑得很勉强,脸上却露出失望的神情,"你肯定是最近工作太累了,脑子里已经开始胡思乱想了!"

"我没有,我清醒得很!"他突然很生气,难道连倩也无法理解自己吗?

"好吧,好吧,没关系的。这件事咱们改天再聊吧,我今天也有些乏了。"她打了一个哈欠,"我要回去了啦,你也去睡一觉吧,醒来一切都会好起来的,回头见哦!"

倩站起来给了他一个飞吻,扭动着腰肢向着卧室走去,身体的颜色慢慢融合进四周房间的墙壁上,越来越浅,最后完全消失在房间的走廊中。

◆ 6 ◆

"是我错了吗?"

望着再次空荡荡的房间,他怅然若失,心中如同一团乱麻,再没丝毫睡意。

他突然想起了母亲,今天他把最重要的事情忘记了,父亲的事情本应该第一个先告诉她,他懊悔地拍了拍脑袋。

"链接母亲!"他向系统发出了命令。

他曾经想让母亲搬过来和他一起住,但是母亲不愿意离开她住的地方。她说,自己对那个家已经有了感情,不愿意离开那里,最重要的是,那里曾经留着她和父亲的所有回忆。

他只好为母亲安装了一套网络系统,虽然母亲一直不习惯用,不过有了这个以后他们就可以随时联系。每次看到母亲快乐的笑容,他才能放下心来。

几分钟过后,系统在他的意识回路中开始回荡一个声音:"对方无法链接,请稍后再试!"

他感到奇怪,两天前他还和母亲联系过,她神采奕奕地告诉他,最近她很好,让他安心工作。

他的心中突然涌起一种不好的预感,站在一扇手掌大小的窗口边,转来转去。母亲为什么一直无法接通?他又望了一眼外面空洞的世界,必须要回去一趟!他想。

路途上还算顺利,一上飞行车他就睡着了。还做了一个梦,梦里他看见自己的身体飞行在世界的上空,在一片如同永远沉入暮光中的森林里,黑暗,迷茫,升腾着烟瘴一样的雾色,让他沉闷得缓不过气来。他望着天空,上面还是那种泛着死亡气息的灰白,没有颜色,没有气息,没有任何灵动的事物,只有一轮模糊的圆盘形状的光影在昏暗中,影影绰绰。突然,他失去了飞翔的能力开始下坠,掉进永恒的黑暗……

醒来后,他发现后背上已经被汗水全部浸透。飞车正在迅速下降,停靠在一座孤寂的山巅。

母亲的房子就在不远处,她喜欢这里,一直都是。

小时候,他经常陪着母亲坐在山顶,望着天上,可是那里除了黑色的尘埃什么都没有,他很不理解母亲在看什么,总是那么专注。

"妈妈,那些雾里有什么?"他通过厚厚的防护玻璃镜,指着浑浊的天空中一个遥远的角落。

"那里有星星,孩子!"母亲紧紧搂着他。

"它们为什么不出来?"他很好奇。

"因为它们生气了!"

"它们为什么生气?"

"因为我们忘记了它们!"

"爸爸是不是找它们去了!"

"对,爸爸去了很远、很远的地方!"他感到母亲身体在不停地抽动着。

"那他什么时候能回来?"

"等他找到星星!"

……

这就是他童年里的全部记忆。

他在龟裂的山间小路上艰难地前行,直到看见那座孤零零的老房子出现在眼前。用力推开一扇破旧的封闭门,他进入了房间,里面空无一人,只有卧室的门在虚掩着。他跑了进去,看到母亲正躺在一张简陋的床板上,双眼紧闭。

"妈!"他轻轻叫了一声。

"你怎么回来了?"她虚弱地睁开眼,脸上挂满了惊喜。

"我想你了!一直联系不上你!"他的泪不争气地涌了出来,扑倒在她的怀里,就像儿时那样。

"那个东西坏了!"母亲用干瘦的身躯迎接着他,"傻孩子!"

他抬起头,仔细地打量着周围的一切,屋里的一切与母亲链接时的场景完全不同。母亲和前两天判若两人,他竟然有些恍惚,仿佛这一切都是梦境,都是虚幻的假象。

"为什么?"他感到自己的声音有些哽咽,"为什么会是这个样子?"他清楚地记得母亲每次与他共享的世界都是温暖和阳光的,她一直说她生活得很好,快乐、安逸、无忧无虑,就像童话里的故事一样美好!

"这不是你的错!"母亲看着他自责,低声费力地说,"我怕你担心,让人偷偷在网络上做了一些改动,咳咳……"

母亲的呼吸听起来就像一台呼啦作响的风机,王暮生的心里一酸:"妈!您为什么要这么做?为什么要这样!"

她又剧烈地咳嗽起来,一直到咳出一口血痰,这才长长舒了一口气,缓缓地说:"我不行了,一年前医生就告诉我,这病没得救,核辐射的尘埃已经侵入肺里,没有多少日子能活了!哎,这么多年过去了,我已经习惯这里的生活,这些本来就没有什么,但是我不想让你担心我,才会一直瞒着你。"

他知道这么多年母亲总是一个人待在那座孤零零的山头,等待着父亲。

"妈,您不应该瞒着我,这样的话我就能多陪陪您!"

"我知道……我都知道!但是你有你的事情,你不能为了我放弃一切,你还年轻!"

"这个时代用虚幻蒙蔽了所有人的眼睛,我现在什么也看不见,就连自己的母亲是什么样子,我也看不清了!"暮生心如刀绞,悔恨万分。

"暮生,"母亲用尽力气说,"不管如何,你也不要迷失了自我!这,才是最可怕的。"

"要像我爸那样吗?"他的心头燃烧起一团炙热的火焰,"妈,你知道吗?爸爸找到了那颗星星,他还活着!"

听完王暮生的讲述,母亲已经陷入死灰色的眼睛里,又泛起了一丝生机。"我从来就不相信他死了,我每天都在这里等着他的消息,幸运的是我还是盼到了!"说完她闭上了眼,"累了,好想踏实地睡上一觉!"

他坐在母亲的身边,依偎着她,他要一直陪着她,直到最后一刻。

几天后的一个清晨,母亲费力地伸出了手,颤抖着抚摸过儿子的脸:"儿子,你感受到了吗?"

他拼命地点着头,他感受到了,那是一种生命远离的味道。

"暮生啊,把我挪到窗口那边。"她的气息幽弱。

王暮生抱起母亲,坐在房间的窗口处,他们一起望着那怎么也看不穿的黑夜。

他的耳边听到母亲开始轻轻地时断时续地哼起一个曲调,那是一首他儿时最爱听的歌谣,至今他仍然清晰记得其中的一句歌词。

"我们是……天上的星星,我们在……孤独的旅行……"

声音越来越弱,母亲那双布满沧桑岁月的手,慢慢划过他的脸庞,最后无声无息地垂落在床边。

泪水一滴一滴地落在脚下灰褐色的地上,像极了那天他在外面看到的那场寂静的雨。

"妈……"他对着母亲渐凉的身体喃喃自语,"我们并不孤独……"

他把母亲安葬在那座山的最高处,那里是母亲与父亲心灵最近的地方。

雨,在暗无天日的世界里一直下着。

他坐上车,几经周折,终于查到倩的真实地址。他太累了,他现在好想见到真实中的倩,他想躺在她的怀里,然后把所有的一切经历都告诉她,然后再对着她大哭一场。

他想从这场梦中醒来,带着倩离开这个像梦魇一般的地方。

带着沉重复杂的心情,他终于降落到那个光标指示的地点,当他走出车门后,呆呆地僵在了原地。

眼前只是一片荒芜的废墟,没有任何人类居住的痕迹,在黑色中堆积起来的土堆,犹如一座座巨大的坟墓,埋葬了他的所有幻想,还有爱情。

他用系统急切地链接着倩的名字。

"对方不存在!"系统的电子音冰冷地回答着,他的心被一柄重锤无情地击打着,碎裂了一地。

淅淅沥沥的冰雨,隐没在无声的天地间,暮生在一座早已倒塌的半截大楼前,长跪不起。他抬头望向天穹,在一片废弃的楼宇间,模糊地露出巴掌大的朦胧天空,里面透出一片灰暗,犹如一团燃烧的灰烬，淹没了他的身躯。

人类一旦沉溺于表面美好的虚幻之中，就会把自己归于虚幻中的一部分。现实和遥远对他们来说就是一种可怕的东西，他们不敢迈出那扇温柔梦乡的大门。

就像倩，他至今也无法知道，她，究竟是一个真实的人，还是一场虚幻的梦？

他蹒跚着爬进飞行车，用颤抖的手接通了李天宇："我要加入你们！我要成为一名开拓者！我要去那片星空！"

李天宇欣慰地点了点头："孩子！我们已经老了，那片天空本来就属于你们！"

尾　声

一年后，王暮生进入了地球空间站，在那里他成了新一批"开拓者"，他将乘着新一代迁跃飞船去远航。

他的第一站是父亲到达的地方，父亲去那里曾经用了 30 年的时光，而他将用不到 5 年时间就会踏上那片土地，与他同行的还有母亲的一抔骨灰。在那里他们一家人终将团聚，这是母亲最后的心愿。

沉入冬眠舱温润的保护液里，他的身体慢慢变轻、变亮。他感觉自己也变成了一颗天上的星星,在美丽的星云中飞翔。他为自己定下了一个目标,那就是永远不会停止,用足迹去寻找星空中更多的世界,真实的世界!

在走之前,他最后一次进入了系统,在那个虚拟的世界中他用尽最后的想象构建了一个庞大的奇幻梦境,那是一个关于他父亲的往事,那是一个关于仰望星空的传说。

他把它以广播的方式,共享给了所有虚拟世界的人。他要让每一个人都知道,宇宙中还有一片真实的广阔星空正在呼唤着他们。

"人类的梦该醒了!"他喃喃地说。

血主

地球上的外星人

文／阿胆

科幻
硬阅读
DEEP READ
不求完美 追逐极致

◆ 1 ◆

昔日的母校居然一点变化也没有，站在这里照张相，给不认识自己的人看，会以为是一百年前的老照片。

我就这么望着石冶一中布满血红色爬山虎的古旧墙壁，表面看像是发呆，内心却在反复梳理着自己此行的计划。但愿一切顺利，不要再出现纰漏。弱小即是原罪，为了给对手致命一击，我必须更深地隐藏自己……

正这般想着，不远处传来一阵说话声。一个家长模样的人正在校门附近对一个孩子唠叨："儿子，你必须好好学习，要向石冶一中的学生们看齐，对于宇宙间绝大多数文明来说，生存本身便意味着竞争……"

我看了那对父子一眼，不由心头一凛，低下头来，不敢再看——那可不是寻常父子，来头太大，大到在他们面前，我必须低首垂眉，弯曲自己，但那对父子却并没理会我。即便他们已留意到我特意放低的身段,也不会正眼瞧我一眼——谁又会把一个低等生物放在眼里呢?而我在他们面前,充其量就是这种身份,尽管我并不想接受这种残酷现实!

然而却有不开眼的,一个人边向那边走,边打断了那位父亲的话:"我说这位大哥,千万别让你儿子进这个学校。这里升学率虽高,但老师经常体罚学生。我当年在这里读书时,几乎天天挨打,身上总是青一块紫一块的……这学校,吃得差不说,还经常让学生从事体力劳动……千万别只看成绩……"

我向说话的那人望去,那人恰好也望向我。二目相对,我们同时一愣,然后笑了。

那人居然是我初中同学兼舍友——郑铁兵。虽然二十年没见面,我们却都在第一时间认出了对方。

"你来了?"他问。

我没回答,仅用眼神示意了他一下,便向校外幽静无人的小路行去。郑铁兵跟上来:"喂,你哑巴了吗?老同学见面怎么——"刚说到这里,两个保安和一位老师打扮的健硕男子便追了上来。其中那位老师模样的人率先开口:"你们两个给我站住?刚才你们为什么造石冶一中的谣?"

我和郑铁兵面面相觑,瞬间仿佛又被拉回到二十年前,成为两个惶恐无助的孩子。但真正让我们感到恐惧的并不是那位老师凶巴巴的神情,而是他的身份。我和郑铁兵都认出了他,王雷——二十年前我们的体育老师！当年我们那批同学都吃过他的苦头……

王雷继续咆哮："你们两个怎么回事？是不是实验中学那边派来的，你们是不是故意想败坏本校的名誉？"

郑铁兵连忙摆摆手："误会，误会。王老师您不记得我们了吗？我们都曾是您的学生……我们是来吊唁班主任林老师的……"

林老师也死了吗？怎么死的？我诧异地望向郑铁兵。林老师曾是我们的班主任，全名林娣，但我并不知道林老师的死讯——我来此主要是为了处理一桩发生在二十年前、但本质上远却比二十年前更久远的宿怨。

郑铁兵见我神色诧异，也有些讶然。

"我的学生？"王雷上下打量我们，"那你们更应该知道学校的规矩和传统！为了确保广大师生有个安静的教学环境，闲杂人等不允许靠近学校，更不能在此大声喧哗。"

"是，是。"郑铁兵赔着笑脸，"王老师，我是铁兵啊，郑铁兵，您还有印象吗？"

"铁兵？铁兵地产的郑总？"王雷狐疑地望着其貌不扬、穿着朴素的郑铁兵。郑铁兵是做地产的，如今已是小有名气的地产商、企业家。

"不敢当，不敢当。在王老师面前，我们永远是您的学生。"郑铁兵顿了顿，"王老师，请问林老师还住二十年前的老巷吗？听说林老师去世，我是特地赶过来的，我想去吊唁一下，送林老师最后一程。"

王雷面现难色，犹豫道："嗯，送林老师是应该的，但需要低调些……毕竟郑总是大人物，一举一动颇受关注。另外既不是外人，我还是明说吧，林老师是非正常死亡，并且是在学校出事的……最近警方成了学校的常客。一些家长已得知消息，纷纷指责学校不安全。其他就不用我多说了吧，你懂得……"

"谢谢王老师指点，我们一定注意，一定注意……"

辞别王雷后，我和郑铁兵先去吃了点东西。校门口的小饭店还在，那热气腾腾加了紫菜的馄饨是记忆里唯一的暖色。

我们都没喝酒，因为当年的一桩旧事，我们都各有心事，所以饭吃得很沉闷。

吃得差不多了，郑铁兵点了一支烟，才问："你真不知道林老师去世的事？"

"真不知道，这些年我一直没主动联系过老师和同学，当然你们也不会主动联系我。二十年前那件事对大伙儿影响太大，我们都想忘掉那次不愉快的经历，应该都不会主动去联系旧日同学吧？哦，对了，林老师的死你是怎么知道的？"

"我这些年一直在关注母校的新闻。早期创业略有小成后，我就专门找了一两个住在这附近的人，每年给点小钱，让他们帮我打听学校的消息。"

"看来你是真有心了……"

"你也一样，不然你为什么要回到这里呢？二十年之期已至，所有经历了那件事的同学，估计都会回到这里……比如你。"郑铁兵吐了一口烟圈，眼神刹那间变得犀利。

"我……我当然会来的。"我有些心虚，不自觉地避开了郑铁兵的目光。

"该来的一定会来，躲不掉的！"

"是啊，谁都躲不掉。"我点点头，"上个周末我遇见张帆了，他当了刑警，你们这些年有联系吗？"

"见过几次，但没以前亲近了。"郑铁兵听到张帆的名字，面色微变，"他跟你提到过我吗？"

"没有。怎么，你跟张帆是不是有矛盾？"

郑铁兵笑了笑，没有回答。

我只好循着刚才的话题说下去："他说前些天在市西区发生了一桩杀人案，死的是他的同学，当然也是我们的同学了，唐麻子，你还记得吗？"

唐麻子是我们那届同学中的大才子，写一笔好字和一手好文章，他有写日记的习惯，并且一直坚持至今。当年老师曾要求大家向唐麻子学习，要求每人每天写日记，很多文科较差的同学半天挤不出一个字来，都恨死了唐麻子。

郑铁兵浑身一震，脸色瞬间煞白。于是我半是试探、半开玩笑地问："你紧张什么？难道张帆怀疑你害死了唐麻子？"

郑铁兵表情严肃："别开这种玩笑。我和张帆只是私人恩怨，与唐麻子的死无关。你继续说吧！"

"据说唐麻子死状很惨……就像被吸血鬼吸干了似的，尸体干枯的像木乃伊……我觉得这不是一般的杀人案，这可能跟二十年前发生的那件事有关……"

郑铁兵神色紧张，努力平复了一下心神，才问："你是因为听说唐麻子被杀一事，才来的，对吧？"

"对。"

"现在林老师也死了——林老师的死跟二十年前发生的那件事可能同样有关联，所以我也来了！"说罢，郑铁兵神色一黯。

"其他人估计也会来。凡是与二十年前那件事有关的，可能都会来。比如张帆，他肯定会来，彭飞和贾明也会来。当年那俩人可没少欺侮你我以及张帆，而现在你是大老板了，张帆也当了警官，明天那俩人若见到你们，不知会做何感想，会不会自惭形秽……"

◆ 3 ◆

次日是个阴天,这种天气在这座城市很常见。

我和郑铁兵一大早赶往林老师家,按本地风俗,非血缘关系的人下午是不能吊唁死者的,这也是我们昨天没去林老师家的原因。

远远地,便望见林老师家所在的小巷里聚集了不少人,这使得原本狭小的巷道更加拥挤不堪。林老师昔年虽然对我们非打即骂,冷嘲热讽,但却一辈子没享过福,一直住在这样的平房里,也怪不容易的……

默然前行,不觉间转过一处屋角,迎面突然出现一个幽灵般戴着头套、只露出口鼻的黑衣人。郑铁兵被吓了一跳,惊问:"谁?"那人看样子也被吓到了,连退数步。

"大白天的穿成这样儿,有病啊你?"我瞥了一眼那个穿着套头衫只露出眼睛和干涩口唇的黑衣人,不由也是一愣——怎么会是他?好吧,先不管这么多了,就当没认出来。总之来的人越多,越对我有利。我拉了一把郑铁兵,"走吧,这人可能脑筋有问题。"边说,我边悄然向走远的黑衣人弹动了一下手指。

这时,附近一个老年人也看到了那个黑衣人,疑神疑鬼地问:"哎,小伙子,你咋穿成这样儿?你是孙守福他儿子吧?"

"不,不是……你认错了……"黑衣人语音微颤,一阵惊慌。

"我怎么可能认错呢,小福子原来就在我们单位开车,你跟他年轻时长得一模一样,肯定是他儿子!唉,快二十年没见了吧?听说你爸去了南方,发了大财……你爸最近咋样啊?"

老人嘟嘟囔囔唠叨个没完,黑衣人却不回答,转身便走,身影渐远……

很快到了林老师家,院子里很多人,除了王雷等老师,还有很多熟悉的面孔,比如张帆、彭飞和贾明,此外还有不少曾经的同届校友,只是大家都阴沉着脸,目光中的惶恐显而易见。

看到这种目光,我和郑铁兵心里都很难受,唯一不同的是,我没有他们流露出的那种深深地绝望感。

张帆一眼就看到了我和郑铁兵,随即主动凑过来,先是对我点了点头,然后盯着郑铁兵,悄声道:"哪天不忙时,我会去找你的。"

郑铁兵淡淡回道:"欢迎之至。"

王雷则神情紧张,一直留意着郑铁兵的一举一动,应该是怕有人认出这位著名企业家,引来不必要的麻烦。他如今多半当校领导了,自然会更加看重学校荣誉。好在郑铁兵穿着朴素,扎在人堆里并不显眼。

同学相见,远没通常的那种寒暄叙旧。一是场合不对,二是大家此行几乎都是同一个目的,都是为了一个跟随了自己二十年、挥之不去、无法摆脱的噩梦……我的这些同学性格各异,不少人原来都性格活泼开朗,但一切都定格在了二十年前那一天的一次匪夷所思的恐怖遭遇——如今沉闷阴郁几乎成了我们共同的特征。

大伙儿都是默默的,表情阴郁,逐个向林老师的灵位鞠躬。人群中个别闲人见我们面目庄肃,态度恭谨,不由悄声称赞:"看人家林老师,真没白活,这么多学生来悼念,这辈子,真值了!"

但就在这时,正在进行家属答礼的林老师的丈夫突然爆发,这个原本沉默寡言的瘦弱男人在那一瞬仿佛充满了力量,面目狞厉地瞪视着我们,怒问:"你们这些人真是来悼念我老婆的吗?"

大家都呆住了,一个个面如死灰。

"你们还不都是因为怕死?你们真正想要悼念的是我老婆吗?"林老师的丈夫愤怒地挥动手臂,"出去,你们全都给我出去!"

话既然都说到这个份儿上了,我们也就没了留下来的理由,大家陆续离开,就像来时一样沉默。

中午时分,我们在远离林老师家的一处偏僻小饭店找了个包间,前期过程就像是我和郑铁兵昨晚吃饭时的放大版,一片死寂,直到服务员端上最后一盘菜,再关上门之后,才有一位同学问张帆林老师到底怎么死的。

张帆摇了摇头,沉着脸回答:"这案子由本地警方负责,不归我管……我只知道林老师的死跟此前的一个案子作案手法有些相似——唐麻子的事想必你们都听说了吧？也是咱们的同学，学名唐继祖。唐继祖独居，是死后第三天才被发现的。他的血被吸干了，身体干瘪，体液几乎一点没剩。"

又是一阵静谧。几乎能听到彼此的呼吸！

气氛相当压抑。良久，一向脾气暴躁的彭飞终于忍不住了，一拳砸在桌子上："别一个个沉着脸装死，明说吧，你们心里是不是都在暗暗怪我？"

贾明在学生时代是彭飞的帮凶，但现在却因生活所迫变得胆小怕事，他忙拉拉彭飞的衣角，示意其不要浮躁，但后者却不领情："一边去，我怕谁？不服的给我站出来！"

郑铁兵横了彭飞一眼："本来就怪你，这还用说吗？"

"难道你就一点儿责任也没有？我可告诉你，郑铁兵，别以为你现在混得不错，我就该怕你！不错，我现在只是个修车的，但你信不信，二十年前我能把你踩在脚下，现在也一样能！怎么着，不服是吧？是不是觉得自己现在要人有人、要枪有枪，就认为我该怕你了？你的枪呢？拿出来给大伙儿瞧瞧啊，或者有种你就照我头上来一枪？"彭飞一肚子邪火，近乎挑衅似的向郑铁兵倾泻。时位移人，大概是心理失衡了。

"就你那脑袋，值一粒枪子钱吗？"郑铁兵故意反唇相讥。

……

眼见两人就要动粗，张帆急忙喝止二人："牛啊你们！要不要我先给你们备个案——寻衅滋事以及私藏枪支？"

彭飞忌惮张帆的身份，没敢顶撞，嘴里只含糊不清地念叨着："你们'三傻'都是一伙的，警匪勾结……"

张帆凛然："你们的私怨以后再说。今天咱们干什么来了？说正事，当年的事我们的确都有责任，可是彭飞，你承不承认你责任最大？"

彭飞一脸无赖相："现在说这些还有用吗？还是先顾眼前吧！现在的问题是：二十年前的诅咒应验了。最近唐麻子死了，接着林老太婆也死了，接下来会轮到谁？我们该怎么办？"

"我觉得这件事我们应该理性看待。"朱辉说话了，他初中时学习成绩中等偏下，但中考前开了窍，考上了重点高中并成为学霸，其后一路顺利，进入重点大学，再硕博连读，目前已是省级科研单位的知名专家。他讲话比其他人有条理，看问题也更深入。他徐徐说道："这些年里，我总是忍不住回忆当年我们所共同经历的那件事，因为反复回想，同时又联系到近日唐继祖和林老师的死，我隐约发现其中几个疑点……

"首先，我认为当年的经历虽然诡谲难解，但无论如何都不可能是个超自然事件，更不可能是什么染血的诅咒……的确，因为彭飞和贾明的欺凌，同时也因为我们的麻木不仁、袖手旁观，最终导致了胡晓亮同学因一时激愤，跳崖自杀。的确，在跳下深不见底的悬崖大约半小时后,在我们以为胡晓亮已必死无疑的情况下,他又浑身是血、面目扭曲地爬了上来,并无限怨毒地对我们说过:'我绝不会原谅你们!二十年后,你们必须回到这个学校,谁要是不回来,谁就得死!'当时目睹那番场景的我们都吓坏了,大伙都一哄而散,是这样吧?"说到这里,朱辉以询问的目光环视众人。

众人默默点头。

朱辉又问:"那后来呢?爬上悬崖后的胡晓亮去了哪里?是生是死,我们知道吗?"

张帆接口:"我查过,在警方的记录上,那是一起失踪案。胡晓亮生不见人,死不见尸……"

"嗯,的确是这样。"朱辉点点头,"我也让相关朋友帮我查阅过卷宗,胡晓亮的状态的确是生死不明。"

"但这又能说明什么呢?"贾明问。

"仅凭这一点当然不能说明任何问题。所以我想说一下第二个疑点。但在说第二个疑点前,我想再问各位一句话,胡晓亮去世多久了?"

"二十年零三十七天。"女生心思较细,对时间节点更为敏感。一个女同学脱口而出后,突然睁大眼睛,愣了一瞬,才又说道,"对啊,早过了二十年了,看来就算胡晓亮诅咒过我们,但这诅咒也已经过期了……"说到这里,那女生不觉面上一松。

"回答正确。"朱辉点头以示默许后,又说,"第三个疑问,唐继祖和林老师是当年事件的亲历者吗?"

彭飞撇嘴表示不屑:"唐继祖当年是班上的学习委员,每次劳动专挑成绩不好的,当然不会有唐继祖。"说到这里,彭飞已明白了朱辉的本意,但却依然强辩道:"但若胡晓亮因此更忌恨唐继祖并率先拿他开刀呢?还有林老太婆,她对胡晓亮经常冷嘲热讽,难保胡晓亮不想先收了她这条老命解恨。"

郑铁兵一向最看不惯彭飞:"照你的思路,那你说胡晓亮会最恨谁?要死,也是你和贾亮先吧?"

"滚一边去!我欺负胡晓亮不假,但你们当时同样见死不救,胡晓亮真要报仇,你们一个都跑不掉。"

"我们不是见死不救,是你当年太霸道,没人敢出头。"郑铁兵边说边站起来,语气陡然变得冷峻,"另外,'滚一边去'原物奉还,请收好!现在不是从前了,你们汽修厂的老板如今见了我也得点头哈腰……跟我说话前你最好先掂量一下自己的斤两。"

彭飞目中陡现一抹戾色:"是不是手里有俩臭钱就以为自己了不起了?信不信我现在就能让你站着进来,横着出去?"

眼见这俩人又要暴走,朱辉连忙阻止:"别扯远了!先听我把话说完。我要说的是:我们不要轻易将这件事简单地视为一种诅咒,这其中疑点重重,极有可能暗含一个目前我们还不知道的阴谋。"

朱辉的话点醒了众人,一个男同学补充道:"还真是这么个理。即便胡晓亮要报复，也应该先报复咱们这些人才对。再说了，就算胡晓亮要报复，为什么偏偏要让我们等二十年呢？"

"你们没看过恐怖电影吗……胡晓亮若是个地缚灵，那就只能让咱们来这里……另外他当时或许能力不够，需要先修炼二十年才有能力对付我们也说不定……" 贾明和彭飞其实是这群人中最担心胡晓亮来索命的，同时也是最希望胡晓亮的所谓诅咒是不成立的，但人就是这样，因为害怕希望落空，所以总会提出相反的意见。

朱辉直接否定："你就别宣扬迷信了，科学角度，根本不可能存在诅咒一说。"

"那照你的意思，唐继祖和林老师的死你真敢保证与胡晓亮的诅咒无关，是吗？"贾明追问朱辉。

"应该是巧合，只不过正巧发生在二十年后，结果就让我们想多了……"

彭飞再次唱起反调："但那么深的悬崖，谁摔下去还能活着？就算是只猫，掉下去也上不来吧？你觉得胡晓亮摔下去后还能爬上来吗？如果他爬不上来，那爬上来的那个浑身是血、五官变形的家伙又是谁？"

众人好不容易才平复下去的恐惧被彭飞再次撩拨起来，一个个顿时脸色煞白。

"那你说当时从断崖下爬上来的人是谁？"郑铁兵反问。

"我哪知道!"彭飞横了郑铁兵一眼,"你们扯吧,不奉陪了,爱咋着咋着,反正我光棍一条,怕个鸟儿!"说着看看手机上的时间,"晚上还要加班,散了,散了……"说完嘭的一声,甩门而去。

贾明随即也跟了出去,有人在窗口唤他们回来,二人却连头都没回。

"甭理这俩蠢货,大家二十年没聚,借今天这个场子,先好好喝一场。明天该干什么干什么去!来,来,先让我们一起与往事干杯……"朱辉举杯,宽解众人,率先一饮而尽。

大家受他感染,都跟着举杯。

酒精让心灵逐渐进入一种混沌状态,气氛渐趋热闹。

朱辉越喝话越多,开始给大伙儿讲科学的魅力,说未解的科学之谜比任何迷信都更加不可思议,讲科幻电影中的场景——说外星人——时间机器如何如何之类——并说若是有了时光机,就能回到过去,去查明林老师和唐继祖的死因了,然后又说了一大堆专业术语,把众人唬得一愣一愣的。

我也喝了一些,但心里那根弦却一直绷着,没敢忘记此行的目的。所以当朱辉聊到时光机时,我便故意插了一句:"若能回到过去,那咱们应该回到更早的过去,阻止那辆大巴来咱们学校,这样胡晓亮就不会死了!"

一句话,让众人的心又是一沉,瞬间冷场。

为缓解尴尬局面,郑铁兵打着酒嗝拍了拍我的肩膀,打趣道:"兄弟,真有时光机,咱们干脆就回到胡晓亮父母年轻的时候,然后想方设法给胡晓亮他妈另寻一个人家,让胡晓亮他爹打一辈子光棍,找不着媳妇、结不了婚、生不出娃,岂不是更好?"

话音刚落,门被推开。

一位风霜满目、面含怒色的老人推门而入,之后又迅速将门关上,拎把椅子坐下,喷火的目光扫过每个面孔:"真正不该生出来的是你们,是你们这些害死晓亮的东西!"老人怒视着我们,半晌之后,又是一声叹息:"唉,那样也好,早知道晓亮会被你们害死,我宁可打一辈子光棍,也比忍受这二十年的煎熬强。"

"您是胡伯伯吧?"朱辉问。

"你们配叫我伯伯吗?"胡伯一句话将朱辉顶了回去。众人汗颜,一时无语。而胡伯这时,却悄然摸出了一把刀,指向大伙,"告诉我,晓亮到底是怎么死的?"

"胡伯伯,请您冷静,您听我说……"作为警察,虽是休班状态,张帆却不得不挺身劝阻。

"我很冷静,我只是想找到害死晓亮的凶手。当年警方只跟我说晓亮失踪了,可我不相信,因为我知道一直有人欺负晓亮。等了这么多年,一直到今天,你们终于凑齐了。告诉我,究竟是谁害死了我儿子?"

包厢里一片死寂,恐惧已经扼住了每个人的发声器官,只剩下极其细微的呼吸声。

此时此刻,众人都产生了一种莫名的恐慌以及宿命感,以为胡晓亮的怨魂正借助他的父亲,前来报仇。

而我的思绪,也在这一刻,飞回到了二十年前……

◆ 4 ◆

每个时代都有自己的特色,而我们读书的年代,体罚成绩不好的、淘气的学生,或变相组织义务劳动算是常态,至少石冶一中是这样。

那是一个阴天。学习委员唐继祖从林老师教的两个班里挑选了一批"精英",交待了一句要大伙进山里观摩、打扫某工厂,之后就将我们一群同学送上了一辆大巴车。

那些人中包括在座的每一个人:屌丝逆袭的郑铁兵,从面团到猛男的张帆,后来居上考上重点高中为母校争光的朱辉……当然也包括只活到了那一天的胡晓亮。

孩子们的世界总有简单的一面,随时随地都可以找到乐趣。因此那天除了我之外,没人留意到那辆大巴车有什么问题,大伙只顾着在车上嘻嘻哈哈胡打疯闹,直到车子开入人迹罕至的山区,大家才隐隐感到一丝不安。

率先反应过来的是朱辉,他比较有头脑。他见道路越来越偏僻,便悄声问大伙儿:"咱们这是要去哪儿啊?不会是被人贩子整车拉到山里卖掉吧?"

他的判断当然不对,没人敢拉了一整车学生去卖掉,当然也没谁敢买这么一大群半大学生。这样又行了约莫半小时光景,司机在山里找个僻静处,终于停车。四下望去,这时满目皆山草树木,前不着村,后不着店,但司机却说位置不错,让大伙先放松一下,然后顺便为大伙儿免费做个体检,无非就是称体重、测血压、血型化验和采血之类。

虽然不明白为什么要体检,可大家还是照做了。在那个年代,很多人缺乏自我意识、只知道绝对服从,客观上来说,是介于智慧生物和低等动物之间的一个物种,类似蜜蜂或蚂蚁。

我是最先几个做完体检的人之一,做完之后,因为内急,我便往山坳里走,找个隐蔽处,刚解开腰带,身后忽然有人叫了我一声,是胡晓亮,我不由打了个哆嗦。

但胡晓亮比我更胆小,连撒尿也想找个伴儿。采完血后他就一直在车旁觑着,直到见我走向树林,才悄然跟过来。

在学校里,我和胡晓亮都属于弱者,不过胡晓亮更弱,处于食物链的最底部。学生圈子里把我、张帆、郑铁兵和胡晓亮合称为"三傻一痴",平日里我们都是被人欺侮的对象,但我们"三傻"与胡晓亮这"一痴"之间并无交情,所以当时除了共同解开裤腰带之外,也便没有多余的废话。

正尿着,更深的林子里,突然传来紧一阵慢一阵的说话声,像是在吵架。因为距离较远,只隐约听到这样几句对话:

"这帮孩子身体没问题,抽点血死不了人的,你不想分钱了?"

"大哥……但把他们都留在这里不好吧……你就不怕出事?"

"胆儿小个啥!有个屁的危险?他们能自己走回去……"

"还是将把他们送回去更保险!咱可别因为挣点儿小钱弄出大事儿!"

"小钱,那是小钱吗?你怎么不多挣点儿这样的小钱给我看看……送回去风险更大!别瞎操心了……"

……

我跟胡晓亮对视一眼,他看上去很惶恐,不断地低声问我:"怎么办……听声音是车上接我们的人,但穿白大褂的那个人还在车上,应该是另外两个。怎么办?有点儿不对头……"

"的确不对头。"我心里也很懊恼,但血都被抽了还能怎么办?于是我说,"就当什么也没听到……记住,千万别多嘴,小心被灭口!"

"好,我……我听你的。"胡晓亮吓得面色惨白,跟着我小心翼翼退出树林。

剩下的人很快完成体检,这时在林子中说悄悄话的那两个人也出来了,其中一位黑着脸对我们说:"你们体检结果都不合格……工厂不让进,另外车子出了点问题,得修,你们都先下车玩会儿——全体都有,下车……"

除了我和胡晓亮之外,其他人都乐疯了,感觉像捡了天大的便宜,没干活,还能免费郊游,这种好事儿哪找去。

但众人刚下车,那司机却突然暴踩油门,轰的一声开走了。大家猝不及防,一个个瞠目结舌呆立原地,过了老半天才反应过来。

"唉,车怎么跑了?"

"我哪儿知道啊?"

"怎么办啊?"

"是不是碰到了人贩子?"

"人贩子会丢下你独自跑掉吗?难道他们傻!"

"不是他们傻,是你傻!"

"你才傻!"

……

众人七嘴八舌乱作一团,正争吵间,远处山中突然轰隆一声闷响,天空随即便被一片惊慌的鸟影和漫天烟尘覆盖,脚下的大地也跟着抖了几下,大伙儿以为是地震了!

不过很快周遭又归于沉寂，仿佛什么事也没发生一样，只是天黑了。

那个年代学生们还没手机，周末才被允许用 IC 卡打电话，山里却没有电话亭，无法与外界联系。这让一群半大孩子都有些慌，特别是胡晓亮，其间一次次偷瞄我。我明白他是在征询我的意见，想将此前听来的话说出来。我却一次次摇头否决，示意他不要声张，以免让大伙怪我们为什么不早说。

一直等到约莫六点钟光景，也没见山路上有车辆经过。一向性急的彭飞不耐烦了，表示不等了，要大伙儿随他一起步行回学校。没人敢忤逆他，他是学校一霸，只好听他安排，而且天快黑了，再等下去也毫无希望。

一群人看看太阳的方向，决定穿过一片树林抄近路回城。结果徒步在林子里走了好久，却迷路了。这时天越来越黑，再加上被抽了很多血，大家都有点儿虚，越走越没力气，越走越不敢走了。特别是胡晓亮，一路上患得患失、支支吾吾数次欲言又止，彭飞因此察觉到不对劲，便问胡晓亮到底想说啥？

胡晓亮满心恐惧，又饿、又怕，便不顾我的眼神阻止，把在林子里听到的话重复了一遍。不过他人还算义气，只说是自己听到的，并没拖我下水。彭飞一听就怒了："这么大的事儿，你为啥不早说？我早就觉得不对劲了，体检用得着抽那么多血吗？咱们肯定是被坏人骗血卖钱了！"

彭飞越说越怒，一腔怨气全都发泄在胡晓亮身上，甩手就是两记耳光。

胡晓亮口鼻冒血，又痛又怕，忍不住哭了。

"哭，哭就不打你啦？"彭飞的狗腿子贾明趁火打劫，跟着一脚将胡晓亮踹翻。

我担心胡晓亮会把我供出来，便上前打圆场："都是同学……"

没等我说完，彭飞一拳打过来，"同你个屁学，敢管闲事儿我连你一起揍。"说着，便将脚踩到胡晓亮脸上极尽羞辱地碾压！

接下来的一幕大伙都没有料到。因为胡晓亮一向逆来顺受，所以当他陡然哭着一把推开彭飞的脚，并大叫"我跟你拼了"一跃而起时，众人都大吃一惊。

彭飞见他居然敢反抗，怒火更甚，拳头便像雨点般砸过来。胡晓亮一直受彭飞欺凌，积郁的怒火集中暴发，竟不理会对方落到自己身上的拳头，直接一拳击中了彭飞的下巴。彭飞一阵摇晃，差点没站住。

彭飞没料到胡晓亮竟敢还手，怒意火山一样爆发，捡起一块石头便向胡晓亮砸去。

胡晓亮见势不妙，彭飞和贾明又是二打一，于是拔腿就跑。

"小王八蛋，你跑不掉的！贾明，从那边包抄他！"三个人影，一前两后很快融入黑暗之中。

剩下的同学中朱辉算是大伙的主心骨。他说:"别愣着了,快追!彭飞急红眼了,可别真把晓亮打死了!"大家都很害怕,纷纷追上去。

一群半大孩子如同受惊的小鹿,在幽暗的密林中深一脚浅一脚急行。远远地,前方出现一处断崖,慌不择路的胡晓亮已经被逼到断崖尽头。彭飞这时又捡起一块石头,狠狠向胡晓亮砸过去:"我叫你跑!"

胡晓亮躲无可躲,石头砸中胳膊,摇摇晃晃蹲了下来。

贾明怕出事,奔过来拉住彭飞,不停地劝,但彭飞却不依不饶,指着胡晓亮狂叫道:"你必须为刚才打我付出代价!"

"你打过我多少次了?你付出代价了吗?你还能杀了我?"胡晓亮的态度依旧强硬,四溅的泪水和鼻涕混在一起,糊了一脸,看起来虽然狼狈,却有一种悲壮感。

彭飞见胡晓亮还敢顶嘴,狂性大发,拼命推搡着贾明,要冲上去:"我杀了你多没意思,我偏偏天天打你!反正谁都讨厌你,没人同情你,你这废物生下来就是供大家玩乐的!"

这句话似乎令胡晓亮受到了沉重的打击。他是转校生,成绩不好,在学校又经常被彭飞、贾明欺侮,又不招老师喜欢……"啊——"胡晓亮悲愤向天一声狂叫,"我受够了!我再也不要这样!"双腿向后一蹬,人便向崖下坠去。

当这一切真的发生，大家才惊叫着扑过去，但这是悬崖，下面虽不是万丈深渊，但也雾气迷蒙，深不见底，什么也看不清。

大家能做的，只是一脸焦虑地往崖下看，并急切呼唤胡晓亮的名字。

山野寂寂，只闻回声。

彭飞脸色苍白，嘴里不住念叨："真跳了，他真跳下去了！"

大家都对他怒目而视，他见触怒了众人，便不再那么硬气……

"还愣着干吗？快想办法救人吧！"朱辉提醒大家。可一群半大少年能做什么？连条绳子也没有，下面又那么深，别说是未成年人，就是成年人也束手无策。

大家在崖边焦急无助地徘徊，半天也没想出救胡晓亮的方式，但却意外地发现了一些零星散落的金属片，其中有些上面还有字——是此前拉我们进山的那辆大巴车的一部分！

看碎片散落的情况，与不久前发生的那声沉闷的巨响应该有关，那辆大货车看来是爆炸了。

"死了，都死了……"当时有位女同学吓得不轻，不停地嘟囔。

彭飞更是面色阴郁，逼死同学可不是小事……其他同学同样内心惶恐，后悔没能及时阻止彭飞的霸凌行为，后悔自己的见死不救，袖手旁观。

一群人慌慌的，大眼瞪小眼，你看看我，我看看你，一时间都没了主意。

良久，彭飞才望着众同学，试探着问道："能不能这样，反正事情都已经发生，胡晓亮肯定死了！咱们谁也别提这事儿好不好？只要咱们坚持不说，其他人不会知道的。"

大家虽然觉得他不是东西，但心里却都没异议，因为每个人都胆小，都不想惹事上身受学校处分，同时又都内心不安……众人一时间鸦雀无声。

朱辉率先打破沉闷："这样也行，不过你说得并不全面。没人问咱们，咱们就不说，但警察如果逼着问，咱们就都赖在那帮骗子头上，咱们就说是那帮骗子把咱们骗到这里，抽了血，又要拐卖咱们，咱们识破了他们的阴谋，都跑了，就胡晓亮留在车上，他们还开车追我们，结果一不小心，掉下崖了！"说到这里，朱辉似乎蓦然想到了什么，怔了一下才继续说道，"我找到路了——车是没法在树林中开的——车既然是在这附近爆炸的，说明公路就在这附近……"

大家再次燃起希望，之前的恐惧和自责也都驱散了不少，大家打起精神，跟着朱辉向车辆爆炸的崖边寻去。刚走到附近，就听到悬崖下面传来了微弱的呼救声："救命……救命啊……"

声音像是胡晓亮的！众人面面相觑，隐隐然都从对方眼球里看到了恐惧。

那声音又断续传来："救命啊……救……"

细听良久，郑铁兵鼓起勇气问了一句："你们听，会不会是胡晓亮？"

"那么深的断崖，摔下去谁还能有命？"朱辉反问。

"若是没掉下去，被崖边的树挂住了呢？"张帆反问。

"我们都看过那处断崖，你看到有树了吗？简直寸草不生。"朱辉提醒。

"如果胡晓亮死了，那喊救命的又是谁？"

"会不会是鬼？"

……

众人你一言我一语正在争论，突然有个眼尖的女生手指断崖方向一声尖叫："啊，鬼！"顺着那女生手指的方向望去，这时，正有一只灰色的手探出悬崖，摁在崖边的地面上！接着，一个满身血污、五官挪位、整张面孔就像一个血葫芦一样的怪物已爬了上来……大伙一见之下，顿时魂都飞了，拔腿就逃。

那个怪物本来还在呼救，但见众人逃离，骤然间胸腔里便爆发出一阵令人亡魂皆冒的咆哮："我绝不会原谅你们！二十年以后，你们必须回到学校，谁要是不回来，谁就得死！"

这咆哮听来根本就不像一个垂死者发出的，那声音异常凶悍暴戾，直入心魂，充满着一种不容抗拒的魔力。

◆ 5 ◆

关于胡晓亮的一切，郑铁兵、朱辉、张帆以及其他同学，大伙相互补充着，都对胡伯讲了。这原本也没什么可隐瞒的。之前大伙不愿提起，主要是因为内心的恐惧以及深深的负罪感。但在一个痛失爱子的老人面前，大家只能全无保留，和盘托出。

大串大串浑浊老泪从胡伯面上扑落。一位女同学递过一张餐巾纸，胡伯却没接，只是问了句："你们说的都是真的吗？骗未成年人献血挣不到几个钱，那些人为什么要那么干？"

"但这都是我们的亲身经历，我们没理由骗你吧？"郑铁兵回道。

"好，好。"胡伯的目光逐渐坚定起来，"我宁可晓亮真的变成厉鬼，也比他那么无声无息地死了强。后来的事我都知道了，你们集体撒谎，警方没查到真凶，晓亮的妈妈精神崩溃，他远在老家的爷爷也自杀了……只剩下我一个，我一个……"胡伯边说，边将手摸向桌上的刀，"谁是彭飞和贾明？出来吧！"

张帆在此期间一直留意着胡伯的动作，见他正欲拿刀，张帆已一跃而起，牢牢锁住了胡父的手臂。胡伯又惊又怒，拼命挣扎。张帆虽然身强力壮，但一时间也无力制住一个一心想复仇的人，于是大喊："郑铁兵，快帮我，快……"

在场的同学中郑铁兵并不算是最强壮的，但张帆情急之下却首先想到了他。

郑铁兵面目阴沉，似是有些不屑，直到张帆连喊三遍之后，才伸手去拉胡父的手臂，看上去也没用多大劲儿，但胡父却一声惨叫，随即手臂软软地垂了下去，刀也随之落地——余人皆惊，都没想到郑铁兵竟有如此身手。

胡父武器脱手，整个人如同被掏空了一般，颓然倒地。但张帆却仍摁着胡父不放，并怒问："林老师和唐继祖是不是你杀的？"

胡伯沮丧地低头抽泣，却不回答。

"难道真是他杀的？"一个女同学惊问。

张帆摇摇头，正色道："这需要证据，先送派出所吧！"说到这里，突然神色一凝，竖起了耳朵。与此同时，一阵慌乱的脚步声正向这边奔来，其后是急促的拍门声和一阵让人脊背发凉地哭喊："救命啊，救命，鬼，鬼！"是贾明的声音。

大家再次骇然，都不敢去开门。

最终还是张帆捡起地上的刀，小心翼翼拉开门栓。

门刚松动，贾明便屁滚尿流一身恶臭地滚进来："关门，快，鬼，不，妖怪……"贾明眼中满是透骨的恐惧，眼神都散了。

"鬼是不存在的……是……胡晓亮吗？"朱辉看到贾明吓成这样，不由也有些心慌。其他人更是面如死灰，七手八脚去关门。但这时一股巨力却突然撞到门上，正要关门的几个人瞬间被撞飞，之后飞起的身体又砸在其他人身上，大伙儿横七竖八倒了一地。

"各位好啊。"来的人竟然是年过半百、背上还不伦不类背着一个箱子的王雷，若非亲眼所见，又有谁会相信仅凭他一人之力，就能撞翻整屋子人呢？

"他，他不是王雷！他只是变成了王雷的样子！他咬住彭飞的脖子，把彭飞吸、吸干了……"贾明口齿打结，身体抖作一团。

来人的确不应该是王雷，因为王雷不可能杀彭飞。

彭飞当年在学校经常欺凌同学，惹得一些家长多次来学校讨说法，王雷都护短拦下，以各种理由为其敷衍开脱……彭飞成绩虽差，体育却在全校数一数二，一直被王雷当成个宝！

那"王雷"看来却十分惬意，进来后先将门反锁上，然后坐定，悠然扫视众人，众人都本能地感受到了一种深入骨髓的恐惧。

我同样也怕，因为恐惧本身便是我基因的一部分……

"王雷"缓缓取下背上的箱子，打开。里面是很多根精致的针管，标着号码，他指着那些针管说："跟二十年前一样，每个人抽一点血。"他并没说不照做会怎样之类，可在场的每个人都觉得，这句话本身就是必须要执行的铁律。

张帆相对镇定:"是不是你杀了林老师和唐继祖?"

"王雷"笑了笑,答非所问地说道:"我现在的表情自然多了吧?"

张帆忽然举刀:"别动!"

"王雷"冷笑,手臂微动,张帆便已惨呼失声,那把刀连同他的三根手指,竟然都被扯落,掉在地上的刀,也已断为两截。地上满是鲜血。血腥、尖叫与惊呼瞬间充斥室内。

"安静!谁再乱叫,死!"说着,王雷蹲下身,捏起地上一根断指,放到嘴里陶醉地吸吮起来,那神情就像在享受山珍海味。

几秒钟后,他咂咂嘴,自语道:"嗯,不是你。你不用抽血了,其他人照抽。"

这时候谁还敢反抗?大家只得照做。相对冷静的是郑铁兵。他在轮到自己抽血前,竟没忘记先蹲下给张帆包扎伤口。他俩骨子里还是好朋友,患难见真情。王雷并没有阻止,只是冷冷地看着。

过不多久,所有人抽血完成。拿着最后一支针管,"王雷"两眼放光,口中念念有词,一副情难自禁的样子:"呵呵,都别动,先让我尝尝这些血。"

"等等。能不能先回答我几个问题?"朱辉鼓足勇气说道。

"可以,你问吧!"

"我想知道你到底是谁?但请别跟我说你是什么吸血鬼或妖

怪之类，因为我是个科研人员，我想要听到的是科学的解释！"

"王雷"赞赏地点点头："胆量不小，搞科研就应该这样。我们星球上的科学家都像你一样，都是勇士，这一点我要赞赏你。反正你们都必须死，我可以让你死个明白。

"我来自夜晚你们抬头看到的星空，具体位置说了对你们来说也没用。我是个星际猎人，来地球的目的是为了寻找一种猎物。不幸的是，二十年前我刚落地，便被一辆突然冲过来的大巴车猛烈撞到，发生了爆炸。

"幸亏我的宇航服质地不错，救了我一命，但我的宇航服还是被爆炸的气浪撕裂了。我当时虽没死，却浑身严重烧伤，亟须救治……我的种族类似你们地球上的虫类，在饮食需求上，我们更接近水蛭，当时我若要活下来，必需补充足够的新鲜血液，然而那辆大巴车上只有两具完全烧焦的尸体，这对我一点用处也没有……我绝望了，可这时，崖顶突然掉下一个人来——那是个人类小孩！"

本来认真听的只有我、朱辉、郑铁兵和一直忍着剧痛的张帆，其他人都被吓得神志不清了，甚至对这家伙号称天外来客都没有什么感觉，直到他说崖顶掉下一个人类小孩时，才引起所有人的注意。

其中最激动的自然是胡晓亮的父亲。老人一听这话，瞬间双目血红，狂叫着冲上去，但他怎么可能是外星人（王雷：以下统称外星人或猎人,因其身份是星际狩猎者)的对手?他瘦弱的身躯在接触外星人的一瞬间便轰然倒下,再无声息。如此一来,其他人便再不敢妄动,只能老老实实听那外星人说下去。

"我的目的并不是杀人,可我必须活下去,那小孩跟我无冤无仇,但落下来的时机却不对,这只能怪他倒霉……我当场吸了他的血,感觉好了一些……另外我的身体大部分都烧坏了,恢复难度太大,于是我索性将自己'嫁接'到他身体上。

"宇宙间有很多生物,能够在食用其他生物后对其进行模拟,但遗憾的是,我的种族虽然属于这类,却不高明——我们要伪装成其他生物,光靠自身的模仿能力是不够的,还需要借助特定的设备,飞船里本来有这种设备,但烧坏了,不能用。此外还有一个办法,这就跟我来地球的目的有关了。"说着他指了指箱子中那些刚抽的血,"我需要一种特别的血型,有了这种血,即便暂时没有设备,也可以融合我与被嫁接生物的基因。但那孩子的血显然不属于这类,也不可能属于……

"因为融合不成功,我整个五官都挪位了,这在地球上是很难隐身的,可偏偏就在这时,我发现不远处有一个很大的箱子。这箱子应该是那辆大巴车上的,大概是在大巴车撞击我的飞船的那一瞬间,箱子飞了出来,这才没被烧毁。本来箱子里无论装的是钱还是别的货物,我都不会有兴趣,可我当时竟闻到一股再熟悉不过的味道,那是我的种族最爱的一种血的鲜香!

"我欣喜若狂,打开箱子!里面果然是血,我当时一管接着一管急切地喝着,感觉精力又源源不断地回来了。更可喜的是,到第九管血时,我竟真的尝到了那种我一直在寻找的血型!"

外星人森森然环顾了四周一圈:"这之后,我听到崖顶上隐约有人说话,便开始向上爬。一边爬我一边用大脑中内置的拾音器放大自己所能收听到的音量,并不断在我的词汇库里搜寻能与你们人类交流的方式……"

朱辉忍不住问:"你当时就能听懂我们说话?"

"宇宙间的智慧生命千姿百态,你们哺乳类生物大多靠声音传递信息,发声也很相似。虽说我来地球只是临时的决定,但也提前做了一些功课。我差不多能确定,你们曾经坐过那辆大巴,这箱子里的血多半是你们的!

"可是……当我爬到一多半时,突然觉得浑身剧痛难忍,头颅像要裂开了一样,我明白,这是因为我跟掉到崖下的那小孩不兼容的缘故,若不能快点找到血主,我很难彻底恢复!当然箱子中那支能救我命的血还有一些,但那不够,而且我必需留下一些以备不时之需,不能全用光了。于是我尝试着学人类说话,大喊救命,希望你们能听到。我想那个跳崖的小孩就算跟你们不是朋友,也应该是认识的。我希望暂时稳住你们,等我爬上去之后,就把你们都抓住,挨个吸血,直到找到那个血主!

"但是,因为与那孩子的身体极不兼容,导致我的身心进一步受损,爬上崖时我已耗尽力气……而你们看到我的样子后,又都吓得四下逃开了。我当时无力追赶,只能以大脑连接着的微型计算机处理系统,寻找其他处置方案。"

说到这里,外星人看了一眼朱辉:"身为科学家,你应该听说过时间机器吧?"

"听说过,比如回到过去,改变历史。"朱辉回答。

"你们所想象的时间机器太白痴了!利用时间机器回到过去的想法极其幼稚!科技无论如何强大,都无法改变过去,但科技却可以改变未来!时间机器同样如此,它没法回到过去,但却有能力前往未来——用你们人类能理解的话来说就是:我只要先去一个时间被放慢的地方待一阵子,然后再回来,就等于是前往未来了。

"我的飞船本身,就有时间机器的功能,这其实并不矛盾,在广袤的宇宙中航行,本质上已是一种奔赴未来的行为。宇宙空间里有的地方快,有的地方慢,时间并不是一致的。在某个地方你会延缓衰老,同样地,在某个地方你也会一夜白头。

"如果靠近中子星甚至黑洞,强大的重力场能让时间发生明显延迟,所以我只需躲到那里待几天,然后再返回地球,就可以了。

"至于如何在飞船狭小空间内用正反物质碰撞产生的超级能量去创造一个微型黑洞,这不仅你不懂,我也讲不清。因为我只是操作者,这和你们都会操作手机,却不会制造手机是一个道理,并非我刻意隐瞒……二十年很短暂,我的飞船想要调整时间去未来，最低限度就是二十年。这也是我为什么要恐吓你们，说二十年后你们必须回来的原因……剩下来的事，就是抢修受损严重的飞船，尽快起动时间机器……

"而后，当我再次返回地球时，恰好是二十年之期，但你们这些人却一个都没有回来。于是我只好先杀了唐继祖和林娣！"

朱辉听得瞠目结舌，讷讷地问："但他俩与这件事无关啊！"

"因为通过探访，我知道了唐继祖是你们的同学，并且他有写日记的习惯，但他不肯献出你们。你们的班主任也不肯说。为了防止走漏风声，我只好把他们杀了。另外，杀他们还能产生一种震慑效果，迫使你们因恐惧而现身，就像现在这样儿！"

"你好狠！"郑铁兵咬牙。

"过奖。之后的事你们都知道了。我今天又吸干了王雷，然后借王雷的型体，骗彭飞靠近并且捕获了他，但血主并不是他。这我能猜到，血主肯定会刻意隐藏自己……好了，该解释的我都解释清楚了，你应该死而无憾了吧？"说到这里，外星人突然发现郑铁兵嘴巴半张半合，眼神发直，神态有异，再看其他人，也是同样，都仿佛泥塑木雕一般。

外星人感觉有些不对劲，但究竟是哪儿不对劲一时间他却没想明白。而这时，他背后那扇此前已经反锁的门，这时正像空气一样无声无息凭空消失——一个黑衣人手执一根金属棒，正悄无声息向外星人逼近。

这之后,外星人突觉背后一紧,一股剧痛瞬间传遍全身!外星人惊极、怒极、惨叫着愤然回头,这才看到一个戴着头套、只露着鼻子和眼睛的黑衣人,已将一根闪烁着乌光的金属棒,刺入他的腰间。

外星人惊怒交加,一掌挥出的同时,嘶声骂道:"你是谁?可恶的人类!"

那黑衣人却不回答,只是一边撒手放弃刺入外星人腰上的那根金属棒,一边伏低身体去抱外星人的大腿,并且焦急催促:"跑啊,你们快跑,我来对付他!"

但这时房门虽已凭空消失,那个外星人却已堵住门口位置,大伙就算想逃,也逃不出去,看来只能拼了!

"快,一起上!"张帆挥手向郑铁兵打了个招呼,率先拎起一把凳子,咣啷一声砸中外星人的后脑。郑铁兵反应更快,身形一闪便绕到了外星人背后,一把拔下黑衣人刺在外星人后腰上的那根金属棒,然后又奋力一次次捅入外星人的身体。说来也怪,这根金属棒竟似穿透力极强、无坚不摧一般,捅入那外星人的身体,就像竹签扎进豆腐或是针尖刺入布缝一般,插进拔出毫无阻滞,但对那外星人似乎也没多大伤害。

"这是怎么回事儿?"郑铁兵心中骇然,"怪了,刚才那黑衣人插入时不是这样啊,怎么换了我就没效果了。"郑铁兵越想越心急,捅得也就更深更快。

而这时,那个外星人已经一把抓住黑衣人后颈,甩手向墙上掷去,众人慌忙闪避。咚的一声,黑衣人身体触墙,软软地瘫倒下来。几乎与此同时,张帆的胸口也被外星人的胳膊扫中,虽然只是扫了一下,但张帆却一声闷哼,眼前一黑,差点背过气去!

最有战斗力的还是郑铁兵。他手里那根金属棒这时还在不停地往外星人身上招呼,同时满面焦急之色,因为这时那外星人前胸后背,少说也被他捅了几百个窟窿了,但在郑铁兵的感觉里,那根金属棒捅入外星人体内,就像捅入空气中一般——他纵横'江湖'半生,还从来没经历过这样的怪事……

"停手吧,你杀不死我的!"外星人瞪视着郑铁兵,目中凶光毕露。

"我就不信弄不死你!"郑铁兵脸上现出一股悍戾之色,突然挥手丢掉那根金属棒,探手从靴子中抽出一把匕首。大概在他的感觉里,多半是那根金属棒威力不够,于是才想到要换一把人间武器吧?

金属棒飞出,恰巧落到我手边。我内心一阵暗喜,但却不敢伸手去捡。"勇气,勇气啊,给我一点勇气吧!"我在心中暗暗祈祷。而这时,郑铁兵的匕首已经刺中外星人肩头,但让人没想到的是,匕首刚一及身,便叭的一声折为数段!

郑铁兵万没料到精钢打造的匕首竟是这种效果,稍一失神,外星人钢钩一样的手已抓住了他的前胸,只听裂锦般一声响,郑铁兵胸前的衣服被撕开,一件软而半透明、轻弱无物的"皮"从他身上拽了下来——郑铁兵随即软软地扑倒在地!

"不自量力的东西!"外星人一脚踢飞郑铁兵,几步跨到黑衣人面前。嘶声问道,"你是谁?你怎么会有我飞船上的夸克诱导分离棒?你从哪儿弄来的?"

黑衣人伤势严重,刚才在被外星人的那一抓一掷中,他的颈动脉已被对方尖利的指甲割开,尽管他用力捂住脖子,但也阻止不了血液像喷泉一样射出。他脸色煞白,却笑了,只是因为受伤太重,声音已然断断续续:"我,我这是将功补"——"过"字未等说出,脖子一歪,溘然长逝。

外星人忍不住皱了皱眉,俯身将手探向黑衣人颈间尚在溢血处沾了点血,放在口中尝了尝,然后又摇了摇头:"不是他,不是他。"

"当然不是他了,"趁外星人俯身之际,我终于鼓足勇气抓起那根金属棒,一跃而起,对着外星人的后腰狠狠刺进去,然后却不拔出,而是手执金属棒的另一端,拼尽全力在其中搅动,并咬牙切齿说出后半句,"正主儿在这儿呢!"

外星人疼得面目扭曲,凄厉地哀嚎瞬间向天际扩散开去,其间甚至还夹杂着大量低于 20 赫兹的次声波。这种声音太美妙了,对我来说简直就是宇宙间最美妙的天籁之音——因为这是我的对手濒死前发出的最痛苦绝望呻吟。

外星人抽搐着软瘫下来,曾经壮硕的身体正以肉眼可见的速度迅速收缩、扭曲、变型——一个干瘪、巨大、类似水蛭状的东西软软地倒伏在我脚下。

大功告成。

我终于长嘘了一口气,然后就是铺天盖地般的兴奋与狂喜。

"哈哈,铁兵,你若早知道这家伙的要害在后腰上,就不需要我出手了!"丢下那根金属棒,我得意地望向郑铁兵。但郑铁兵等人这时却在呕吐,眼神迷离,瞳孔放大,东倒西歪如同醉酒——他们是被外星人濒死前发出的次声波伤到了,但并不重。他们半似痴呆地望着我,眼神中满是迷茫与不解。

"你,你真杀了那个外星人吗?"郑铁兵似乎还有点不相信自己的眼睛。

"当然是我,肯定是我,你都看到了,这还能有假,不是我是谁?"因内心满是快意与兴奋,因为我急于想让他们知道一切,但千头万绪一时间却又不知从何说起,于是我便语无伦次、条理不清地将一切的一切,如同竹筒倒豆子般乱纷纷对他们讲了出来……

我先指了指黑衣人:"他就是当年那辆大巴车上的司机孙守福。他为了拯救自己的良心,才跑出来救大家。但他现在死了。人死账清,看来你们也只能原谅他了……"

众人表情中满是诧异,于是我进一步说道:"胡晓亮的父亲说得没错,当年我们被抽的血是值不了几个钱的,能让他们敢于以身犯险的是另外一件事。孙守福当年是学校附近村子里的混混,我曾暗中观察了他很久,之后才用电子邮件联系他,并打给了他五十万块钱,让他帮我去做一件事,并说事成之后还有一半,长期合作会给更多。其实这就是一锤子买卖,说长期合作是为了稳住他们。

"另外为了加强对他们的威慑,我还寄去了几个刀片,让他们清楚如果骗我会是什么下场。不过你们可能要问了,你一个孩子哪来的五十万块钱?这还用问吗,我来地球上百年了,我怎么可能是个普通的小孩儿呢?"

众人眼神越发怪异。于是我续道:"喂,你们别用这种眼神看着我啊!我没病。我说的都是实话。我也是个外星人。我就是王雷——不,应该说我就是那个外星人要寻找的血主。我不是冒牌货。当然咱们也的的确确做过同学,只是我比你们的爷爷奶奶年纪都要大,我来地球已经上百年了。原因你们应该能猜到,我是为了躲避那个外星人的追杀。

"但我没料到孙守福是个血贩子,没料到他半路上会停车抽大伙的血。不过事出仓促,我当时已来不及寻找更合适的人选,毕竟他是大客车司机,而我要用的是他那辆大巴车——我事前已在那辆车上装了一枚遥控炸弹,当然,用的是外星更先进的爆炸技术。"

我又指了指倒在地上的那个外星人:"他是我的天敌。但星际间的捕猎和地球生态圈相似，有很多是双向的，你们可以参考逆戟鲸和大王乌贼，它们互相之间是可以身份互换、互为对方的猎手和猎物的——他的族群武力强盛，科技发达……而我的族群身体里的血则非常稀有，具有很高的实用价值。这种血能促成我们迅速融合其他生物的基因，能让我们成功混入异类里成为其中一员而很难被发现，但无论如何，那也只不过是一种血而已。不过宇宙中处处有炒作，我们种族血液的价值被无限夸大了，就像钻石在你们这里非常昂贵，但在宇宙中随处可见的白矮星内部的碳元素，都有可能形成和钻石相似的结构。换句话说，宇宙里到处都是钻石，那种东西其实毫无价值，只不过在地球上很稀有罢了。用你们人类的话说这叫物以稀为贵。而我的血不幸就像你们眼中的钻石、名酒、豪车一样，因炒作而成为星际贵族阶层争相购买、攀比、引以为傲的珍贵液体——我的种族因此遭到猎杀。而这个外星人便是个星际猎人，最近二百年间他一直在追踪我的踪迹……"

朱辉听到这里，总算缓过神来，插话道："谢天谢地，幸亏我们人类的身体没什么可以被炒作的……"

"那倒不是。你知道这个猎人为什么不敢在地球上大肆杀戮吗？这可不是他们一贯崇尚的作风。告诉你们，包括你们所在的银河系乃至整个本超星系团，都是一个大型动物园，动物园的主人自然是更高等文明。在这个动物园内，有的种族是肉畜奶畜，有的种族是被猎杀的对象，而你们，可笑的人类，你们就跟除了可爱之外别无所长的大熊猫一样——你们其实只是更高文明眼中的'萌宠'。

"那些更高文明有时会花高价来地球游览观光,主要是为了来观赏一下你们。你们自以为是的科技其实非常幼稚,你们人类在宇宙中甚至连'蛮族'都算不上,要不是更高等文明严禁其他族骚扰你们,就凭你们无知无畏的个性,早不知道被毁灭多少次了!"

"蛮族?"朱辉不解。

"我和追杀我的猎人都属于蛮族一类。假如将你们看成萌萌的大熊猫,那我和他就是野猪和野狼。他要吃我,我也会反戈一击吃掉他。但野狼在山里捕猎不要紧,可一旦进入熊猫保护区撒野,用不着你们反抗,更高等文明会立即摧毁他。

"所以外星猎人都不敢在地球久留。他把自己的飞船当作时光机用,也有这方面的原因。当年他循着我的飞船残留的信号赶往地球时,我已提前算准了他即将降落的位置。你们留意过胡晓亮跳下去的那个悬崖吧?那其实就是一百多年前我降落在地球上并做了伪装的飞船。

"如果你们查一下资料,会发现二十年前的旧报纸上,曾登载过一篇那附近发生地震的新闻。那当然不是地震,而是大巴车上的远程遥控炸弹和对方飞船相撞产生的高密度爆炸。

"不过我所用的炸弹不同于人类科技产品,它是拥有智慧的。它在爆炸时除了释放能量外,还可以将爆炸产生的大量声波和烟尘等副产品回收并进行第二次、第三次复爆,所以当时你们距离爆炸点虽然只有几千米,但感觉到的强度并不是很大。至于大巴车上那几个人的死真不怪我,都是他们自找的。因为按预先设定,我真没想过要牺牲掉他们——我已给了他们五十万,要求他们将我们送到那片林子,然后再将车子停到悬崖附近我指定的地点就可以先行走人了——五十万足够弥补他们的损失,够买好几辆车了。哪知他们贪得无厌,竟自作主张抽血敛财,还好你们当时都已下车,若在车上,那就真没办法了……为了我的生命,我只能牺牲你们。

"但让我和那个外星猎人都没想到的是,孙有福可能跟那个箱子一样,在爆炸发生以前就因撞击被抛了出去,当然也有另一种可能,比如孙有福提前下车、结果侥幸避免了惨遭被烧焦的命运。而这之后,大难不死的孙有福多半看到了猎人的本相,惊慌之下才躲到了猎人飞船的底舱里。正所谓最危险的地方就最安全,猎人竟然没发现他。这之后,猎人飞船开启了时光旅行模式,孙有福便莫名其妙地被带到了现代。

"至于这根金属棒,你们刚才已经听到了,那猎人将其称为夸克诱导分离棒,根据字面上的意思,你们大致上应该能猜到,这是一种飞船动力系统能源激发诱导工具,它在飞船能源系统中起着极其重要的作用。而孙有福应该不知道这些,他可能只是想寻根棍子自卫,结果凑巧将其从飞船上带了下来——对付猎人这根金属棒是趁手工具……

"另外就是房门刚才是如何消失的？此外还有孙有福为什么仅仅一击，就将金属棒插入了猎人的要害，而郑铁兵却不能？喂，喂。你们别总让我说啊，有什么疑问你们都可以问我。"我语无伦次越说越没章法，感觉总是说不到点上。这跟一直追杀我的猎人终于被我反杀，我心头压力顿减，高兴过头有关。

"你继续说吧，有不懂的地方我们再问你。"朱辉这时正听得入迷，其他人也从次声波的冲击中恢复过来。

"那门突然凭空消失其实并不复杂，关键就在那根夸克诱导分离棒上。那根金属棒上是有机关的，就像手电筒的按钮，只要摁下去，就有让大多数地球物质悄然分解的功效。但郑铁兵却不知道这根金属棒是有机关的，当然只能是一顿乱捅了。此外就是为什么猎人的要害在后腰部位？这同样很好理解，猎人的本体与水蛭接近，当他与人类融合后，他身上原有的器官很难与人类的身体器官全部重合，结果就在腰部留下一处致命弱点。另外由于他的本体类似水蛭，身上又裹着一层柔韧性极高的轻薄航天服，所以郑铁兵用金属棒刺他时，才会产生那种无处着力的感觉——铁兵，我说得没错吧？"

"没错，当时我都快把急疯了，感觉太邪门了……哦，对了，你说那根金属棒有分解物质的作用，为什么你只是杀死了他，却没将其分解掉呢？"郑铁兵问道。

"因为猎人的本体和他的航天服，都属于金属棒不可分解的物质。我杀他是攻击了他的要害，分解掉了他体内属于人类的那部分物质。"说着,我从地上捡起那团薄如蝉翼的东西,抖开,展示给郑铁兵看,"看到了吧,这就是猎人航天服的一部分,当然这也是猎人刚才从你身上撕下来的那层'皮'!这东西虽然薄如蝉翼,穿在身上就像一层贴膜,但韧性极佳,刀枪不入。这也是你有能力跟猎人贴身肉搏原因。"

"我说铁兵这小子为什么上学时是个受气包,现如今却如此强悍呢?原来如此啊。"朱辉如梦方醒的样子,"铁兵,这东西你是怎么得到的?"

郑铁兵回答:"当年胡晓亮跳崖后,我们一群人在现场乱转时,我无意间看到了这东西……感觉好奇就揣到了怀里,当时并不知道这东西有什么效用……后来长大成年,知道了这东西的妙用后,我曾多次重回过胡晓亮跳崖的现场——我觉得这事儿不简单,其中必有我们所不知道的古怪。我很好奇,当然也恐惧,但我一直想弄清当年的经历究竟是怎么回事。"

朱辉点头:"我也是。我从不相信那是一个诅咒,我也一直想探寻当年那件事背后的真实原因。"

我问:"那你现在都清楚了吧?"

朱辉回答:"大致上清楚了。但有一点我还没想明白。"

"哪一点?"

"你为什么要设置这样一个阴谋,要伤害这么多无辜的人?你利用孙有福等人和大巴车炸弹对付猎人我可以理解,但你为什么要将一群同学也拉进山里陪你受难,甚至因此导致胡晓亮跳崖身死?此外还有,这件事从始至终你都心知肚明,但你为什么要瞒着我们呢?你这样做,让我们每个人这些年里都背负着一个巨大的心理包袱,有些人甚至因此而偏离了正常的人生轨道——你!"

我一怔,内心略微泛起一丝惊慌,但旋即又平静下来:"我对胡晓亮和各位的确有所亏欠,但总的来说,我是不在意的。这就像一个孩子用水浇灌蚂蚁窝一样,谈不上道德缺失,更不需要跟蚂蚁谈平等,因为我们本身就不对等——生存的首要法则首先是让自己活下去……而在猎人面前,我同样也是一个弱者,我必须匿身于人类中间,借助你们藏好自己,然后才有可能趁乱取胜,反杀猎人。这就是我当年设置让孙有福等人拉我们进山,以及现如今与你们在此共同抵御猎人的原因——我需要让场面更乱,需要借助你们让猎人不要第一时间发现我……"

张帆怒视着我:"那现在呢,我们是不是已经没有利用价值了?"

"我很感激你们。但我已经适应了地球生活,并且除了地球之外,目前我已无处可去。我想平安地活下去,不被地球执法者所发现和干扰,但目前看这很难,因为你们已经知道得太多了!"

"你想杀人灭口?"张帆怒问。

"我不想,我很抱歉。"

"你真卑鄙!"张帆咬牙切齿。

"我只是想活下去。"

"想活下去好说,我可以保证你的安全,只要你同意与相关科研单位紧密配合,密切协作。"朱辉提出了一个解决方案。

"你太幼稚了。其一,我可不想做你们实验室的小白鼠;其二,按星际文明管理条例首款首条:'任何文明的演化进程神圣不可侵犯,任何试图加速或延缓其他文明演化进程的行为,都将受到坚决、彻底甚至灭族打击!'——我不想死,更不想牵连我的族人。所以,你若有让我向人类科学家传授任何你们目前所没掌握的科学技术的想法,都绝无可能。"

朱辉不解:"为什么会有这样一条不近情理、残酷无情的条例,而且是首款首条?"

"这属于星际文明控制论范畴。打个比方,如果给每个未成年人一把能杀人的枪,或者给每个国家甚至部落配置原子弹,你觉得会产生怎样的后果?"

朱辉恍然,似有所悟:"谢谢,我明白了。但我觉得即便你不肯透漏人类所不知道的更高水平的科学技术,也应该选择接受人类的保护。因为这个猎人虽然被你反杀了,但难保不会有第二个猎人前来寻你。"

"应该不会有第二个了。其一,对于人类,本质上我是无害的——我并不吃人或主动攻击人类,并且我的种族因为被屠杀而变得极其稀有。按星际文明管理条例相关规定,目前我属于被保护文明第三等,怎么说呢,这就相当于在'熊猫保护区'里为我开设了一个副区吧;其二,就算有猎人再次前来偷猎,也很难找到我了。比如今天我们与猎人同处一室那么长时间,但猎人的'嗅觉'却一直没能感知我的存在——这是因为人类社会的发展严重依赖粗放型的原始工业,造成了不可逆转的污染,而我这些年一直坚持在化工厂工作,血液里的各种金属含量和毒素都已超标,已失去实用价值——我的血脏了。我已经成为盗猎者眼里不值钱、高等文明眼里又非常稀有的特殊生物,而这一切,都会通过高等文明的信息系统传播给本超星系团内所有想要捕猎我的智慧生命。自今而后,再不会有谁甘冒着被更高等文明惩罚的危险,跨越茫茫星海,得不偿失地想来捕获我了。"

"所以呢?"朱辉眼神中居然露出一丝蔑视的笑意,"你解释得这么详尽,无非就是为了让我们接受一个被灭口的结果吧?"

"我很抱歉。我要活下去。"

"和你一样,我也要活下去。"

"但这不是你所能决定的。"

"我能!"朱辉的脸上透出一种毅然决然,"手机有录音功能你不会不知道吧?微博、微信、推特、脸书有一键多链功能你不会不知道吧?"

我脊背不由冒出一股彻骨寒意:"你够狠,居然想到拉全人类来为你备书!"

"我这是有样学样。你能将我们拖下水共同对付猎人,我当然也可以拉全人类来共同对付你。"朱辉一笑,笑容中透出一种心安理得。

"你真这么做啦?"张帆不由一惊,"这事儿不宜扩大,不宜引起不必要的恐慌以及世界性影响……你急什么啊,你听……"远远地,正有警笛声自远而近,向这边驰骤而来,天空中,同时传来直升机飞速而至的轰鸣……张帆竟然也在暗中通知了警方,而且绝不是一般的警方。

"那怎么办?我已经一键四链了。作为一个与世界各地科学界多有联系的科技工作者,以及在网络上还算小有名气的科普工作者,我相信我的能量,这事儿很快就会传遍世界……"朱辉苦着一张脸,夸张地抖着手,"怪我,唉——都怪我!"

"你!你们!"一股凉意自脊背直透心底。这事儿一旦闹大,后果不堪设想。或者被人类生擒……或者被人类击杀,只有这两种可能。就算侥幸逃脱,茫茫宇宙,猎人遍布,哪里又有我的栖身之所?即便我的血已脏,但肉将就着还能吃,或者被猎人捉住做成标本,成为他们向同行炫耀的资本……"你,你们这些可恶的家伙!"

"孽障,你这蠢而不自知的东西,你有什么资格跟人类斗?"一声怒斥慑人心魂——不知何时,一个家长模样的人带着一个孩子来到门外。正是昨天在学校门口听郑铁兵胡扯过的那对父子,说话的是那位家长。

我连忙低下头,小心翼翼地回答:"是,主人,属下无能。"我很清楚,面对这两位来自更高等文明的观光客,除了顺从,我别无选择。

"你不仅无能,而且无心、无脑。你以及追捕你的猎人,都有一个共同特征——蠢且自大。你们应该知道,这家饭店内除了你们,还有老板、厨师、服务员以及其他客人;你们应该知道,随便杀人会引来地球强力部门的干涉;你们应该知道,若地外文明扰乱地球的消息扩散到本星系团,会产生极其恶劣的后果——蠢货,你们闯下大祸而不自知,居然还有脸在此夸夸其谈、自鸣得意!"

我顿时汗落如雨:"是,主人,我错了……求您饶过我吧!"

"哼!"那个中年人一声冷哼,别过脸去。而那个小学生模样的孩子却面带笑颜,嗓音稚嫩的说道:"傻瓜,若非我父有意饶你,此刻你还有命在吗?你已经被许可在这颗星球上永居,今后别再乱来了。"

"是,是,谢谢主人。可是?"

"可是什么?"那小学生笑问。

我一怔,这才注意到,云空中直升机的轰鸣正在远去,那驰骤而来的警笛声不知不觉间也已经停止!那小学生笑道:"朱先生发到网上的录音我已自作主张将其转换为有声小说模式,并命名为《血主》，人们会当成一篇虚构小说看的；张先生的报警我也做了点手脚，不好意思啊张警官，我的家族是负责本超星系团治安的，将来我也会接手此类工作，从这个角度看，我们算是同行。不过我现在还小，还没有处理突发事件的能力和经验，今天碰到的事算是我旅游期间的一项校外作业，做得若不好，请您多担待！"

"啊？"张帆彻底目瞪口呆，一个小孩儿，一个外星小孩儿，居然将这事件当成一项作业，并且举手间就将"作业"完成了！

那小学生见张帆不说话，于是又天真一笑，指着我说道："那就这样吧，我送他一瓶离子时光定位专消喷剂，他只需对你们每个人喷一下，喷剂就能自动定位寻找你们大脑中特定时间内的记忆并予以安全无副作用消除，不会影响你们的正常生活。不过喷完你们大约会睡上半个小时，等你们再睁开眼，就会将该忘的事全部忘掉了。放心，非常安全。"

"谢谢主人！"我忙不迭地说。

"不用谢。我也没帮到你什么。这里挺不错的，人类很有意思。今后我会介绍更多同学们来这里观摩学习。你就在这里当个导游吧，负责接待我的同学以及其他观光客。好了，我和父亲还有事，要去趟天狼星。余下的事儿就交给你了，要处理好。"

我连声答应着"是，是，是。"可心里却明白，这种恩赐无非是给猴子穿上衣服戴上帽子，与马戏团的其他动物并无本质区别,但也只能如此了,毕竟相对于他们,我仍然是个低等生物。

这就是真实的宇宙,残酷而又直接。要生存,就必须付出代价。虽然这次我和猎人之间的博弈,表面上看与人类无关,但这却是我们共同的宿命……

版权专有　侵权必究

图书在版编目（CIP）数据

外星人手册/刘慈欣等著．—北京：北京理工大学出版社，2022.3（2024.4重印）
（科幻硬阅读．星空的召唤）
ISBN 978-7-5763-0893-8

Ⅰ．①外…　Ⅱ．①刘…　Ⅲ．①幻想小说-小说集-中国-当代　Ⅳ．①I247.7

中国版本图书馆CIP数据核字（2022）第015429号

出版发行 / 北京理工大学出版社有限责任公司
社　　址 / 北京市海淀区中关村南大街5号
邮　　编 / 100081
电　　话 / （010）68914775（总编室）
　　　　　　（010）82562903（教材售后服务热线）
　　　　　　（010）68944723（其他图书服务热线）
网　　址 / http:// www.bitpress.com.cn
经　　销 / 全国各地新华书店
印　　刷 / 三河市华骏印务包装有限公司
开　　本 / 880毫米×1230毫米　1/32
印　　张 / 10.625　　　　　　　　　　　　责任编辑/刘汉华
字　　数 / 185千字　　　　　　　　　　　　文案编辑/刘汉华
版　　次 / 2022年3月第1版　2024年4月第5次印刷　责任校对/刘亚男
定　　价 / 44.80元　　　　　　　　　　　　责任印制/施胜娟

图书出现印刷质量问题，请拨打售后服务热线，本社负责调换科幻不是目的,思考才是根本。
我们每个人都是星辰,都有思考与创造的天赋。
特别鸣谢:科幻锐创意·硬阅读、零重力科幻,鼎力支持。
喜欢科幻的书友请加QQ一群:168229942,QQ二群:26926067。